Klaus Wanninger
Schwaben-Rache

Vom Autor bisher bei KBV erschienen:

Schwaben-Rache
Schwaben-Messe
Schwaben-Wut
Schwaben-Hass
Schwaben-Angst
Schwaben-Zorn
Schwaben-Wahn
Schwaben-Gier
Schwaben-Sumpf
Schwaben-Herbst
Schwaben-Engel
Schwaben-Ehre
Schwaben-Sommer
Schwaben-Filz
Schwaben-Liebe
Schwaben-Freunde
Schwaben-Finsternis
Schwaben-Träume
Schwaben-Fest
Schwaben-Teufel
Schwaben-Donnerwetter

Klaus Wanninger, Jahrgang 1953, lebt in der Nähe von Stuttgart. Er veröffentlichte bisher 38 Bücher. Seine überaus erfolgreiche Schwaben-Krimi-Reihe mit den Kommissaren Steffen Braig, Katrin Neundorf und Harald Loose umfasst nun 21 Romane in einer Gesamtauflage von über 650.000 Exemplaren.

Klaus Wanninger

Schwaben-Rache

1. Auflage 2000
2. Auflage 2001
3. Auflage 2002
4. Auflage 2003
5. Auflage 2004
6. Auflage 2006
7. Auflage 2006
8. Auflage 2012
9. Auflage 2020

www.kbv-verlag.de
E-Mail: info@kbv-verlag.de
Telefon: 0 65 93 - 998 96-0
Fax: 0 65 93 - 998 96-20
Umschlagillustration: Ralf Kramp
Redaktion: Andrea Kettling, Opladen
Druck: CPI books, Ebner & Spiegel GmbH, Ulm
Printed in Germany
ISBN 978-3-934638-49-5

1. Kapitel

Der Überfall traf ihn aus heiterem Himmel, völlig unvorbereitet.

Sie hatten sich vor dem Lokal verabschiedet, in fröhlicher, fast ausgelassener Stimmung, hatten einen neuen Termin vereinbart und waren dann in verschiedene Richtungen zu ihren Autos gelaufen. Wo die Männer herkamen, konnte er nicht feststellen, es ging zu schnell. Plötzlich waren sie aus der Dunkelheit aufgetaucht.

»Kein Laut, Sie kommen mit«, hörte er eine gedämpfte Stimme unmittelbar hinter sich, Sekundenbruchteile bevor er den Schlüssel ins Schloss stecken konnte. Im selben Augenblick drückten sie ihm einen harten Gegenstand in den Rücken.

Er fühlte sich wie gelähmt, versuchte erst gar nicht, sich zu wehren oder laut loszuschreien. Die Straße war menschenleer, so viel drang in seine betäubten, halb vernebelten Sinne, aber das war kein Wunder, schließlich konnte es sich nur noch um Minuten oder Sekunden bis zum Beginn des neuen Tages handeln. Mitternacht an einem normalen Wochentag bedeutete tote Hose im Zentrum Stuttgarts.

Die Männer nahmen ihm wortlos die Schlüssel ab, hakten sich auf beiden Seiten bei ihm ein, zwangen ihm ihre Richtung auf. Er stolperte die Gehwegbegrenzungen hinunter und hinauf, folgte den Entführern die Straße entlang, bis sie nach wenigen Metern das Auto erreicht hatten. Sie drückten ihn auf den Rücksitz, herrschten ihn an, keinen Laut von sich zu geben, und starteten den Wagen.

Den Kopf vor Erschöpfung hängen lassend, die Augen geschlossen, nahm er das Straßenlabyrinth nicht wahr, das sie durchquerten. Er schaute erst auf, als das Fahrzeug abrupt stoppte und der Mann vorne kräftig fluchte. Eine einsame Gestalt huschte direkt vor ihnen über die Straße, ein Spätheimkehrer oder Nachtschwärmer, aber er schenkte ihnen weniger Beachtung als sie ihm.

Müde blickte er sich um, versuchte, sich zu orientieren. Er wusste nicht, wo sie sich befanden, ahnte nicht, wohin sie fuhren. Kraftlos hielt er still, ergab sich in sein Schicksal.

Irgendwann hatten sie den Tunnel dann erreicht. Überrascht stellte er fest, dass er den Ort kannte, die Straße schon oft mit seinem Wagen benutzt hatte. Die Fahrbahn war hell erleuchtet, Autos rasten in Pulks, je nach Ampelschaltung, in die schmale Röhre hinein und wieder hinaus. Sie blieben stehen, starrten in den Tunnel.

»Wenn die Ampel auf rot springt«, sagte der Mann.

Er bemerkte, wie sie sich vorsichtig umsahen.

Vier, fünf Fahrzeuge jagten vorbei. Das letzte war gerade im Tunnel verschwunden, als sie ihn plötzlich aus dem Wagen stießen, ihn von beiden Seiten einhakten und losrannten. Erschrocken spurtete er los – geradewegs in den Tunnel hinein.

Am nächsten Tag prangte die Schlagzeile in allen Zeitungen.

2. Kapitel

»Autoclub-Chef in Tunnel festgebunden:
Grüner Terror in Stuttgart?

Stuttgart. Unbekannte Täter entführten gestern Nacht in Stuttgart den Vorsitzenden des Gaus Württemberg des größten deutschen Automobilclubs. Sie überfielen den 52-jährigen nach einem Lokalbesuch im Stuttgarter Zentrum und banden ihn in einer engen Nische des von einer stark frequentierten Straße durchzogenen Wagenburgtunnels am Rand der Innenstadt fest. Aufgrund eines anonymen Anrufs beim Südwestdeutschen Rundfunk wurde er am Morgen von Journalisten befreit. Wegen Vergiftungserscheinungen ließ ihn die Polizei in einer Klinik untersuchen. Er konnte aber nach wenigen Stunden wieder entlassen werden.

»Es war die Hölle«, berichtete der Mann, »ununterbrochen rasten Autos an mir vorbei. Der Lärm und die Abgase waren entsetzlich. Ich fühle mich absolut elend.«

Die Polizei tappt auf der Suche nach den Kidnappern im Dunkeln. Sie rätselt über ein Bekennerschreiben, das am Tatort gefunden wurde. In diesem kündigen die Täter Aktionen gegen den Autoverkehr und seine Repräsentanten an. »Der Autowahn muss ein Ende haben«, heißt es darin unter anderem.

Die Polizei startete eine intensive Fahndungsaktion.«

3. Kapitel

Der Gewitterregen, der am frühen Morgen polternd und mit kräftigen Güssen über der Stadt niedergegangen war, hatte die Hitze und den abgasgeschwängerten Dunst aus den Häuserschluchten vertrieben. Die Quecksilbersäule des Thermometers verharrte in weit niedrigeren Regionen als an den unerträglich schwülen Hochsommertagen zuvor. Der Stuttgarter Talkessel zeigte sich ebenso wie die höher gelegenen Teile der Stadt frisch gewaschen. Straßen, Gehwege und Stäffele, wie der Volksmund die unzähligen Treppen im Stadtgebiet nannte, glänzten wie die Böden in der Putzmittelreklame im Fernsehen.

Die Luft überraschte mit dem Duft frischer Pflanzen, der gewohnte Mief aus Abgasen und Gummiabrieb schaffte sich nur langsam wieder Raum. Ein für die Jahreszeit zu kalter Wind fegte durchs Neckartal bis in die Straßen Bad Cannstatts.

Kommissar Steffen Braig schlug den Kragen seiner Jacke hoch, nachdem er die Stadtbahn verlassen hatte. Vor ihm strebte ein breiter Menschenstrom Büros und Geschäften zu. Eine dicke, in einen warmen Mantel gehüllte Frau kämpfte sich ruckartig über den Gehweg, hin und her gezerrt von einem mittelgroßen Hund. Sie schrie der Promenadenmischung derbe Flüche und immer neue Drohungen hinterher, die den Vierbeiner offensichtlich wenig beeindruckten.

Braig machte einen großen Bogen um Frau und Hund, bemerkte dann, was den Köter zu seinen emsigen Bemühungen veranlasste: Eine dicke, struppige Katze saß mit steif aufgerichtetem Schwanz vor einer geschlossenen Tür und fixierte die drohende Gefahr mit großen Augen.

Braig überlegte, ob er einschreiten, den Hund verjagen sollte, als sich die Tür öffnete und die Katze blitzschnell ins Innere des Hauses verschwand. Der Köter bellte sich in nervtötendem Stakkato den Frust aus dem Leib.

Steffen Braig beschleunigte seine Schritte, ließ das Gekläffe hinter sich. Das Gebäude des Landeskriminalamtes erhob sich mehrere Stockwerke hoch vor ihm. Kriminalrat Gotthold Gübler, sein Vorgesetzter, hatte ihn telefonisch mit aufgeregter Stimme über den nächtlichen Vorfall informiert. Wenn der Alte sich persönlich zu so früher Stunde in den heiligen Hallen des Amtes sehen ließ, musste es sich um ein Ereignis besonderer Brisanz handeln; ohne schwerwiegenden Anlass war ihm das nicht zuzumuten.

Braig betrat das LKA, fuhr mit dem Lift nach oben, rieb sich mit Daumen und Zeigefinger die Schläfen, um Kopfschmerzen und Müdigkeit zu vertreiben. Der Abend im *Insomnia*, seiner Lieblingskneipe am Rande der Stuttgarter Innenstadt, hatte sich in die Länge gezogen, von mehreren Gesprächsrunden und Cocktails begleitet. Braig spürte das Pochen des Blutes in seinem Schädel, versuchte, sich zu erinnern, wann er seine nächtliche Tour beendet hatte, bis Güblers Stimme ihn aus seinen Gedanken riss.

»Mein Gott, sind das jetzt wirklich grüne Terroristen? Reicht es nicht, dass uns linke und rechte Spinner seit Jahren mit Gewalt überziehen? Nach RAF, Skinheads und Autonomen jetzt auch noch Grüne? Braig, wenn wir die Sache nicht schnell klären, bilden die eine Sonderkommission«, donnerte Gübler ihn an, »dann haben wir wochenlang all diese unfähigen Besserwisser am Hals. Sie wissen, was das bedeutet. Sie mit Ihrem Einblick in die Szene!«

»Guten Morgen«, brummte Braig, der seine Tasche ablegte, während er versuchte, sich auf den Vorfall im Wagenburgtunnel zu konzentrieren. »Sonderkommission? Wegen dieser Spielerei?«

»Das kommt von ganz oben, verstehen Sie?«

Braig nahm die Akte in die Hand, überflog irritiert den Text. »Nein, das verstehe ich nicht«, antwortete er.

»Die haben die Hosen gestrichen voll. Von wegen ›neue Form von Terrorismus‹ und so. Da müsse gleich frontal gegengehalten werden, sonst mache sich eine neue Terrorwelle breit. Nicht von links und nicht von rechts, sondern ›grün‹. Klar?«

»Terror?«, meinte Braig spöttisch. »Bloß weil irgend so ein dicker Bonze ein paar Stunden im Tunnel verbringen muss? Die Sorgen wollte ich haben.«

»Das habe ich überhört«, bellte Gübler, »Sie sollten endlich einen Schlussstrich unter Ihre Vergangenheit ziehen!«

Seine kleine Gestalt richtete sich hinter dem Schreibtisch groß auf, das Gesicht vor Zorn rot gefärbt. Er war etwa 1,60 Meter groß, Ende fünfzig, hatte graue, alle paar Wochen sorgsam vom Friseur in Locken gelegte Haare, buschige Augenbrauen, leicht nach außen gewölbte Lippen, eine blasse, fast käsige Haut. Die Farbe seiner Anzüge korrespondierte mit seiner übrigen Erscheinung: Im Sommer wie im Winter in ein kräftiges Grau gewandet, einen ebenso unauffälligen wie unvorteilhaften Ton, der ihn um Jahre altern und seine Gestalt noch kleiner erscheinen ließ. Braig hatte ihn fast nur hinter seinem Schreibtisch thronend in Erinnerung, auf einem speziellen Drehstuhl sitzend, der bis zur äußersten Grenze in die Höhe gezogen war und daher gefährlich instabil nach allen Seiten schwankte.

»Verstehen Sie denn nicht?«, schrie Gübler.

Kommissar Steffen Braig wandte sich genervt von ihm ab. Auftritte dieser Art kannte er zur Genüge. Alle paar Tage, manchmal sogar Stunden, zog der überforderte Alte seine Schau ab. Immer, wenn er vor seinen Vorgesetzten antreten und über die Fortschritte der neuesten Ermittlungen Rechenschaft ablegen musste.

Braig sah aus dem Fenster, betrachtete den unaufhörlich fließenden Strom von Autos, der zu Füßen des Landeskriminalamtes auf der nahen Hauptstraße vorbeirollte. Bei der astronomischen Anzahl von Fahrzeugen im Tunnel an die Wand gebunden, die ganze Nacht, überlegte er. Der Lärm, die Abgase, der Gestank. Wahrhaftig eine kreative Art, jemanden fertigzumachen.

»Herrgott noch mal, Braig, mir ist nicht zum Scherzen zumute. Die Sache ist todernst. Die wollen Ergebnisse sehen. Droben im Ministerium. Uns bleibt nicht viel Zeit.«

»Schön, schön. Und was soll ich tun, um die hohen Herren ruhigzustellen?«

Er kannte Güblers Angst vor allen Anweisungen von oben nur zu gut, verachtete seine unterwürfige Kriecherei. Aber er konnte beim besten Willen nicht erkennen, wieso die Sache im Tunnel so viel Aufregung verursachen sollte.

»Sie wissen doch genau, wo Sie sich umsehen müssen, Sie kennen die einschlägigen Adressen. Klappern Sie alle ab, auf der Stelle. Alles, was irgendwie mit Grün zu tun hat. Wir dürfen diesen Terroristen das Feld nicht ohne Gegenwehr überlassen. Die Moral ist verludert genug!«

Braigs Stirn legte sich in Falten, sein Rücken überzog sich mit Gänsehaut. Er konnte nichts dagegen unternehmen, es geschah ohne sein Zutun, sobald der Alte wieder eine seiner Platten auflegte. Die mit der Moral gehörte zum Standardprogramm, war manchmal mehrfach am Tag zu hören. Obwohl er es schon auswendig kannte, reizte ihn Güblers Geschwafel jedes Mal aufs Neue. Es sind immer die Richtigen, die von Moral reden, dachte er, gerade die, die es am allernötigsten haben. Als ob die Moral nicht schon immer verludert gewesen wäre, jedenfalls in bestimmten Kreisen.

»Um Ihnen die Brisanz dieser Angelegenheit zu verdeutlichen«, knurrte Gübler, »wir haben Hinweise …« Sein Blick schweifte unruhig im Raum umher.

»Ja?«

»Die Entführung steht in Verbindung mit dem Attentat auf den Minister.«

»Welchen Minister?«

»Kering«, erklärte Gübler.

Braig sah ihn mit großen Augen an. Daher also weht der Wind, überlegte er, deshalb die Aufregung. Kaum sind irgendwelche Bonzen im Spiel, schon rotiert die Meute in den oberen Etagen.

»Sie glauben immer noch an Sabotage?«

Gübler schnaufte laut, schlug mit der Faust auf die Schreibtischplatte. »Braig, wann begreifen Sie endlich? Es geht nicht um Glauben, das sind Tatsachen! Der Hubschrauber ist abgestürzt, der Minister hat nur durch ein Wunder überlebt.«

»Als er landen wollte, tobte ein Schneesturm«, erwiderte Braig, »es herrschten völlig widrige Wetterverhältnisse.«

Gübler schüttelte energisch den Kopf. »Nehmen Sie die Sache endlich ernst! Das Leben des Ministers ist bedroht.«

Die Medien hatten sich im letzten Winter tagelang mit dem Thema beschäftigt. Werner Kering, der von verschiedenen Skandalen und Affären gebeutelte Wirtschaftsminister Baden-Württembergs, war auf dem Rückflug mit seinem Diensthubschrauber im dichten Schneetreiben abgestürzt. Das Unglück hatte sich nur wenige Meter über dem Boden ereignet, eine Tatsache, die dem Minister nach Aussage der Ärzte das Leben rettete. Dennoch war ein längerer Aufenthalt in verschiedenen Krankenhäusern und Rehabilitationskliniken unumgänglich, der Mann für mehrere Monate ans Bett gefesselt. Neben dem Bruch eines Lendenwirbels wurden mehrere äußerst schmerzhafte Prellungen diagnostiziert. Die Piloten des Hubschraubers hatte es noch weit schwerer getroffen: Beide litten seit dem Unfall an langwierigen physischen und psychischen Verletzungen. Noch Wochen nach dem Geschehen wurden sie von nervenzehrenden Albträumen heimgesucht, die ihnen fast jede Nacht den Schlaf raubten.

Die Unglücksmaschine selbst hatte den Absturz nicht überlebt. Die Bilder ihrer schrottreifen Überreste waren durch die Medien gegangen, ihr demolierter Rumpf im Gewahrsam der Experten des Landeskriminalamtes gelandet. Ein abschließendes Ergebnis der Unfallursachen lag bisher nicht vor. Klar war nur, dass der Minister einen Schutzengel an seiner Seite gehabt hatte, einen, der es besonders gut mit ihm meinte.

»Kering ist in Gefahr, verstehen Sie?«

Braig schüttelte den Kopf. »Mir ist nicht bekannt, dass die Untersuchungen irgendeinen Hinweis auf Sabotage oder einen gezielten Anschlag auf den Hubschrauber ergaben. Im Gegenteil: Soweit ich informiert bin, favorisieren unsere Experten wetterbedingte Schwierigkeiten, sprich den Schneesturm, als Auslöser des Absturzes.«

»Das ist doch nur die offizielle Version«, belehrte ihn Gübler, »um die Leute nicht zu beunruhigen. In Wirklichkeit sind sie im Ministerium äußerst besorgt, weil die neuesten Erkenntnisse eindeutig auf Manipulationen an der Steuerung des Hubschraubers hinweisen. Ich sage Ihnen, die Entführung heute Nacht war nur der zweite Schritt nach dem Attentat auf den Minister.«

»Ich kann den Zusammenhang immer noch nicht erkennen.«

Güblers Stirn legte sich in Falten, sein Gesichtsausdruck zeigte seine zunehmend gereizte Stimmung. Braig spürte, dass er die Sache nicht übertreiben durfte.

»Herr Breuninger, der heute Nacht entführt wurde, arbeitet eng mit dem Minister zusammen. Außerdem sind die Herren miteinander befreundet, soweit ich weiß. Und beide, sowohl der Autoclubvorsitzende als auch der Wirtschaftsminister unseres Landes, betreiben wohl nicht gerade eine Politik, die Grünen«, er betonte das letzte Wort in einer Weise, die seine Distanz, ja, seinen Ekel vor dieser politischen Richtung deutlich zum Ausdruck brachte, »genehm ist, wenn ich das so formulieren darf.«

»Das ist in der Tat richtig«, bestätigte Braig. Er kannte die politischen Vorlieben und Abneigungen seines Vorgesetzten zur Genüge, wollte es unbedingt vermeiden, sich auf irgendeine politische Diskussion einzulassen. Er blickte aus dem Fenster auf die Straße, wo die vielen Autos mehr standen als fuhren. Ein einziger Stau durch ganz Bad Cannstatt, wie üblich, bis in die Innenstadt. Jeden Tag dasselbe Bild, trotz ständig neuer Straßen.

Hatten die beiden Ereignisse, wie Gübler spekulierte, wirklich miteinander zu tun? Und waren die Täter, wie es das am Tatort aufgefundene Flugblatt vermuten ließ, in Kreisen zu suchen, die von der Politik der beiden Männer und der Autoflut die Nase voll hatten und mit ihrer Tunnel-Aktion ein Zeichen setzen wollten?

»Was überlegen Sie, Braig?«

Er drehte sich um, sah den Alten an. »Woher nehmen Sie die Gewissheit, dass Sie auf der richtigen Spur sind? Sieht die ganze Sache nicht etwas zu eindeutig aus?«

»Wie meinen Sie das?« Güblers Gesicht zeigte, dass er Braigs Einwand nicht verstand.

»Das Bekennerschreiben. Mag ja sein, dass es auf die Täter zurückgeht. Ob es aber echt ist? Vielleicht soll es uns nur vom wahren Tathintergrund ablenken.« Er griff nach der Akte und las daraus vor: »*Wir wollen nicht länger zulassen, dass dem Autoverkehr alle Straßen offenstehen. Früher waren die Städte Zonen menschlicher Kommunikation – heute sind sie zu Ansammlungen von Betonkomplexen und Blechlawinen verkommen. So kann es nicht weitergehen. Wir kämpfen dafür, die alten Zustände wiederherzustellen.*«

»Ja, und?«, brummte Gübler. »Der Text ist mir bekannt, junger Mann!«

Steffen Braig beugte sich leicht vor, legte die Akte zurück. Er war einen Meter neunzig groß, schlank und hatte dunkle, dichte Haare, aus denen an einigen Stellen erste graue Strähnen hervorlugten. Ein dünner Schnurrbart krönte seine Lippen. Sein jugendliches Gesicht ließ nicht erkennen, dass er die dreißig bereits überschritten hatte.

»Das Schreiben klingt durchaus logisch, fast zu logisch. Wenn sie uns damit aber nur auf eine falsche Fährte locken wollen? Vielleicht hatte irgendjemand eine alte Rechnung mit dem Herrn Funktionär zu begleichen, und um uns vom wahren Sachverhalt abzulenken, kam ihm die nette Idee mit dem grünen Terror. Und wir fallen prompt drauf rein. Ich könnte mir vorstellen, dass sich da eine ganze Menge Feindschaften einstellen, bis einer so weit droben ist, glauben Sie nicht?«

Gübler verstand den Wink mit dem Zaunpfahl. Er selbst war das lebendige Beispiel für diesen Hinweis. Ellenbogeneinsätze kombiniert mit den richtigen Beziehungen führten nicht nur steil nach oben, sie ließen auch manche Leiche am Wegesrand zurück. Das Landeskriminalamt wie auch das Ministerium bildeten keine Ausnahme – im Gegenteil. Dass Gübler seinen Posten als Kriminalrat allein durch das richtige Parteibuch und die daraus resultierenden Beziehungen erlangt hatte, war ein offenes Geheimnis.

Warum aber sollten solche Verhältnisse bei dem Autoclub unbekannt sein? Irgendjemand wollte dem Funktionär eins überbraten – aus welchen Gründen auch immer – und um die Fahnder auf eine falsche Spur zu leiten, hinterließ er nach Ausführung seiner Tat ein irreführendes Pamphlet. Klang logisch und überzeugend.

Dennoch: Der Druck von oben wies deutlich darauf hin, in welche Richtung die Ermittlungen in allererster Linie zu zielen hatten. Der Verdacht auf das Begleichen alter Rechnungen musste zweitrangig behandelt werden, wenn überhaupt. »Grüner Terror« war ein absolutes Reizwort, das auf manche Leute wie ein rotes Tuch wirkte.

»Vielleicht haben Sie recht«, brummte Gübler, »aber zuerst müssen wir genau belegen, dass es keinen grünen Hintergrund gibt. Erst wenn wir die grüne Karte vollkommen aus dem Spiel geräumt haben, können Sie in eine andere Richtung ermitteln. Aber, um alles in der Welt, hängen Sie sich voll in die Sache rein, Braig, und halten Sie uns die Sonderkommission vom Leib!«

4. Kapitel

Das waren brutale Gewalttäter, die vor nichts zurückschrecken. Irre grüne Spinner, die uns in die Steinzeit zurückjagen, wenn wir es zulassen.«

»Sie konnten sie nicht erkennen?«

Kommissar Steffen Braig betrachtete den Mann, der in einem bequemen Hausanzug vor ihm in dem teuren Ledersofa lehnte: gebräunter Teint, die Haare frisch gescheitelt, glatte Haut, breite Schultern, trotz der weiten Kleidung unübersehbar der Bauchansatz. Reiner Breuninger war nicht weit über die fünfzig, ganz der Typ des Gewinners. Nur die leicht flackernden Augen verrieten, dass sein Lebensrhythmus durch die Nacht im Wagenburgtunnel etwas durcheinandergeraten war.

»Es war dunkel, als ich aus dem Lokal kam. Ein paar Straßenlampen in der Nähe, aber die leuchteten viel zu schwach. Außerdem war ich zu müde, um mich groß umzusehen. Es ging alles viel zu schnell.«

»Aber Sie sind sicher, dass es zwei Männer waren?«

»Na ja, was soll ich sagen, ich habe immer nur die beiden Typen hinter mir gespürt. Einer rechts, einer links. Einer redete ständig auf mich ein, mit 'ner ziemlich tiefen Stimme. Er drückte mir dauernd die Pistole in den Rücken. Der andere gab keinen Pieps von sich. Ich glaube, die ganze Zeit nicht. Vielleicht mal ›hm‹ oder so was, aber sonst nichts. Ich wagte es nicht, mich umzudrehen. Der Typ hatte mir die schlimmsten Konsequenzen angedroht, wenn ich es versuchen sollte, verstehen Sie?«

»Natürlich. Sie haben vollkommen richtig reagiert. Das Einzige, was Sie in dieser Situation tun konnten.« Braig trank von dem Mineralwasser, das Breuninger ihm angeboten hatte, und überlegte. »Es ist Ihre Stammkneipe?«

»Wie bitte? Na ja, wenn Sie es so ausdrücken wollen, ja. Fast jede Woche, dienstags. Ein Treffen mit Freunden, sozusagen.«

»Freunde? Immer dieselben?«

»Wie meinen Sie das?«, fragte Breuninger irritiert.

»Ich überlege, wer als Täter infrage kommt. Ihre Entführer wussten offensichtlich genau Bescheid, dass Sie sich am Dienstag im *Excelsior* aufhalten. Das Schreiben, das sie bei Ihnen zurückließen, beweist eindeutig, dass sie es auf Sie persönlich abgesehen hatten. Also mussten sie Sie wohl vorher genau beobachten, um herauszufinden, wo sie am einfachsten zuschlagen konnten. Es sei denn, es waren Leute, die Ihnen nahestanden.«

»Mir nahestanden?«

»Ja, Ihre Dienstag-Freunde aus dem *Excelsior* zum Beispiel. Die wussten genau, wo es eine Gelegenheit gab.«

»Das ist absurd, was Sie da vermuten.«

»Sind Sie sich dieser Freunde so sicher?«

»Das sind Geschäftspartner, Politiker, Stadträte, alles bekannte Leute mit Rang und Namen. Die – das ist absurd!« Breuninger lachte laut.

»Der Minister ist auch dabei?«

»Welcher Minister?«

»Kering.«

»Ja. Was dagegen?«

»Ich? Wieso?« Braig schüttelte den Kopf.

»Wir sind befreundet. Außerdem haben wir beruflich viel miteinander zu tun. Ich vertrete schließlich die Interessen unseres Automobilclubs in Baden-Württemberg und möchte, dass die Politik auf unsere Anordnungen, äh, Empfehlungen hört.«

»Treffen Sie oft mit ihm zusammmen?«

»Dienstags. Ich sagte es doch. Mit wenigen Ausnahmen.«

»Sonst nicht?«

»Mit Kering?«

Braig nickte.

»Wenn es sich ergibt. Bei bestimmten Veranstaltungen, politischen Terminen. Was interessiert Sie daran so?«

»Nichts von Belang. Eine andere Frage: Gibt es eine Person in Ihrem Bekanntenkreis, die etwas gegen Sie im Sinn haben könnte, ein früherer Geschäftskollege, ein Untergebener, irgendjemand, mit dem Sie mal Querelen hatten oder nur die kleinste Unstimmmigkeit? Sie sollten sich diesen Punkt genau überlegen, vielleicht fällt Ihnen etwas ein, was Sie bisher nicht beachtet haben.«

»Absurd. Sie suchen im falschen Milieu. Haben Sie das Schreiben nicht gelesen? Ich sagte Ihnen doch, das sind irgendwelche Fanatiker, grüne Spinner, die uns mit ihrem Autohass in die Steinzeit zurückjagen wollen. Die hocken doch inzwischen schon in den Parlamenten und Regierungen, diese Verrückten.«

Steffen Braig betrachtete sein Gegenüber nachdenklich. Das war sein Tick, konstatierte er, die Sache mit den Grünen. Alles Fanatiker, Spinner, Verrückte, wie er sie nannte. Er schien sich absolut sicher zu sein, dass die Entführung auf diese Kreise zurückging.

Braig blickte sich um, betrachtete den teuren Wandteppich, der ein wirres Farbmuster präsentierte. Alles im Raum kündete vom Wohlstand des Besitzers: die Sofagarnitur, der marmorierte Tisch, der mächtige Wandschrank. Nicht gerade schwäbisches Understatement, dachte Braig. Schien wie er kein Einheimischer zu sein oder er hatte eine der wichtigsten und sympathischsten Tugenden des Landes nicht erworben.

»Na gut«, sagte Braig, »stellen wir das zurück. Sie kamen aus dem Lokal, liefen zu Ihrem Wagen, den Sie in der Nähe geparkt hatten, und spürten plötzlich die beiden Männer hinter sich. Die drückten Ihnen die Pistole in den Rücken, befahlen Ihnen, absolut ruhig zu sein, und machten Ihnen klar, was sie verlangten. Und dann?«

»Sie brachten mich zum Tunnel.«

»Sofort? Ohne Unterbrechung?«

»Ja. Sie rissen mir die Wagenschlüssel aus der Hand und erklärten, dass ich mitkommen solle, ohne mich umzusehen. Die drohten mir Hölle, Tod und Teufel an, falls ich versuchen sollte, mit jemandem Kontakt aufzunehmen. Vor lauter Angst blieb ich völlig ruhig. Die Typen waren verrückt, total fanatisch. Unberechenbar in ihrem grünen Wahn. Wenn ich mich gewehrt hätte …«

Schon wieder dieser Tick, überlegte Braig. Unberechenbare, fanatische Grüne. Konnten Verrückte ein Schreiben aufsetzen, wie es im Tunnel gefunden worden war?

Er ließ seine Augen erneut in den Räumen umherschweifen, in denen der Mann hier residierte. Wohnen konnte man das kaum nennen. Nicht als Normalsterblicher. Zwei Millionen oder eher drei? Mit Grundstück eher an die drei. Wobei er sich nicht einmal sicher war, ob das wirklich reichte. Er hatte Schwierigkeiten gehabt, das Haus zu finden, obwohl es nicht allzu weit vom Stadtzentrum entfernt war. Degerlochs Villenviertel war in der ganzen Umgebung für seine geldadeligen Bewohner bekannt.

»Grüne Spinner, Leute ohne jede Vernunft«, beharrte Breuninger.

»Auf dem Weg zum Tunnel – hat niemand Sie gesehen? Keine Kneipenbummler, niemand, der seinen Hund ausführte?«

»Woher soll ich das wissen? Überlegen Sie doch, wie spät es war!« Breuninger griff nach seiner Zigarettenschachtel, bot seinem Gesprächspartner eine an, bediente sich dann selbst, nachdem Braig abgelehnt hatte.

»Waren denn keine Autos mehr unterwegs, als Sie in den Tunnel kamen?«

»Natürlich. Und ob.«

Steffen Braig überlegte laut. »Wie kamen Sie dann in die Nische? Muss doch ziemlich auffällig sein, wenn im Tunnel ein Fahrzeug hält und einige Leute aussteigen, oder?«

Breuninger zögerte mit der Antwort. »Es ging alles so schnell, wie soll ich mich daran noch genau erinnern? Ich sagte Ihnen doch, ich war sehr müde, hatte getrunken ...« Er hielt inne und schaute Braig mit großen Augen an. »Nicht viel, aber immerhin«, korrigierte er sich dann, »so viel jedenfalls, dass ich ziemlich fertig war.«

»Ich verstehe.«

»Ich weiß nur, dass wir vor dem Tunnel stehen blieben. Die Männer warteten, bis kein Auto mehr kam, rissen mich aus dem Wagen und rannten die paar Meter rein bis zur Nische. Sie brüllten mich an, drückten mich an die Wand und gurteten mich fest. Plötzlich waren sie weg.«

»Sie haben die Männer die ganze Zeit nicht gesehen? Nicht ein einziges Mal einen Blick auf sie geworfen?«

»Na ja, ich weiß nicht, im Auto und später im Tunnel, als sie mich festbanden, ich glaube, der eine, also vielleicht ...«

»Ja?«

»Er hatte einen Bart und war ziemlich ungepflegt.«

»Und weiter?«

»Er war überhaupt ein fertiger Typ, wenn Sie verstehen.«

»Fertig?«

»Na, nicht gerade kultiviert. Schmuddelig, verkommen, nicht so die Sorte Mensch, mit der man normalerweise verkehrt.«

Steffen Braig atmete tief durch. Der Qualm der Zigarette stand in der Luft. »Erinnern Sie sich noch, was sie mit Ihnen sprachen?«

»Sprachen? Quatsch! Der drohte mir die ganze Zeit nur, brüllte, schimpfte. Ein rücksichtsloser Gewaltmensch.«

»Seltsam.«

»Wieso?«

»Das Schreiben, das die Täter im Tunnel zurückließen, klingt ganz anders. Sie sprechen darin von der Gewalt des Autoverkehrs und fordern dazu auf, diese Gewalt zu beenden – so habe ich das verstanden.«

»Ist es etwa keine Gewalt, mich im Tunnel festzuhalten?« Die Stimme Breuningers überschlug sich fast. Er warf seine Zigarette in den Aschenbecher, drückte sie mit heftigen Handbewegungen aus. »Diese Sammlung von Drohungen, Beschimpfungen und wirren Hirngespinsten finden Sie normal, wie?«

»Wenn ich es normal fände, wäre ich wohl kaum hier, um nach Spuren der Täter zu suchen. Ich stelle nur fest, dass das Verhalten der Männer, so wie Sie es beschreiben, nicht unbedingt zum Inhalt ihres Schreibens und auch nicht zu ihrem Anliegen passt, wenn sie es wirklich ernst damit meinen.«

»Ach was, von wegen. Das sind brutale Gewalttäter. Oder wollen Sie etwa behaupten, Sie glauben denen mehr als mir?«

»Nein, das will ich nicht, natürlich nicht«, betonte Steffen Braig.

5. Kapitel

Der Rotebühlbau, in dem verschiedene kulturelle Organisationen, die Volkshochschule der Stadt und einige Umweltverbände residierten, lag mitten im Herzen Stuttgarts, direkt über der zentralen S-Bahn-Station. Kommissar Braig hatte sich telefonisch mit der Geschäftsführerin des Bundes für Umwelt- und Naturschutz verbinden und einen Gesprächstermin am Spätnachmittag geben lassen.

Marion Reimer trug ein luftiges gelbes T-Shirt mit roten Punkten und eine weite blaue Stoffhose. Die Haare hatte sie zu einem Pferdeschwanz zusammengebunden. Vor ihr auf dem robusten Schreibtisch türmten sich Bücher und Akten.

»Wir vertreten alle unsere Anliegen generell gewaltfrei«, betonte die Frau, »aus Prinzip. Unser Ziel ist es, den gewaltsamen Umgang mit der Natur, aber auch der Menschen untereinander, zu beenden oder zumindest abzumildern. Unsere wichtigsten Bemühungen zielen in die Richtung, die Strukturen unserer Gesellschaft, die gewaltsames Verhalten in irgendeiner Weise fördern, umzugestalten und in humanere Bahnen zu lenken. Wir wenden deshalb niemals selbst Gewalt an.«

Steffen Braig bewunderte die wuchernde Pflanzenschar, die sich über den ganzen Raum verteilte und verschiedenfarbige Blüten präsentierte, und überlegte, an wen ihn Marion Reimer erinnerte. Eine Schauspielerin, eine Sportlerin oder irgendeine Journalistin? Er konnte den Zusammenhang im Moment nicht herstellen.

»Das ist mir vollkommen klar«, meinte er, »ich will Ihnen auch nicht unterstellen, mit diesem Verbrechen im Wagenburgtunnel in Verbindung zu stehen. Ihre Integrität, auch die Ihres Umweltverbandes, steht außer Frage. Mein Besuch zielt nur dahin abzuklären, ob Sie eine solche Aktion bestimmten Personen zutrauen würden, die uns bisher nicht bekannt sind, oder ob Sie Vermutungen haben, aus welcher Richtung diese Aktivitäten herrühren könnten.«

»Sie meinen, wir sollen Spitzeldienste leisten und umweltpolitisch engagierte Leute, die bisher noch nicht genügend schikaniert wurden, verpfeifen?« Marion Reimer blickte ihm selbstbewusst in die Augen.

Erschrocken erhob er sich, lief zum Fenster. Der Rotebühlbau wurde von einem unaufhörlich fließenden Autostrom passiert. Er betrachtete die einzelnen Fahrzeuge und rang nach Worten.

»Sie verstehen mich völlig falsch. Es geht nicht um Spitzeldienste, wie Sie sich ausdrücken. Dazu gibt es keinen Anlass. Aber, Menschenskind, da wird ein Mann überfallen und terrorisiert, und die Leute, die das tun, sprechen von grünen und umweltpolitischen Zielen, die sie damit angeblich verfolgen. Es kann Sie doch nicht kalt lassen, wenn Ihre anerkanntermaßen gewaltfreie Arbeit so in aller Öffentlichkeit in Misskredit gezogen wird. Damit wird nur Ihr jahrelanges aufopferungsvolles Engagement zerstört. Um dies zu verhindern, bitte ich Sie um Ihre Mitarbeit.«

»Wie freundlich. Sie sollten Politiker werden, dann könnten Sie Ihre schönen Worte häufiger an die Leute bringen. Es ist schon seltsam, wie Sie sich auf einmal bemühen.«

Ihr Lächeln verwirrte ihn. »Wie darf ich das verstehen?« Braig lief vom Fenster weg, um sich seiner Gesprächspartnerin wieder gegenüberzusetzen.

»Nun, Sie wissen wohl selbst, dass wir übermäßig freundliche Behandlung durch die Polizei nicht gerade gewohnt sind.«

»Sondern?«

»Eher doch das Gegenteil, wenn ich mich vorsichtig ausdrücke. Sehr oft jedenfalls. Leute, die sich für das Leben und die Belange der Natur und gegen die egoistischen Interessen der Industrie einsetzen, werden bei uns nicht sonderlich sanft behandelt. Das kann ich leider aus eigener Erfahrung belegen, hier zum Beispiel.« Sie schob den rechten Ärmel ihres Shirts über die Schulter und zeigte ihm ihre Oberarmmuskeln. Er sah die breiten blauen Flecken sofort. »Letzte Woche. Wir haben gegen den vierspurigen Neubau der B 14 demonstriert. Ein Souvenir von Ihren Kollegen.«

Braig schwieg, überlegte, wie er sich verteidigen konnte.

»Die Polizei – Handlanger der Mächtigen?«

»Tut mir leid«, erwiderte er, »werden wir dabei aber nicht von machtgierigen Politikern und Profiteuren für deren Interessen missbraucht?«

»Das mag sein. Auf jeden Fall stehen Sie zurzeit ganz schön unter Druck, sonst kämen Sie nicht so liebedienerisch daher.«

»Wir haben Angst vor einer neuen Spielart des Terrorismus. Nach Linken und Rechten jetzt Grüne? Wir wollen vorbeugen.«

Braig fühlte sich selbst nicht wohl, als er sich die Sätze sagen hörte. Das Sprachrohr des Alten, überlegte er. Was Gübler in seinem Verfolgungswahn daherlabert, wird von seinen Marionetten weiterverbreitet. Da verbringt so ein Bonze eine Nacht im Tunnel statt in der Kneipe, und schon wird allgemeine Hysterie geschürt.

»Grüner Terrorismus?«, hakte die Geschäftsführerin des BUND nach. »Ein hartes Wort für das, was passiert ist, nicht? Woher wollen Sie wissen …«

»Das Bekennerschreiben. Es weist eindeutig in diese Richtung. Darf ich Ihnen eine Kopie vorlegen?«

Sie nickte, las das Blatt, das Braig ihr reichte.

»Verstehe ich nicht«, meinte sie und sah ihn mit großen Augen an, »teilweise macht es mich echt betroffen. Aber dann sind wieder Passagen dabei, die ich nur als dummes Gefasel bezeichnen kann.«

»Zum Beispiel?«

»»*Wir kämpfen dafür, die alten Zustände wiederherzustellen*««, zitierte sie, »ist doch Schwachsinn. Niemand kann ernsthaft in die Vergangenheit zurückwollen. Das ist plumpe Verherrlichung unmenschlicher Zustände. Naives Vergessen unsozialer Strukturen. Wir wollen eine menschlichere Zukunft, nicht zurück in eine zum Glück vergangene Epoche.« Sie lief durch den Raum, um eine Wasserflasche zu holen. »Darf ich Ihnen ein Wasser anbieten?«

Er nickte.

»Vorausgesetzt, das Schreiben ist überhaupt echt«, meinte sie.

»Glauben Sie nicht?«

»Ich dachte zuerst an eine bewusste Verunglimpfung aller Grünen.«

»Jetzt auch noch?«

»Zugegeben, es klingt nicht nach einer harmlosen Spielerei. Aber grüner Terrorismus, mit dieser Aussage? Nein!«

»Der Mann wurde entführt«, entgegnete Braig mit Nachdruck. »Er verbrachte eine Nacht im Tunnel. Waren Sie schon einmal dort?«

Marion Reimer nickte. »Durchgefahren. Klar, schon oft.«

»Ich war heute Vormittag zu Fuß in der Nische. Es ist die Hölle. Sie können es sich nicht vorstellen.«

Steffen Braig dachte an die Minuten, die er am und in der Nähe des Tatorts verbracht hatte. Es war nicht zum Aushalten gewesen. Auto an Auto. Lärm, Abgase, Gestank.

Marion Reimer schaute ihn mit großen Augen an. »Das ist schlimm für den Mann. Aber wissen Sie auch, wie viele Menschen direkt an der Straße wohnen, auf der anderen Seite des Tunnels? Mehrstöckige Wohnhäuser, kilometerweit an der vierspurigen Trasse aneinandergereiht. Die erleben denselben Wahnsinn, nicht nur für eine Nacht.«

»Das ist keine Entschuldigung für die Tat«, erwiderte Braig.

»Ist es nicht, nein. Sie haben recht. Ich verurteile sie auch, genau wie Sie«, erklärte Marion Reimer. »Aber wenn das Schreiben echt ist, war das nur eine Notlösung, eine Art Kurzschluss. Als seien sie in die Enge getrieben worden und wüssten keine andere Lösung mehr, auf ihr Problem aufmerksam zu machen. Immerhin haben sie den Mann gut behandelt.«

»Er berichtet das Gegenteil. Mit brutaler Rücksichtslosigkeit seien sie aufgetreten, behauptet er.«

»Komisch, oder? Das passt überhaupt nicht zusammen.« Marion Reimer überlegte. »Entweder das Schreiben stimmt, dann können sie wohl kaum brutal gewesen sein, weil sie ihre eigene Idee damit ad absurdum geführt hätten. Oder sie waren brutal, dann ist das Schreiben eine Irreführung.«

»Klingt durchaus logisch«, bestätigte Steffen Braig, »Sie sprechen mir aus dem Herzen. Wenn es so einfach zu lösen ist.«

»Es gibt noch eine andere Möglichkeit«, sagte sie.

»Ja?«

»Das Schreiben ist echt, und die Leute waren nicht brutal.«

»Ja, Moment«, wandte er ein, »dann …«

»Richtig. Dann sagt Herr Breuninger nicht die Wahrheit. Er muss wissen, warum. Vorstellen kann ich mir das schon, besonders wenn ich daran denke …« Sie hielt inne, überlegte.

»Ja?«

»Was man so über ihn erzählt.«

»Über Breuninger? Was meinen Sie damit?«

Marion Reimer fuhr sich mit der Hand über die Haare, zögerte einen Moment. »Nun, es ist ein offenes Geheimnis«, sagte sie dann, »der Herr Breuninger hat Probleme mit Alkohol und Autofahren. Noch nichts davon gehört?«

Steffen Braig schüttelte den Kopf.

»Und dann gibt es da noch eine andere Sache.« Die Geschäftsführerin des BUND blickte aus dem Fenster.

»Spucken Sie es schon aus«, drängte Braig.

»Böse Zungen bringen ihn in Zusammenhang mit dem Unfalltod eines Kindes …«

6. Kapitel

Braig fand einfach keine Möglichkeit, unbemerkt an dem Mann vorbeizukommen. Hermann Göckele stand breitbeinig vor seiner Wohnungstür, hielt den Fußabstreifer in beiden Händen und untersuchte ihn zum fünfzehnten, vielleicht auch zum zwanzigsten Mal an diesem Tag vergeblich auf der Suche nach einem Staubkorn oder gar einer größeren Ansammlung von Schmutz. Erfolg in diesem mühevollen Tun war ihm leider nur selten vergönnt. Sein Gesicht, eine hagere, verbissen wirkende Miene, trug unverhohlene Neugier zur Schau.

»Guten Abend«, grüßte Steffen Braig und versuchte, sich schnell die Treppe hochzuschleichen.

»Verbrecher erwischt?«, schallte es ihm entgegen.

Braig schüttelte den Kopf.

»Die Gsetze müsset halt schärfer sei!« Göckele stellte sich mitten in den Weg, sodass es kein Vorbeikommen gab. »Wenn d' Gsetze schärfer wäret, gäbs net so viele Halunke!«, schwäbelte er mit kräftiger Stimme und legte die Fußmatte auf den Boden.

Braig versuchte, einem ebenso kurzweiligen wie hochgeistigen Gespräch auszuweichen und nickte nur mit dem Kopf.

»Wenn i mit an der Regierung war«, erklärte der Nachbar und zupfte einen winzigen Fussel von der Treppe, »no aber!« Er richtete sich auf und streckte drohend seinen Zeigefinger in die Höhe. »I dät die Halunke alle köpfe lasse und des gesamte ausländische Pack dazu«, sagte er und untersuchte seinen winzigen Fund. »Aber vorher noch foltere, damit die net grad so davonkommet.«

»Soll ich Ihnen meine Lupe bringen?«, fragte Braig hilfsbereit. »Die große. Sie kennen sie schon.«

Der Nachbar schüttelte den Kopf. »Net nötig. I seh genug. Köterhaare. Eindeutig!«

Er hielt Braig den Partikel so dicht vor die Nase, dass dieser unwillkürlich zwanzig Zentimeter zurückwich. Auch jetzt vermochte sein geschultes Kriminalistenauge außer den knochigen Fingern des Nachbarn nichts zu erkennen.

»Tut mir leid.«

Göckele schüttelte den Kopf. »Sie sind mir en Polizist!« Mit vorwurfsvollem Blick zeigte er nach oben. »Rauhaardackel. Eindeutig. Mir isch es wirklich egal, mit wem andere ins Bett neischlupfet, i bin aus dem Alter sowieso raus.«

»Hm, sicher, aber …« Steffen Braig räusperte sich verlegen, obwohl er die offene Sprache des Mannes längst gewohnt war. In der Beziehung konnte ihn kaum noch etwas überraschen.

»So wahr i Göckele heiß, stammt des von me Rauhaardackel!« Er hielt den Fussel so weit von sich weg, wie seine kurzen hageren Arme das erlaubten, stierte verbissen zu dem Fundstück.

»Sie sind ein anständiger Mann. Aber wenn des mannstolle Ding da obe, des junge«, er zeigte in die Höhe, »wenn die scho wieder en neue Kerl herschafft, ders ihr besorgt, no muss des doch net so a daube Funzel sei, der seinen Köter mitschleppt und die Hundehaar bei uns im Treppehaus ablädt, oder?«

Steffen Braig schüttelte den Kopf. Die Hasstirade des Nachbarn hatte ihn auf andere Gedanken gebracht. »Was sagten Sie, sei der Mann?«

»Welcher Mann?«

»Na, der neue Freund, der mit dem Rauhaardackel.«

»Die daube Funzel, die elende, was wollet Sie denn von dem?«

Steffen Braig war zu beschäftigt, um die Frage zu beantworten. Er zückte seinen Block, notierte sich die Worte. »Vielen Dank«, sagte er dann, »Sie haben mir sehr geholfen.« Er steckte den Block und den Stift in seine Jackentasche zurück und weidete sich an der erstaunten Miene seines Nachbarn.

»I hab Ihne gholfe? Ja, wie denn?«

»Na, mit dem Rauhaardackel«, erklärte Braig.

»Ach so. Ja, ja, ein Rauhaardackel. Wenn der Kerl wenigstens Gschmack hätt! Ein deutscher Schäferhund oder ein echter Jagdhund zum Beispiel. Aber so ein Verschnitt zwische Ratte und Spanferkel, noi!« Er winkte mit beiden Händen ab.

»Sie haben wirklich gute Augen«, lobte der Kommissar, »von dem winzigen Haar her auf einen Rauhaardackel zu ...«

»Ach was! Sie wisset doch genau, dass i ohne Brille kaum was erkenne kann.«

Göckele drehte sich um und lief die Treppe hoch zum Fenster, öffnete es und entließ das unsichtbare Stück in die Luft. Braig nutzte die Gelegenheit, um sich zu verabschieden.

»Neue Gesetze brauchet mir halt, dass d' Leut zwunge sind, uf ihre Nachbar zu achte!«, schallte es hinter ihm her.

Es war jedes Mal aufs Neue ein Graus, Göckele zu begegnen. Mehrfach schon hatte Braig überlegt, die Wohnung zu kündigen, um sich jeden weiteren Kontakt mit dem Mann zu ersparen.

Er schnaufte die letzten Stufen hoch, wobei er die kleine Karte schon von Weitem sah. Der bunt verzierte Gruß an seiner Tür erinnerte ihn an die Einladung. Er zückte seinen Block und läutete bei seiner Nachbarin.

»Oh, Frau Ungemach«, jammerte er schuldbewusst, »ich bin wieder sehr spät.«

»Nur keine Panik.«

»Dafür habe ich aber einen neuen Ausdruck.«

»Einen neuen?«

Elisabeth Ungemachs Augen leuchteten vor Freude. Sie steckte sich den Kugelschreiber hinter ihr rechtes Ohr, gab Braig die Hand.

»Sie haben geschrieben?«

Sie nickte.

»Hoffentlich mit Erfolg.«

Elisabeth Ungemach war das Bilderbuch-Exemplar der liebevoll-besorgten Nachbarin jenseits der Lebensmitte. Sie erinnerte ihn an die Miss Marple der alten Agatha-Christie-Filme. Die weißgrauen Haare regelmäßig, alle acht Tage, jeweils am Samstagmorgen, zu frischen Locken geformt, blitzte sie mit ihren kleinen Augen neugierig umher. Ihr wohlgerundetes Gesicht wurde von dicken dunkelroten Pausbacken und einer lustig-pummeligen Knollennase beherrscht. Zwischen Kopf und Schultern fand sich kaum ein Übergang: Die beiden Körperteile liefen, verdeckt von speckigen Kinnfalten, direkt ineinander über. Die Arme, der Leib und die Beine waren allesamt mit überaus reichhaltigen Fettpolstern ausgestattet, sodass sie bei jeder Fortbewegung sofort in einen quaddelnden, entenartigen Gang verfiel. Dennoch war sie keine gutmütig-naive Oma im herkömmlichen Sinn, die ihre Tage mit der Sorge um Enkel und dem Wohlergehen der europäischen Fürstenhäuser verbrachte.

»An wen gehen die Briefe heute?«, erkundigte sich Steffen Braig.

Elisabeth Ungemach zog ihn von der Tür weg in ihr Wohnzimmer, einen kleinen Raum mit einem übervollen Sekretär in der Ecke, der aus allen Nähten platzte, geblümter Tapete und mächtiger Standuhr, deren großes Pendel hin und her schwang.

Mittendrin der üppig gedeckte kreisrunde Tisch: Teller, Gläser, Besteck, Schüsseln, Karaffen und jede Menge bunte Servietten standen bereit. Am linken und am rechten Ende brannte je eine Kerze in Gestalt zweier verschiedener Mainzelmännchen. Links die Figur, die den Mund weit geöffnet hatte zum bekannten »*Guten Aaaabend*«, rechts ein Mainzelweibchen, das nur einen grünen Rock trug und seinen wohlgerundeten Busen zur Schau stellte. Der ganze Raum roch intensiv nach herbem Männerparfum, eine ihrer besonderen Vorlieben.

»Hero?«

Sie nickte. »Erraten. Stehe zurzeit drauf. Macht mich richtig an.«

Sie zog ihm die Jacke vom Leib, hängte sie über den freien Stuhl und schob ihn auf seinen gewohnten Platz.

»Heute klebe ich den ganzen Tag an den Südstaaten der USA. Texas, Mississippi, Arizona und so weiter. Todesstrafe. Gottes eigenes Land. Und wer sitzt in den Todeszellen? Schwarze, Arme, immer mehr Jugendliche. Sie unterschreiben?«

Braig nickte bereitwillig. Für ihr Engagement zugunsten unterdrückter und verfolgter Menschen auf der ganzen Welt war Elisabeth Ungemach keine Mühe zu viel. Sie arbeitete in der Stuttgarter Amnesty-International-Gruppe mit, schrieb Briefe an sämtliche Tyrannen, bettelte um Gnade für die unschuldigen Opfer. Es gab keinen Gast, keinen Freund oder Verwandten, der von ihr ging, ohne einen oder mehrere Briefe mit seinem Namen unterschrieben zu haben.

»Nach dem Essen«, erklärte sie, »vielleicht können wir die selbstgerechten Südstaaten-Politiker dazu bewegen, sich zu überlegen, woraus ihre irrsinnig hohen Kriminalitätsraten resultieren.«

Sie verschwand in ihrer kleinen Küche. Braig hörte den Deckel des Mülleimers auf- und zugehen, dann klapperten Schüsseln und Töpfe.

»Und wie heißt der neue Ausdruck?« Ihr Kopf lugte durch die Türöffnung.

»Hm, den kennen Sie garantiert nicht.« Er grinste spitzbübisch, wusste er doch, wie neugierig sie war, das Wort endlich zu erfahren.

»Jetzt spannen Sie mich nicht so auf die Folter.«

Braig drückte seine Lippen eng aufeinander, formulierte Buchstabe für Buchstabe. »Daube Funzel.«

»Oh je, schwäbisch!«

»Keine Ahnung?«

»Ich tippe auf einen Kerl, der nichts taugt. Woher haben Sie den Ausdruck?«

»Herr Göckele benutzte ihn.«

»Mein Gott, der!« Elisabeth Ungemach schlug die Hände laut zusammen. Sie schleppte einen dicken Aktenordner herbei, klemmte ihm das schwere Gerät auf den Schoß und blätterte darin herum. »Tragen Sie die Worte ein, bitte.«

Braig fand das Kapitel mit schwäbischen Ausdrücken, erreichte das »F«.

Das Sammeln von Schimpfworten war ihre zweite große Passion. Bedingung dabei: Die Ausdrücke mussten gegen Vertreter des männlichen Geschlechts gerichtet sein und durften nicht dazu beitragen, Frauen in irgendeiner Weise zu diskriminieren. Seit Jahren rannte sie hinter jeder Bezeichnung her, die nur entfernt mit Flüchen, bösen Formulierungen, hinterhältigen oder doppeldeutigen Erklärungen zu tun hatte. Ihr großer Wunsch war es, die Sammlung in Buchform zu veröffentlichen, wenn sie einmal komplett war. Nur, würde das je der Fall sein?

Braig hatte seine Worte eingetragen und überflog interessiert die Seite mit dem »F«.

»*Fetzaberger*«, las er laut, »*ein schlagfertiger kleiner Gauner, der allen Situationen gewachsen ist. Filou, ein fast anerkennendes Wort für einen listigen Kerl, stammt aus dem Französischen. Furzklemmer, ein sehr geiziger Mensch, der keinen Furz auf einmal lässt, sondern aus einem zwei macht.*«

Braig lachte laut. »Wäre das nicht eine schöne Bezeichnung für unseren lieben Nachbarn?«

»Den Göckele? Sofort!«

»Er war wieder voll in seinem Element, als ich die Treppe hochlief. Die Gesetze müssten verschärft und das ausländische Pack gefoltert werden. Fehlt nur noch, dass er nach dem Adolf schreit. Ein echter Schwabe, wie?«

Elisabeth Ungemach sah ihn mit großen Augen an, schüttelte ihren Kopf. »Nein. Sie können den Schwaben vieles vorwerfen, nur nicht übergroße Begeisterung für die Nazis. Wenn Göckele diesen Schwachsinn von sich gibt, spricht das für seinen beschränkten Verstand. Er steht aber auf keinen Fall repräsentativ für die Mehrheit seiner Landsleute. Die Schwaben mögen viele Fehler haben, aber überzeugte Nazis fanden sich hier noch nie besonders viele – weder damals noch heute. Zum Glück. Obrigkeitsgläubigkeit und liebedienerisches Buckeln vor den Mächtigen hat in diesem Land keine Tradition.«

»Höre ich da die Lobpreisungen einer überzeugten Schwäbin?«

Elisabeth Ungemach schüttelte energisch den Kopf. »Die für die entscheidenden Jahrzehnte ihres Lebens ins Exil vertriebene Schwäbin, bitte. Nein, meine Landsleute waren zu allen Zeiten unbequeme Befehlsempfänger, ein Wort wie Gehorsam existiert im Schwäbischen nicht. Wann immer die

Mächtigen ihren Willen durchzusetzen suchten, stießen sie auf Widerstand. Oder können Sie sich die skurrile Ansammlung verschrobener Tüftler, brummiger Eigenbrötler und ungehobelter grober Klötze in diesem Ländle als obrigkeitsergebene Diplomaten und Speichellecker vorstellen?«

Braig lachte, fasste seine Antwort in bayerischen Slang. »Die finden sich eher in benachbarten Regionen, net woa?«

»Genau. Dieses Volk von Individualisten, Sektierern und komischen Käuzen überließ es anderen, kriecherisches Buckeln vor den Mächtigen einzuüben. Das spürten auch die Herren des Tausendjährigen Reiches. Hitler erhielt im Schwäbischen relativ wenig Zuspruch, besonders die Bauern und die engagierten Christen waren nicht bereit, sich dem arischen Wahn voll auszuliefern. Natürlich fanden sich auch hier viele plumpe Mitläufer, aber zu den führenden Bonzen gehörte nicht ein einziger Schwabe. Und die mutigen Beispiele von Zivilcourage gegen die Machenschaften der braunen Bande sind zahlreich. Etwa die öffentlichen Predigten des Landesbischofs Wurm, der sich jahrelang gegen die Ermordung psychisch Kranker stemmte und damit die Beendigung des sogenannten Euthanasie-Programms in Württemberg erreichte.«

Elisabeth Ungemach fuhr sich mit der Hand über die Stirn, holte tief Luft.

»Genauso die evangelischen Pfarrer in und um Stuttgart wie Kurt Müller, Albrecht Goes oder Rudi Daur, die über Jahre hinweg unter Einsatz ihres Lebens und dem ihrer Familien untergetauchte Juden in ihren Häusern versteckten, sie mit Essen, Kleidung und Ausweisen versorgten, obwohl sie selbst nur über geringe Nahrungsrationen verfügten. Nach drei Wochen Unterkunft wechselten die jüdischen Schützlinge bei Nacht das Domizil, eine andere Pfarrfamilie nahm sie auf, bis es gelang, sie irgendwo illegal über die Grenze zu schaffen. Die eigene Gewissensüberzeugung genoss bei vielen Schwaben schon immer mehr Autorität als großkotzige Herrscherbanden. Und wenn es gar nicht anders ging, dann hörte man auf seine innere Stimme, brachte seinen Protest so deutlich zum Ausdruck, dass die Despoten in ihrer eigenen Wut kochten, und nahm Reißaus, wie Schiller und Hegel ...«

»... und Elisabeth Ungemach«, ergänzte Braig.

Sie schaute ihn mit großen Augen an. »Vielen Dank, aber diese Gesellschaft ist wirklich zu viel der Ehre.«

Braig wusste, dass sie als junge Journalistin nach Hamburg geflohen war, um einem inoffiziellen, aber immer sturer praktizierten Schreibverbot im engstirnigen Stuttgart auszuweichen. Das liberale geistige Klima der neuen Umgebung hatte ihre schriftstellerische Entfaltung gefördert und sie über Jahrzehnte an die weltoffene Hansestadt gebunden. Erst die Krankheit ihrer Mutter war der Anlass gewesen, wieder in die ehemalige Heimat zurückzukehren.

»Und über den Anlass meiner Flucht zu reden – ein weniger erfreuliches Erbe unserer schwäbischen Mentalität – fehlt mir im Moment die Lust.«

Elisabeth Ungemach legte den Aktenordner mitten auf ihren übervoll beladenen Sekretär und verschwand dann in der Küche. Braig hörte wieder Schüsseln und Töpfe, spürte seinen hungrigen Magen. Die Einladung der Nachbarin war im richtigen Moment erfolgt.

»Und was war bei Ihnen los?« Ihr Kopf lugte durch die Türöffnung. »Was Schlimmes?«

»Hm«, brummte er. Es machte Spaß, sie auf die Folter zu spannen, wusste er doch, dass sie viel zu wissbegierig war, als dass sie sich die Chance, ihn auszuquetschen, entgehen lassen würde.

»Ich tippe auf Mord«, rief sie.

Braig schüttelte den Kopf. »Zum Glück nicht. Nur eine etwas ungewöhnliche Sache, eine Art …«

»Ja? Lassen Sie sich doch nicht alles aus der Nase ziehen!«

Elisabeth Ungemach reichte ihm ein geblümtes Handtuch, mit ähnlichem Muster wie die Tapete, nur mit völlig anderen Farben, und wies ihn an, es sich um den Hals zu hängen. »Sie bekleckern sich sonst wieder!«

Braig wehrte sich nicht, weil er wusste, dass jeder Versuch zwecklos war.

»Ihr schönes Hemd!«, setzte sie vorwurfsvoll hinzu, ging dann aber zum wichtigeren Thema über. »Irgendwas mit Sex?« Die Neugier hatte den Umfang ihrer Augen fast verdoppelt.

»Überhaupt nicht. Etwas völlig Neues. Im Wagenburgtunnel. Ein Mann wurde …«

»Oh, ich habe davon gehört«, unterbrach sie ihn eifrig und setzte schnell »im Radio« hinzu, als sie seine zweifelnde Miene bemerkte. »Festgebunden, ja?«

Braig nickte. »Die ganze Nacht hindurch. Keine sehr angenehme Sache.«

»Sonst nichts?«

Er begriff nicht.

»Sonst haben sie dem Kerl nichts getan?«, fragte sie.

»Hm, ist das nicht genug?«

»Nur an die Wand gefesselt, ja?«

Braig sah sie mit großen Augen an. »Aber mehrere Stunden lang, bis morgens«, betonte er.

»Ach was, dem feinen Pinkel hätten ein paar Tage nichts geschadet.«

Sie verschwand in der Küche, erschien dann schwer beladen wieder am Tisch.

»Dampfnudeln!«, verkündete sie und schob ihm drei mächtige Exemplare auf den Teller. Sie ragten weit über den Rand hinaus. Braig hatte alle Mühe, sie festzuhalten. Zwei dieser wohlriechenden, knusprig gebackenen Spezialitäten hätten genügt, den hungrigsten Mann satt zu machen.

Elisabeth Ungemach schleppte Schüsseln mit Salaten und Pflaumenkompott herbei und reichte ihm eine Flasche Wein.

»Besigheimer Felsengarten Schwarzriesling.«

»Keinen Trollinger?«

Sie schüttelte den Kopf. »Andere Väter haben auch sehr hübsche Söhne. Ein Geheimtipp meiner Schwester.«

Weine in jeder Geschmackslage waren ein besonderes Hobby seiner Nachbarin. Sie bevorzugte die roten, besonders aus heimischen Lagen – eine Vorliebe, die sie mit vielen Landsleuten teilte.

Oft genug hatte Braig verschiedene Weinhandlungen durchstöbert, um einen besonders erlesenen Tropfen für sie zu finden. Er hüllte die Flasche dann in buntes Geschenkpapier, krönte sie mit einer grellfarbigen Schleife und überreichte sie ihr als besondere Überraschung. Das Auspacken war zur feierlichen Zeremonie avanciert: Sie schälte die Flasche mit kindlicher Freude aus ihrer Umhüllung, studierte aufmerksam ihre Herkunft, den Jahrgang und den Erzeugerbetrieb und zeigte dabei eine Begeisterung wie in den Momenten, in denen er ihr exklusiv von seinen aktuellen, streng vertraulichen Ermittlungen berichtete.

Steffen Braig öffnete die Flasche und schenkte zwei Gläser voll ein. Zufrieden ließ sie sich neben ihm nieder, griff selbst kräftig zu. Sie strahlte so viel Gutmütigkeit aus, dass es schwerfallen musste, mit ihr in Unfrieden zu leben. Er hatte dies von Anfang an so empfunden, seit er neben ihr wohnte.

»Wunderbar«, lobte er, nachdem er die Hälfte der ersten Dampfnudel geschafft hatte, »einzigartig.«

»Damit Sie es wissen«, konterte sie kauend, »dem Kerl gönne ich das voll.«

»Dem Kerl?«

»Im Tunnel«, erklärte sie und trank ihr Glas in einem Zug leer, »das tut richtig gut.«

Erstaunt hielt Braig im Kauen inne. »Aber wieso? Das waren Verbrecher!«

»Verbrecher? Dass ich nicht lache!«

Elisabeth Ungemach hielt ihm ihr leeres Glas vor die Nase. Bei aller Mühe, der sie sich als Gastgeberin jedes Mal aufs Neue unterzog: Einschenken war seine Aufgabe.

»Ich würde es ausgleichende Gerechtigkeit nennen, gleich, was dahinter steckt.«

Steffen Braig hatte Mühe, ihren Gedankengängen zu folgen. »Ich verstehe nicht ganz.«

»Herrschaftszeit, jetzt machen Sie doch nicht auf moralisch.« Ihr Ton war so heftig, dass er beim Einschenken einige Tropfen verschüttete.

Elisabeth Ungemach war, das hatte er längst festgestellt, nicht mit den oberflächlichen Parolen naiver Zeitgenossen zufriedenzustellen. Sie war nicht das brave Dummchen von nebenan. Nicht Angst vor dunklen Straßen, finsteren Kellergängen und allgegenwärtigem Räubergesindel, geschürt von Fernsehfahndern und Boulevard-Blättern, prägte ihre Sinne. »Wo Menschen sind, menschelt's«, pflegte sie ihm zu antworten, wenn er ihr von einem neuen Verbrechen berichtete und dabei sorgsam darauf achtete, es möglichst harmlos darzustellen, um ihr keine Angst zu machen. Und, wenn er seine schonende Berichterstattung allzusehr übertrieb: »Lieber Herr Nachbar, wie Sie sich vielleicht erinnern, komme ich aus Hamburg. Ich habe dort viele Jahre verbracht, gelebt und gearbeitet und das alles nicht weit vom Hafen – und ihr Dörfler mit eurem pimpfigen, spießigen Stuttgärtle wollt mir imponieren!«

Elisabeth Ungemach verzichtete auf ein Fernsehgerät, »weil ich meine Zeit nicht mit so dämlichem Zeug totschlagen will«, und schimpfte mit ihrer Schwester, die nach einem Besuch bei ihr unbedingt bei Tageslicht nach Hause kommen wollte, weil sie sich vor der Dunkelheit fürchtete.

So warf es Steffen Braig denn auch nicht vom Stuhl, als sie ihm erklärte, warum sie die Entführung heute Nacht völlig anders beurteilte als die besorgte Polizeispitze.

»Wer versaut uns unsere Städte, wer macht das Leben auf den Straßen unmöglich?«

Braig hielt im Kauen inne. »Wie meinen Sie das?«, nuschelte er mit vollem Mund.

»Die Angst«, fuhr sie fort, »wenn wir aus dem Haus gehen. Der Lärm und die Hektik unterwegs. Der Gestank und das Gift in der Luft. Alles normal, ja?«

Er biss in eine neue Dampfnudel.

»Unsere zubetonierte Landschaft. Überall neue Straßen, neue Autobahnen.«

Der Teig schmeckte wirklich exzellent.

»Deswegen gönne ich es dem Kerl. Für die Hetzerei seines Autoclubs. Die ganze Bande gehört in den Tunnel. Jede Nacht.«

Braig schluckte. Frau Ungemachs Worte in Güblers Ohr, dachte er. Der würde ausrasten, nur noch von Terror und kommunistischer Unterwanderung palavern, die Mottenkiste der 50er-Jahre auspacken.

»Freie Fahrt für freie Bürger«, erklärte sie mit fester Stimme, »wissen Sie, wie viele Menschen dieser Parole zum Opfer fielen?«

Sie nahm ihr Glas, trank es leer, schwenkte es durch die Luft. Er stand auf und schenkte ihr ein.

»Sie glauben gar nicht, wie gut das tut«, bekannte sie.

»Was?«

»Der Kerl die ganze Nacht im Tunnel.« Sie lachte, prostete ihm zu. »Schade nur, dass ich nicht auf die Idee gekommen bin. Wenn mir die Leute bekannt wären, würde ich helfen. Jede Nacht einen anderen Verbrecher aus diesem Autoclub.«

Er glaubte ihr aufs Wort.

»Hatten Sie heute schon ein Rendezvous mit Herrn Göckele?«, fragte er. Er wollte das Thema wechseln.

»Allerdings«, erklärte sie kauend, »er hat den ganzen Morgen Staubkörner auf jeder Stufe gezählt und das Treppenhaus inspiziert. Unser Abschnitt hier oben sei am meisten verdreckt, hat er behauptet.«

»Und? Haben Sie das auf sich sitzen lassen?«

Elisabeth Ungemach trank von dem Wein, schnalzte genussvoll mit der Zunge. »Natürlich nicht. Ich habe extra Frau Weippert besucht.«

»Wieso das?«

»Die kämmt um diese Zeit immer ihre Natascha.«

»Und?«, fragte er.

»Sie kennen das Tier?«

Braig ahnte, was ihr Besuch zu bedeuten hatte.

»Rauhaardackel«, erklärte Frau Ungemach, »was glauben Sie, was der beim Kämmen Haare lässt!«

»Dann hatten Sie auf jeden Fall genügend Material, um es im Treppenhaus und vor Göckeles Haustür zu verteilen.«

»Und ob!«, bekräftigte sie, trank den Rest des Weines und lächelte ihm zufrieden zu.

7. Kapitel

Braig, junger Mann, ich brauche Ergebnisse!« Gübler saß nervös hinter seinem Schreibtisch, wie immer, wenn sie in einer Sache nicht weiterkamen.

»Ich tue, was ich kann.«

»Mein Gott, Sie haben keine Ahnung, welcher Druck von oben kommt.«

Braig nahm Güblers Worte kaum mehr wahr, weil er die Schallplatte auswendig kannte. Sie lief seit seiner Versetzung vom Mannheimer Kommissariat ins Stuttgarter Landeskriminalamt immer dann, wenn die Laune seines Vorgesetzten den absoluten Tiefpunkt zu erreichen drohte. Er betrachtete Güblers kleine Gestalt mit abschätzigem Blick. Ein inkompetenter Paragrafenreiter, der alles, was von oben kam, wie die Offenbarungen der Heiligen Schrift verehrte, mit einer Unterwürfigkeit nach oben und einer Ehrenpingeligkeit nach unten, die nur noch lächerlich wirkten. Den halben Tag telefonierte er mit den Spielern und dem Trainer des provinziellen Fußballvereins, dem er als Präsident vorstand, um dann über seine hohe Beanspruchung im Amt zu lamentieren.

»Ich zerbreche mir die ganze Nacht den Kopf, wie wir diese Terroristen unschädlich machen können, aber meine Mitarbeiter ...«

Die Tür wurde geöffnet, woraufhin Kollegin Neundorf ins Zimmer trat.

»Morgen zusammen.«

»Wieder ohne Klopfen«, brummte Gübler.

»Morgen, Katrin.«

Neundorf drehte Gübler demonstrativ den Rücken zu.

»Welche Bahnstrecke willst du am Wochenende unsicher machen?«, fragte sie Braig.

»Bernina-Express in der Schweiz«, erklärte dieser, »wenn ich hier freikomme.«

Bahnfahren war seine große Leidenschaft. In fast jeder freien Minute kurvte er auf Schienen durch Europa, immer auf der Suche nach einer neuen Strecke, die ihm bisher unbekannt geblieben war.

»Wie geht es Frau Ungemach?«

»Prima. Sie schreibt Briefe gegen die Todesstrafe in den USA.«

»Finde ich toll«, Neundorf pfiff anerkennend durch die Zähne, »außerdem habe ich ein neues Wort für sie.« Grinsend gab sie ihm ein Blatt.

»*Hinterschefirgockeler, ein überdrehter Kerl, der alles umständlich oder falsch macht – ein Typ wie Gübler*«, las er. Lachend steckte er den Zettel weg. »Vielen Dank, sie wird sich sehr freuen.«

»Würden Sie sich mal setzen!«, blaffte Gübler Neundorf an. »Ihre Privatgespräche können Sie außerhalb der Dienstzeit führen!«

Betont gelassen nahm sie ihm gegenüber Platz. Missbilligend nahm er ihre etwas abgewetzte hellblaue Jeansjacke über einem schlabbrigen grellroten T-Shirt zur Kenntnis.

»Hast du das Papier überprüfen lassen?«, beeilte sich Braig zu fragen.

Sie nickte, wischte sich die kurzen Haare von der Stirn. »Normales Umweltpapier, gebleicht, überall im 100er oder 500er Pack zu haben. Der Hersteller sitzt im Schwarzwald, kann leider nicht feststellen, wo es verkauft wurde. Die Schrift stammt von einer normalen Schreibmaschine, Handbetrieb, hat einen festen Anschlag, was Spuren auf dem Papier bestätigen. Das Schriftbild ist ›pica‹, gibt es von unzähligen Firmen. Die Maschine muss aber einige Jahre auf dem

Buckel haben, weil das ›o‹ und das ›r‹ etwas verrutscht und die Buchstaben allgemein leicht verschmiert sind. Mindestens zehn Jahre, schätzen sie im Labor, wahrscheinlich eine Billigausführung von Otto oder Neckermann.« Sie schaute sich triumphierend um. »Ging schnell, was?«

»Spitze, du solltest befördert werden.« Braig klopfte ihr anerkennend auf die Schulter.

»Von was reden Sie die ganze Zeit?«, mischte Gübler sich empört ein. »Was maßen Sie sich an, von Beförderung zu schwafeln? Haben Sie sonst keine Sorgen?«

»Der Brief«, erklärte Neundorf.

»Welcher Brief?«

»Im Tunnel.«

»Wie?«

»Bei Breuninger, dem Typen vom Autoclub«, ergänzte Braig.

»Ah ja«, sagte Gübler.

»Was ich immer noch nicht verstehe«, überlegte Braig, »wo genau in der ganzen Sache ist die Verbindung zum Hubschrauberabsturz von Kering? Gut, Breuninger hat beruflich viel mit dem Minister zu tun, sie treffen sich fast jeden Dienstag in ihrem Stammlokal. Auf ihr Verhältnis angesprochen, erklärte der Mann, er sei mit Kering befreundet. Wo genau aber ist der Punkt, der beide Fälle zusammenbringt?«

»Kerings Unfall mit dem Hubschrauber und die Sache im Wagenburgtunnel sollen miteinander zu tun haben? Wer behauptet diesen Schwachsinn?«, fragte Neundorf.

Güblers Gesicht lief dunkelrot an. Er rutschte unruhig auf seinem Stuhl hin und her. Seine Stimme zitterte, als er lospolterte. »Sie sollten Ihre Worte genauer überlegen, junge Kollegin. Es gibt Informationen, die Ihren Horizont offensichtlich übersteigen. Wenn es Ihnen an der Fähigkeit fehlt, Zusammenhänge zu erkennen, werde ich Sie von dieser Aufgabe entbinden. Ich verstehe sowieso nicht …« Er blickte sie mit zornigen Augen an, hielt mitten im Satz inne, winkte dann jedoch verächtlich schnaubend ab. »Auf jeden Fall sollten Sie zur Kenntnis nehmen, dass man im Ministerium um die Sicherheit von Herrn Kering sehr besorgt ist.«

Neundorf lachte laut, zog ihre Jacke zurecht. »Das ist durchaus verständlich«, erklärte sie, »allerdings in anderer Beziehung, als Sie es hier andeuten. Es vergeht doch fast kein Monat, ohne dass eine neue Affäre um diesen Skandal-Hering publik wird. Und das bei unserer den Konservativen so unübersehbar gewogenen Presse!«

Gübler schnappte nach Luft. »Ich weiß nicht, wovon Sie reden«, stotterte er, »das ist doch eine üble Kampagne der Medien, die gegen den Minister läuft.«

»Kampagne?« Neundorf grinste. »Stinkende Heringe, Landesauszeichnung für die Firma des eigenen Bruders, ein außereheliches Verhältnis, Enteignung von Bauern für die Schwaben-Messe … Alles Kampagne?«

Braig wusste, wovon sie sprach. Kerings peinliches Fehlverhalten als Pressekampagne zu verklären, bedurfte schon besonderer Blauäugigkeit. Ganz im Sinne eines mächtigen Paten hatte sich der Politiker mit dem Briefkopf seines Ministeriums für einen Händler stark gemacht, der wegen verdorbener Bismarckheringe mit der Polizei aneinandergeraten war. Bei dem mobilen Fischbrötchenverkäufer waren dem Wirtschaftskontrolldienst anlässlich des Cannstatter Volksfestes, des größten schwäbischen Jahrmarkt, dreißig Kilogramm ungekühlter Heringe und Lachsersatz in die Hände gefallen. »Für den Verzehr ungeeignet«, hatten die Beamten geurteilt und die stinkende Masse, nachdem sie am dritten Tag immer noch nicht beseitigt war, in Übereinstimmung mit den polizeilichen Richtlinien mit einem Reinigungsmittel getränkt.

Zehn Tage später hatte der Minister auf dem offiziellen Papier seines Ministeriums beim damaligen Stuttgarter Polizeipräsidenten angefragt, auf welche rechtliche Basis sich dieses ungewöhnliche Vorgehen stütze. Er, der Minister, sei völlig perplex, dass solche Verfahrensweisen erlaubt seien.

Peinlich für den mächtigen Herrn in Stuttgart, als sich herausstellte, dass der Händler seinen Stand im Volksfestzelt jenes Mannes betrieb, mit dessen Tochter der Minister neuerdings liiert war.

Doch damit nicht genug: Wenige Tage später hatte Kering einer Firma, deren Geschäftsführung in den Händen seines eigenen Bruders lag, die Wirtschaftsmedaille des Landes überreicht und deshalb die Parlamentsdebatte über die von ihm mit initiierte neue Messe Stuttgarts versäumt, für deren Grunderwerb er eigens ein Enteignungsgesetz in die Wege geleitet hatte, das unzählige Landwirte ihrer Betriebe zu berauben drohte. Dass ihn ein weit verbreitetes Boulevardblatt dann schließlich noch in einer Meldung über seine neue Gefährtin mit dem Ausspruch zitierte, er müsse es seiner Ehefrau »erst noch sagen«, setzte der Affären-Story nur noch die Krone auf.

»Jetzt aber zur Nische, wo der Autoclub-Manager Breuninger festgeschnallt war«, erklärte Neundorf. »Sie ist etwa eineinhalb Meter breit und vier Meter lang. Die Tür an ihrem Ende ist verschlossen, dahinter befindet sich ein Lagerraum des Straßenbauamtes. Die Täter banden Breuninger an der metallenen Klinke fest. Ein massives Modell, keine Chance, davon loszukommen.«

»Dann hatten sie es nicht einmal nötig, vorbereitende Arbeiten zu leisten«, überlegte Braig, »aber um dies zu wissen, mussten sie vorher im Tunnel gewesen sein. Vielleicht hat man sie dabei beobachtet? Ist doch sicher auffällig, wenn sich Leute in diesem Autotunnel herumtreiben. Wir sollten Zeitungen und Rundfunk bitten, danach zu fragen, ob jemand in den vergangenen Tagen oder Wochen im Wagenburgtunnel etwas Auffälliges beobachtet hat.«

»Habe ich schon durchgegeben, vorhin. Alles erledigt.«

»Mein Gott, was Sie sich nicht alles herausnehmen«, unterbrach Gübler ihr Gespräch, den Frauen-haben-bei-der-Polizei-in-höheren-Positionen-nichts-verloren-Blick im Gesicht, »haben Sie schon einmal gehört, dass Sie gefälligst mich als Ihren Vorgesetzten um Erlaubnis bitten müssen, bevor Sie zur Presse gehen? Ich muss in Ihre Personalakte wohl ›eigenmächtiges, unkoordiniertes Agieren ohne Weisungsbefugnis‹ einfügen lassen.«

»Wann soll ich Sie denn um Ihr Ermächtigungsgesetz bitten? Wenn Sie gerade mit einem Spieler oder mit dem Trainer telefonieren?«, erwiderte Neundorf und bemerkte dann, zu Braig gewandt, »Hinterschefirgockeler, alles klar? Gruß an Frau Ungemach.«

Kriminalrat Gübler hatte es die Sprache verschlagen. Er kramte ziellos in irgendwelchen Papieren.

»Dann zur Schnur«, setzte sie übergangslos fort, »mit der Breuninger festgebunden wurde. Das ist die eigentliche Überraschung.«

Braig nahm vor lauter Bewunderung ihres resoluten Auftretens kaum ihre Worte wahr. »Ich werde als Frau unter diesem Weiber-Hasser sowieso keine Karriere machen«, hatte sie ihm vor längerer Zeit erklärt, »das muss ich ganz realistisch sehen. Für den gehöre ich in die Küche zum Kotelett brutzeln, aber niemals ins Amt. Warum soll ich dann nicht offen sein? Der würgt mir doch nur miese Beurteilungen rein, der impotente Versager!«

»Die Schnur stammt von Karstadt, eindeutig. Laut Laborbericht handelt es sich um eine billige Sonderanfertigung, die exklusiv von Karstadt vertrieben wurde. Aber Auskunft darüber, wer in letzter Zeit in Stuttgart davon gekauft hat ... zu viele Kunden. Null Ahnung. Karstadt hat in unserer Region mehrere Häuser.«

»Dafür habe ich was Neues«, sagte Steffen Braig und zog ein Blatt aus seiner Tasche, »hier.«

»So schlampig«, schimpfte Gübler, als er das Papier auseinanderfaltete, »können Sie denn nicht ...«

»Vielleicht einer der Täter«, erklärte Braig.

Güblers Augen starrten auf das Blatt. »Wo, wie kommen Sie dazu?«

»Heute Morgen war ich nochmals in dem Lokal. Deswegen kam ich etwas später. Ihre Kritik war also nicht berechtigt.«

»Warum sagen Sie das nicht gleich?«

»Ich kam nicht zu Wort.«

»Woher haben Sie die Zeichnung?«

»Gestern Abend war zu viel Betrieb, niemand konnte sich erinnern. Aber heute Morgen rief mich der Wirt an – ich hatte ihm auch meine Privatnummer gegeben – und erzählte, ihm sei ein Mann eingefallen, der sich in den letzten Wochen recht auffällig in der Kneipe umgesehen habe. Manfred ist sofort hingefahren und hat die Skizze gezeichnet.«

»Mein Gott, das erzählen Sie mir erst jetzt? Braig, sind Sie des Wahnsinns, so lange damit zu warten? Ich überlege, weiß nicht, was wir tun sollen ...«

»Wie gewohnt«, meinte Neundorf, doch ihre Worte gingen im Läuten des Telefons unter.

»Großfahndung ausrufen nach dem Mann auf der Zeichnung«, zischte Gübler, als er den Hörer abnahm, »sofort Großfahndung ausrufen!« Dann verstummte er und erbleichte. Sein Gesicht wurde aschfahl, die Hände zitterten. Die Stimme aus dem Hörer brachte ihn vollends aus der Fassung.

8. Kapitel

Die Journalisten legten Wert darauf, dass sie den oder besser gesagt: beide Tatorte nicht verändert hatten. »Wir kennen Ihre Ermittlungsmethoden. Niemand von uns wollte Ihre Arbeit erschweren. Aber dass wir die beiden Männer befreit haben, war wohl selbstverständlich.«

Der Südwestdeutsche Rundfunk war von einer anonymen Stimme gegen acht Uhr früh telefonisch gebeten worden, sofort mit einem Filmteam in die kleine Ortschaft etwa dreißig Kilometer nordöstlich von Stuttgart zu kommen und dort zwei Szenen aufzunehmen, die »garantiert Aufsehen erregen werden«.

Neundorf und Braig standen aufmerksam vor Güblers Schreibtisch, lauschten gemeinsam mit ihrem Vorgesetzten der Stimme des Journalisten, der ihnen über das örtliche Polizeirevier telefonisch zugeschaltet war.

»Ja, genau so drückte sich die Person aus«, erzählte der Reporter, »ich glaube, wortwörtlich.« Natürlich hatte er sofort an die Sache im Wagenburgtunnel gedacht, schließlich war die Entführung dort auf ähnliche Weise bekannt geworden. Sie fanden das erste Opfer hinter einen mächtigen Busch gebunden, der vor dem winzigen Friedhof des kleinen Dorfes wuchs, erzählte er.

»Hinter einem Busch?«, fragte Gübler, immer noch aschfahl im Gesicht.

»Klingt direkt idyllisch«, meinte Neundorf.

»Idyllisch! Sie sind wohl vollends übergeschnappt«, schrie ihr Chef, »begreifen Sie immer noch nicht, um was es hier geht?«

Neundorf schüttelte den Kopf. »Sie etwa?«

»Terror. Blanker Terror«, brüllte Gübler.

»Als idyllisch lässt sich die Gegend in der Tat nicht bezeichnen«, erklang nun die Stimme des örtlichen Polizeiobermeisters durchs Telefon, der von den Journalisten als Erster an den Tatort gerufen worden war, »der Friedhof liegt leider direkt an der B 14.«

»Wo?« Gübler war verwirrt durch die neuen Ereignisse.

»B-u-n-d-e-s-s-t-r-a-ß-e«, wiederholte Neundorf, indem sie jeden Buchstaben einzeln vortrug, »Numero vierzehn.«

Gübler lief wütend im Raum hin und her.

»Es muss eine brutale Nacht für ihn gewesen sein. Bei dem Straßenlärm finden nicht mal die Toten Ruhe«, feixte der Journalist. Der Lautsprecher des Telefons war auf maximale Leistung eingestellt.

»Sehr humorvoll«, maulte der Kriminalrat.

»Ich bitte um Verzeihung.«

»Wer ist der Mann?«, fragte Steffen Braig.

»Er stammt aus dem Dorf«, antwortete der Journalist.

»Lauberg?«

»Ja.«

»Beruf?«

»Arbeiter in einer Maschinenbau-Firma, soweit ich erfahren habe.«

»Na ja gut, dann ist die Sache halb so schlimm.«

»Hauptsache, kein Bonze, ja?«, ergänzte Neundorf.

Güblers Augen schickten Blitze der Vernichtung in ihre Richtung.

»Und das zweite Opfer?«, fragte Braig.

»Fanden wir etwa zweihundert Meter weiter an einen Baum gebunden. Ebenfalls direkt an der Bundesstraße«, erklärte der Polizeiobermeister. Er sprach das Wort ›Bundesstraße‹ betont deutlich und langsam aus. Gübler bemerkte den telefonisch verordneten Seitenhieb nicht.

»Beruf?«

»Politiker.«

Der Rest an Farbe verschwand aus dem Gesicht des Kriminalrats. »Oh mein Gott, jetzt haben wir's. Garantiert. Politiker! Aber Sie wollten ja nicht auf mich hören, Braig. Mit solchen Leuten muss ich arbeiten!« Er schlug sich die Hände vors Gesicht, trat zur Seite.

»Was meinen Sie?«, fragte Braig.

»Die Sonderkommission. Bei so einem hohen Mann!«

»Ist auch nur ein Mensch«, brummte Neundorf.

»Verstehen Sie überhaupt, was Sie da reden?«

»Will nicht wissen, wie viele der mit seinen Ellbogen in den Graben befördert hat, bis er droben war. Von der Sorte gibt's genug.«

Gübler schnappte nach Luft.

»Von einem hohen Politiker kann nicht die Rede sein«, berichtigte der Polizeiobermeister übers Telefon, »der Mann ist Stadtrat bei uns. Ich erwähnte das nur, weil es für Ihre Ermittlungen vielleicht hilfreich sein könnte. Im Hauptberuf ist er als …«

»Trotzdem«, stöhnte Gübler so laut, dass die restlichen Worte nicht mehr zu verstehen waren, »Politiker, das reicht schon.«

»Aber keiner der beiden Männer wurde misshandelt«, stellte Braig klar, »und Sie fanden wieder ein Bekennerschreiben?«

»Richtig.«

»Wie im Wagenburgtunnel«, jammerte der Kriminalrat, »dann sind es also doch Profis. Grüne Terroristen. Die schlagen jetzt groß zu. Alle paar Tage. Und wir haben keine Ahnung. Dann kommen die mit ihrer Sonderkommission!«

»Sie schicken uns Experten?«, fragte der Polizeiobermeister am Telefon.

Gübler riss die Augen weit auf. »Oh mein Gott, ja, natürlich. Sofort, auf der Stelle.« Er blickte zu Braig, winkte ihn zur Tür. »Sie sind schon unterwegs.«

»Wir beide?«, fragte Steffen Braig, indem er auf seine Kollegin zeigte.

»Ich brauche tüchtige Leute«, bellte Gübler, »die mein Vertrauen verdienen. Junger Mann, Sie fahren sofort. Und nehmen Sie Kriminalmeister Stöhr mit, das ist ein kluger Kopf. Er ist drüben in seinem Büro.«

»Kriminalmeister Stöhr?« Er schaute seinen Chef mit großen Augen an.

»Haben Sie etwas gegen ihn? Ich setze große Hoffnungen in den jungen Mann!«

»Besser wäre, Sie gäben ihm genügend Schokoriegel mit«, kommentierte Neundorf.

Braig ahnte, dass sie wieder einmal ins Schwarze getroffen hatte.

9. Kapitel

Er kam sich vor wie in einer anderen Welt. Umgeben von Hügeln und Bergen schmiegte sich der kleine Ort an ein sanft ansteigendes Gelände an. Unten, zu Füßen des Hügels, erstreckte sich in einem schmalen Wiesental der Kern des Dorfes: ein Laden, die Post, die Dorfkneipe, ein Friseur, die Sparkasse, mehrere längst aufgelassene Bauernhöfe, der Schmied und der Zimmermann. Viele Häuser zeigten sich frisch restauriert, ihre alten Fachwerkfassaden strahlten in neuem Glanz. Wo früher Bauern ihre Erzeugnisse in Scheunen verwahrten, lockerten jetzt kleine, geschmackvoll begrünte Plätze die Dorfsilhouette auf.

Wirklich ein idyllischer Anblick, dachte Kommissar Braig, als er Lauberg zum ersten Mal vor Augen hatte. Ein Stück heile Welt, scheinbar jedenfalls. Nicht gerade dort gelegen, wo sich Fuchs und Hase gute Nacht sagen, aber doch etwas abseits vom großen Weltgeschehen. Und genau hier, in dieser provinziellen Oase, hatten die Täter gleich zweimal zugeschlagen. Wenn es wirklich dieselben waren und nicht irgendwelche Nachahmer, die sich von der Aktion im Stuttgarter Wagenburgtunnel nur hatten inspirieren lassen.

Braig stand am Rand des kleinen Friedhofs und hatte alle Mühe, die Worte des örtlichen Polizeiobermeisters zu verstehen, der ihm den Tatort genau zu erklären versuchte. Der Lärm der im Abstand von weniger als zehn Metern vorbeirasenden Autos machte jede Unterhaltung unmöglich. Personenwagen jagten in beiden Richtungen über die Bundesstraße, Lastwagen qualmten vollbepackt vorbei, Motorräder knatterten hin und her. Wahrlich eine fragwürdige Idylle, dachte Braig.

»Insgesamt also wohl neun bis zehn Stunden hinter diesem Busch«, meinte der Polizeiobermeister.

»Niemand hat ihn gesehen?«

»Wie bitte?«

»Ob ihn niemand bemerkt hat?«

»Bemerkt? Ach so, nein, wieso denn? Dann wäre er früher freigekommen.«

Der Weg vom Dorf zum Friedhof hatte keine Fortsetzung, er wurde also nur bei Tag von Leuten passiert, schließlich war es üblich, den Gottesacker nur bis zum Einbruch der Dämmerung zu besuchen. Und weil er direkt an der Bundesstraße entlangführte, die Tag und Nacht mit diesem unzumutbaren Lärmpegel aufwartete, hielt sich an dieser Stelle auch niemand freiwillig auf.

»Kann ich den anderen Tatort bitte noch sehen?«

Sie folgten der Friedhofsbegrenzung, die parallel zur Straße verlief. Es gab keinen Weg, nur einen schmalen Grassaum von wenigen Metern Breite. Steffen Braig stolperte und erschrak, als er den stark verwesten Leichnam einer Katze vor seinen Schuhen bemerkte. Das völlig verstümmelte Tier war offensichtlich von mehreren Autos überfahren worden.

»Hier«, erklärte der Dorfpolizist, als sie am anderen Ende des Friedhofs angekommen waren, »an diesem Baum.«

Es war ein alter, verwitterter Apfelbaum mit teilweise morschen Ästen. Er trug trotz seines Zustandes noch reichlich Früchte. Neben dem Baum endeten die Hecken und Büsche der Friedhofsumrandung, dahinter folgte freies Feld. Das Gelände, das von der Bundesstraße durchschnitten wurde, fiel langsam ab. Ein einzelner Baum mit dürrem Laubwerk spendete spärlichen Schatten.

Der Lärm wirkte nicht weniger störend als an der anderen Stelle. Dieselbe Qual, dieselbe Tortur, hier stundenlang stehen zu müssen. Absoluter Wahnsinn, dachte Braig.

Er spürte das Brummen in seinem Kopf, das Pochen und Rumoren hinter den Schläfen, ärgerte sich, dass er keine Schmerztabletten mitgenommen hatte. Presslufthämmer drohten seinen Schädel zu durchbohren.

Braig wusste, dass der Lärmpegel der Straße nicht allein schuld an seinen jäh aufbrechenden Schmerzen war. Gestern, nach seinem Besuch bei Frau Ungemach, hatte spät abends das Telefon geläutet, und er war sich im Klaren darüber gewesen, welche Folgen es nach sich ziehen würde, wenn er noch abnehmen und sich auf ein Gespräch einlassen würde. Er hatte dennoch zugegriffen und es auf der Stelle bereut: Das Schimpfen und Jammern seiner Mutter, die heftigen Vorwürfe gegen ihn wollten – wieder einmal – kein Ende nehmen. Sie hatte ihn überfallen mit all ihren Bezichtigungen, Drohungen und Anklagen, mit denen sie ihn dazu bringen wollte, wieder zu ihr zurückzukehren und sein neues, eigenständiges Leben endlich aufzugeben.

Steffen Braig war sie gewohnt, ihre ständig neuen Vorwürfe, ihre von Frust und Verbitterung geprägten Tiraden, seit er vor über einem Jahr den Karrieresprung vom Mannheimer Kommissariat ins Stuttgarter Landeskriminalamt genutzt hatte, sich endlich im Alter von mehr als dreißig Jahren von ihr zu lösen. Das lange Zusammenleben mit seiner immer eifersüchtigeren, nörgelnden Mutter hatte ihn mehr und mehr aufgerieben und ihn nervlich über jedes erträgliche Maß hinaus belastet. Der Wechsel des Arbeitgebers, der ihn zum ersten Mal nicht nur für kurze Zeit, sondern langfristig von ihr getrennt hatte, galt ihm als unverzichtbare Vorbedingung für seine psychische Genesung. Je länger er sich von ihrem offenen und indirekten Flehen, sie nicht zu verlassen, in der gemeinsamen Wohnung hatte festnageln lassen, desto heftiger hatte sie sich an ihn geklammert, ihm bewusst und unbewusst jeden Freiraum entzogen, auf jede neue weibliche Bekanntschaft völlig unkontrolliert und voller Hass und Eifersucht reagiert und sie als Konkurrentin und Bedrohung der eigenen Existenz madig zu machen versucht. Kopfschmerzen in immer heftigerem Ausmaß waren bei ihm die Folge gewesen; depressive Verstimmungen, Heulkrämpfe und tagelange Niedergeschlagenheit hatten ihn gequält, bis ihm die Trennung endlich andere Perspektiven eröffnet und neuen Lebensmut eingehaucht hatte.

Natürlich war seine Mutter mit dieser Entscheidung nicht einverstanden gewesen, hatte dagegen opponiert und alles versucht, ihn doch noch umzustimmen. Ihre ständigen, monoton anmutenden Vorwürfe, er habe sein eigenes Fleisch und Blut verraten und aus reiner Bequemlichkeit den Menschen vergessen, der ihn geboren und umsorgt, gehegt, gepflegt und großgezogen habe, gestalteten heute noch jeden Besuch und jedes Telefonat mit ihr zu einem die Nerven aufs Äußerste belastenden Ereignis. Doch aller von ihr inszenierter Psychoterror konnte ihn nicht dazu bringen, seine Entscheidung zu revidieren, ganz im Gegenteil. Auch die Tatsache, dass sie ihre Heimat, Jugoslawien, vor mehr als dreißig Jahren ohne jede Kenntnis der fremden Sprache und des neuen Landes mit ihren beiden kleinen Kindern Hals über Kopf verlassen hatte, nachdem ihr das Verhältnis des eigenen Ehemannes mit dem Kindermädchen bekannt geworden war, und sie deshalb heute in einem Land lebte, das sie trotz aller in den vergangenen Jahrzehnten errungenen Vertrautheiten und menschlichen Beziehungen noch immer nicht als volle Heimat betrachtete, konnte ihn nicht zu einer Änderung seines Entschlusses veranlassen. Der elende Krebstod seiner älteren Schwester vor drei Jahren hatte die Mutter noch stärker an ihren einzigen Sohn gebunden – aber er wurde von dieser Liebe, dieser Fessel erdrückt, ihm fehlte die Luft, die er zum Atmen brauchte.

Seitdem er in Stuttgart lebte, hatte er es sich angewöhnt, sie mindestens einmal in der Woche – sofern sein Dienstplan dies erlaubte – zu besuchen, um ihr damit anhaltende enge Vertrautheit zu demonstrieren, auch wenn sie fast jede ihrer Begegnungen am Ende doch wieder dazu benutzte, ihm einen Katalog voller hasserfüllter Anklagen hinterherzuschleudern. Und so sehr er sich gegen ihre Bezichtigungen immunisiert glaubte, plagten ihn in der Nacht und am nächsten Tag regelmäßig heftige Kopfschmerzen, denen er meist nur mit einer Handvoll Aspirin zu entkommen wusste.

»Wollen Sie jetzt die Männer sprechen?«

Steffen Braig schreckte aus seinen Gedanken hoch, bemerkte den Kollegen vor sich und nickte mechanisch.

Sie liefen die Straße entlang zum Dorf zurück. Sich zu unterhalten war nicht möglich, Fahrzeug auf Fahrzeug raste vorbei. Er blickte sich um, betrachtete die Landschaft. Weit über dem Friedhof, ganz am oberen Rand des Dorfes, sah er ein Haus und eine kleine Kirche.

»Was ist das für eine Kirche?«, fragte er.

Der Wachtmeister verstand ihn erst, nachdem er die Frage zweimal, immer lauter schreiend, wiederholt hatte.

»Die von Lauberg.«

»So weit außerhalb?« Er hatte mit Religion weiß Gott nicht viel im Sinn, aber diese bauliche Konstellation überraschte ihn. Befanden sich Kirchen nicht meistens in der Mitte einer Siedlung? An welches Dorf oder welche Stadt er sich auch erinnerte, das jeweilige Gotteshaus hatte fast immer einen der besten Plätze in der Gemeinde für sich in Anspruch genommen. Gehörte zu einer heilen Welt nach konventioneller Auffassung nicht sprichwörtlich die Kirche mitten im Dorf? Seltsamer Ort, überlegte er, als er das kleine Gebäude samt angrenzendem Haus so weit außerhalb des Dorfes betrachtete.

»Wer wohnt dort?«

»Der Pfarrer.«

Das Bauwerk stand hoch über dem Friedhof. Von unten schien es ihm, als ob man von der Kirche und dem Pfarrhaus aus die beiden Tatorte gut sehen konnte. Sehr gut sogar. Ob der Pfarrer oder jemand aus seiner Familie zufällig etwas von dem Geschehen heute Nacht mitbekommen hatte? Er musste den Mann unbedingt sprechen.

Mittlerweile hatten sie den Anfang des Dorfes fast erreicht. Auf der anderen Seite der Straße erstreckten sich die weitläufigen Anlagen eines Elektro-Umspannwerks, dann folgte am Ortseingang eine offensichtlich neu errichtete Pizzeria mit Bänken und Tischen im Freien. Kein Mensch war zu sehen. Wie auch, überlegte Braig, bei dem Lärm und dem Gestank?

Sie bogen ins Dorf, wo die beiden Dienstfahrzeuge standen. Der Polizeiobermeister verabschiedete sich, nachdem er Braig erklärt hatte, wo die Opfer wohnten.

Vor dem Laden des kleinen Ortes stand ein spindeldürrer junger Mann mit schütterem blonden Haar. In seiner Hand hielt er eine prall gefüllte Plastiktüte. Er gaffte mit großen Augen ins Schaufenster, wobei er sich einen Schokoladenriegel in den Mund schob.

»Guten Appetit«, grüßte Braig, »haben Sie etwas ermitteln können?«

Kriminalmeister Stöhr zuckte zusammen. Er kaute und schluckte, fuhr sich dann mit seiner Linken durch das schüttere Haar. Wer immer ihn erblickte, spürte zuerst Mitleid mit der dürren Gestalt in sich aufkommen. Er bestand so unübersehbar aus nichts als Haut und Knochen, dass jeder seinen sofortigen Zusammenbruch befürchtete. Die außergewöhnliche Größe des Mannes, der bis auf wenige Zentimeter an die zwei Meter heranreichte, verschärfte diesen Eindruck noch. Braig spürte jedes Mal den Anflug eines schlechten Gewissens, wenn er Stöhr einen Auftrag erteilte, anstatt ihm auf der Stelle ein opulentes Mittagessen zu spendieren.

»Mhm, es ist so«, erklärte Stöhr und schluckte den Rest des Schokoladenriegels hinunter, »also hier hat niemand eine Ahnung.«

Ein riesiger Lastwagen samt Anhänger rollte heran und polterte durch die Straße. Sie traten automatisch zur Seite, ließen das gewaltige Gefährt passieren. Staub und Ruß lagen in der Luft.

»Was heißt das?«

»Mhm, es ist so, die Leute im Laden haben alle nichts mitbekommen von der Sache heute Nacht.«

»Behaupten sie.«

»Behaupten sie, richtig.«

»Und wer sind die Leute im Laden?«

Stöhr kramte einen Zettel aus seiner Tasche. »Mhm, es ist so: die Besitzerin, Frau Rosberger, ihre Frau Mutter, die Frau Luithardt und eine Kundin, die nicht weit weg wohnt, die Frau Bäuerle.«

Es muss einfach seine spindeldürre Gestalt sein, überlegte Braig, die Gübler immer so freundlich gegenüber Stöhr auftreten lässt. Wahrscheinlich erweckt der Anblick der vielen Knochen und Wirbel in Napoleon so etwas wie einen großväterlichen Beschützerinstinkt.

»Sie haben genau nachgefragt?«

»Mhm, Herr Kommissar!«

»Gut, wir werden die Aussagen später noch mal überprüfen. Ich möchte, dass Sie mich jetzt zu den Opfern der Verbrechen heute Nacht begleiten.«

Kriminalmeister Stöhr kramte in seiner Plastiktüte, nickte ihm zu. »Mhm, es ist so«, meinte er, »der Laden ist zwar klein, verfügt aber, mhm, über eine ausgezeichnete Auswahl. Mehr Sein als Schein.« Er hatte seiner Tüte zwei Tafeln Schokolade entnommen, wovon er Braig eine anbot. »Mhm, welche Sorte bevorzugen Sie?«

Braig lehnte freundlich dankend ab. Der ausgemergelten knochigen Gestalt neben ihm auch nur einen Bissen wegzunehmen, kam ihm wie ein Verbrechen vor. Er hoffte, die süßen Kalorienbomben würden dazu beitragen, Stöhrs Körperbau doch noch zu vervollkommnen.

10. Kapitel

Wir können nicht länger untätig zusehen, wie Kriminelle Tag für Tag unser Leben und unsere Gesundheit zerstören. Unsere Städte sind voller Hektik, Lärm und Gestank; Straßen und Plätze, die der Begegnung von Menschen gewidmet waren, dienen nur noch dem Autowahn. Es ist zur Selbstverständlichkeit geworden, krebserregende, klimaverändernde Abgase in die Atemluft zu jagen, die Atmosphäre und das Leben in Städten und Dörfern zu zerstören und unzählige Menschen zu Krüppeln zu fahren, sie zu verletzen und zu töten. Wirtschaftsbosse, Politiker und Autolobbyisten tragen daran besondere Verantwortung. Dennoch kann sich keiner der Mittäter freisprechen von Schuld. Hitler war nicht allein verantwortlich für die Verbrechen der Nazis, sie konnten nur realisiert werden, weil er so viele Helfershelfer fand. Nicht anders läuft es heute: Es sind nicht anonyme Mächte, die allein in unserem Land jeden Tag über zwanzig Menschen auf den Straßen töten und vierhundert schwer verletzen, es sind Menschen wie du und ich, die diesen Wahnsinn mit ihrem egoistischen, rücksichtslosen Autowahn verursachen.

So darf es nicht weitergehen. Wir werden nicht länger zulassen, dass diese Welle der Gewalt als unabwendbares Übel hingenommen werden muss. Wer bereit ist, seiner eigenen Bequemlichkeit die Gesundheit und das Leben seiner Mitmenschen zu opfern, kann nicht länger mit unserer Nachsicht rechnen.

Wir lehnen Gewalt in jeder Form prinzipiell ab, sehen aber keinen anderen Weg, Gewalttätern zu zeigen, welche Verbrechen sie täglich begehen. Wir hoffen, dass die Nacht an der Straße zur Besinnung und Änderung ihres Verhaltens führen wird. Sie wissen, weshalb wir sie dazu ausgewählt haben. Garantiert sind sie nicht die Letz-

ten, denen wir diese Chance zu einem Neubeginn geben. Wir werden so lange tätig sein, bis wir alle zu einem rücksichtsvolleren Miteinander im Verkehrsgeschehen gefunden haben.«

Kommissar Steffen Braig legte das Blatt zur Seite, dessen Text er seinem Gegenüber vorgelesen hatte. »Es lag hinter dem Busch. Wir haben es kopiert. Das Original wird noch untersucht.«

Gerhard Kessel saß regungslos in seinem Sessel. Er war von dicker, fast feist zu nennender Statur, hatte runde Backen, einen weit nach vorne gewölbten Bauch und dickfleischige Hände und Arme. Bei jeder Bewegung schwabbelte das Fettpolster an seinem Leib hin und her. Sein Gesicht war dunkelrot angelaufen wie bei einem Menschen, der unter extremem Bluthochdruck litt. Genau das Gegenteil von Stöhr, dachte Braig. Was der eine zuviel hat, fehlt beim anderen. Wenn man das Fleisch und das Fett nur besser auf die beiden Körper verteilen könnte – es würde beiden nichts schaden.

»Haben Sie einen Verdacht?«

Der Mann reagierte nicht. Er sah an Braig vorbei, irgendwohin an die Wand. Man merkte es ihm beim besten Willen nicht an, dass er erst Ende vierzig war. Braig hätte ihn mindestens zehn Jahre älter geschätzt, wäre das Geburtsdatum nicht aus den Unterlagen zu ersehen gewesen.

»Herr Kessel, wir suchen die Täter! Ohne Ihre Hilfe haben wir keine Chance.« Er schwieg, blickte sich hilflos um.

Kriminalmeister Stöhr legte den Stift, mit dem er Braigs Fragen und die Antworten des Opfers protokollierte, auf den Tisch und kramte stattdessen in seiner Plastiktüte. Das Geraschel riss den Mann aus seiner Lethargie.

»Ich kann Ihnen nicht helfen, leider. Keine Ahnung.«

»Sie haben keinen Verdacht?«

Kessel schüttelte den Kopf. »Ich wüsste wirklich nicht.«

Braig zog das Fahndungsfoto aus der Tasche und hielt es dem Mann hin.

»Sagt Ihnen dieses Bild etwas?«

Kessel brauchte einige Sekunden, bis er seinen Blick endlich auf das Foto richtete. Er betrachtete es, zog dabei die Stirn in Falten. »Wer ist das?«

»Kennen Sie den Mann?«

»Nein.«

»Wirklich? Überlegen Sie bitte gut!«

Kessel schnaufte wie ein Walross, das gerade dem Wasser entstiegen war. Braig entdeckte die feinen dunklen Haare, die aus seiner Nase lugten.

»Mm, mm.« Die Laute waren kaum menschlich zu nennen.

»Herr Kessel! Kennen Sie den Mann?«

»Nie gesehen.«

»Nie?«

»Nie. Keine Ahnung.«

Ein lautes Knacken ließ sie erstaunt aufblicken. Kriminalmeister Stöhr hatte die Verpackung einer Tafel Schokolade entfernt und biss mit viel Schwung mitten in die hellbraune Masse. So viel Elan hatte Braig ihm nicht zugetraut.

»Mhm, Stollwerck Nuss«, erklärte er schmatzend, »exzellent.«

Kessel kratzte sich am Hals. Hellblonde Bartstoppeln hoben sich deutlich von seiner Haut ab.

»Erzählen Sie bitte, wie alles ablief gestern Abend«, forderte Braig ihn auf.

Der Mann reagierte schwerfällig. »Da gibt es nicht viel zu sagen. Ich kam von der Garage. Es war dunkel, so halb elf. Und plötzlich standen sie hinter mir.«

»Wie viele?«

»Zwei.«

»Sie wissen es genau?«

»Zwei oder drei.«

»Sie konnten sie nicht sehen?«

»Die Stimme. Sie war tief.«

Die Antworten kamen etwas zusammenhanglos.

»Von einem der Männer?«

»Die anderen redeten nicht. Nur der eine. Seltsam tiefe Stimme.«

Im Fall Breuninger, überlegte Braig, war ebenfalls von einer tiefen Stimme die Rede.

»Wie kamen Sie von Ihrer Garage zum Tatort?«, setzte er die Befragung fort.

»Sie waren maskiert, das ganze Gesicht.«

Mein Gott, der Mann hatte eine Art zu antworten.

»Sie drückten mich vor sich her bis zu dem Busch.«

»Den Weg durchs Dorf und an der Bundesstraße entlang? Da müssen Sie doch einigen Leuten hier im Ort und in den Autos aufgefallen sein.«

Kessel schüttelte den Kopf. »Übers Feld. Am Friedhof vorbei, von der anderen Seite her.«

»Dort gibt es einen Weg?«

»Ein Schleichpfad. Mitten über die Äcker. Bei uns im Dorf kennt ihn jeder. Bis auf die vom Neubaugebiet.«

»Dann kommen also vorrangig Einheimische für den Überfall infrage.«

»Mhm, vielleicht wollten die Täter den Eindruck erwecken, dass sie von hier stammen«, mischte sich Kriminalmeister Stöhr ein, »obwohl sie mit Lauberg nichts am Hut haben.«

Braig überlegte. »Hatten Sie den Eindruck, dass sich die Leute hier auskennen?«

Kessel zog seinen Mund schief. Die schwarzen Haare kamen wieder zum Vorschein. Auf dem Kopf blond, in der Nase dunkel, am Hals hell. Seltsamer Kerl, sinnierte Braig.

»Wie soll ich das wissen? Keine Ahnung.«

»Warum haben die Männer gerade Sie als Opfer ausgesucht? Glauben Sie, dass das ein Zufall war?«

Kessel seufzte tief. »Ich weiß es nicht.«

»Aber Sie haben sich doch selbst Gedanken gemacht, was dahintersteckt. Warum gerade Sie entführt wurden und nicht sonst jemand. Menschenskind, das war doch eine schlimme Nacht, oder?«

Kessel nickte, schüttelte dann den Kopf. »Hauptsache, es ist vorbei.«

Braig hätte explodieren können. Der will nicht reden, sagte er sich, der kennt das Motiv und vielleicht sogar die Täter, will aber nicht auspacken. Warum? Er nahm das Begleitschreiben in die Hand und deutete auf die letzten Sätze.

»*Wir hoffen, dass die Nacht an der Straße zur Besinnung und Änderung Ihres Verhalten führen wird. Sie wissen, weshalb wir Sie dazu ausgewählt haben.*‹ Was meinen Sie dazu?«

»Was soll ich meinen?«

»Sie wissen, weshalb die Entführer Sie ausgewählt haben?«

Kessel zuckte mit den Schultern.

»Welches Verhalten sollen Sie bei sich ändern?«

Der Mann antwortete nicht.

Braig blickte zur Wand über dem Sofa, betrachtete das von einem schwarzen Rahmen gesäumte Bild, das – etwas unscharf – ein Motorrad in Großaufnahme zeigte. Braig war kein Experte, ahnte aber, dass es sich um ein besonders ausgefallenes Modell handeln musste, weil es ungewohnt viele Schnörkel aufwies. Die mangelnde Schärfe des Fotos ließ darauf schließen, dass es eine private Aufnahme war.

»Sie sind Motorrad-Fan?«, fragte er.

»Die Zeiten sind vorbei.«

»Vorbei?« Braig schaute zweifelnd zu dem Bild.

»Meine zweite Frau ist dagegen. Zu gefährlich.« Kessels Zunge lockerte sich. Offensichtlich lag ihm das Motorrad mehr am Herzen, als er zugeben wollte.

»Sie fahren nie?«

»Aus und vorbei. Entweder wir drei oder die Maschine. Maren, Jürgen und ich, hat sie mich gewarnt.«

Braig verstand nicht. »Maren, Jürgen?«

»Unsere Kinder, vielmehr die meiner zweiten Frau.«

»Aha. Wenn Sie aber nicht mehr fahren, nie, wie Sie sagen, wieso dann das Schreiben der Entführer?«

Keine Antwort.

»Sie haben einen Wagen?«

»Natürlich.«

»Fahren Sie viel?«

»Selten. Macht keinen Spaß mehr. Und ich sagte schon, meine Frau kennt keinen Spaß in der Beziehung.«

Seine Antworten kamen jetzt wie aus der Pistole geschossen.

»Verstehe ich nicht. Warum dann die Entführung heute Nacht – vorausgesetzt, das Schreiben ist echt und ernst gemeint, also keine Fälschung?«

Kessel schüttelte wieder seinen Kopf. »Keine Ahnung. Ich weiß es nicht.«

Braig übersah vor lauter Frust die kleine wuselige Frau, die sie mit großen Augen angaffte, als sie das Haus verließen.

»Hat der Mensch keine Ahnung oder markiert er nur?«, fragte er, nachdem die Haustür geschlossen war.

Kriminalmeister Stöhr hielt mitten im Schritt inne. »Mhm, es ist so«, meinte er und kramte in seiner Plastiktüte, »schwer zu entscheiden.« Er zog einen kleinen Schokoladenriegel hervor, von dem er das Papier abriss. »Leute, die keine Ahnung haben, wissen am besten Bescheid.«

Braig schaute ihn überrascht an.

»Mhm, sagt meine Frau Mutter immer«, erklärte Stöhr und stopfte sich den Riegel komplett in den Mund.

11. Kapitel

Dort, wo die Hauptstraße von mehreren großen Obst- und Kastanienbäumen gesäumt wurde, führte ein schmaler Weg steil nach oben, den Hügel hinauf. Die Häuser fielen, je weiter sie dem steilen Anstieg folgten, kleiner und bescheidener aus, die breiten Vorgärten, die unten im Tal fast alle Anwesen schmückten, verschwanden oben fast vollständig. Offensichtlich hatte die fruchtbare Talaue in den vergangenen Jahrhunderten allein den reicheren Bauern als Heimat gedient; weniger betuchte Familien, Knechte und Tagelöhner waren gezwungen, mit steilen Hanglagen vorliebzunehmen, wo Wohnen und Bodennutzung mit zusätzlicher Arbeit und Mühe verbunden waren.

Mittlerweile hatte sich die Bewertung der Hanglage stark verändert. Ganz oben, wo der Anstieg des Berges sanfter verlief, die gewonnene Höhe aber schon einen erfreulichen Blick ins Tal erlaubte, breiteten sich seit mehreren Jahren villenartige Neubauten aus, die von prächtigen Gärten oder weitläufigen Rasenflächen umgeben waren.

Kommissar Braig und sein Kollege Stöhr waren dem steilen Anstieg gefolgt, so wie es der örtliche Polizeibeamte empfohlen hatte. Braig blickte hinunter ins Tal, sah die vielen Dächer, die sich in unzähligen Farbschattierungen und Variationen unter ihm ausbreiteten. Drüben, auf der anderen Talseite, zogen sich Ackerflächen und Obstbaumwiesen den Nordhang des Hügels hinauf, darüber erstreckten sich weitläufige Wälder, so wie auf den Bergen der Umgebung.

Wahrlich ein idyllisches Bild, überlegte er, wenn nur der unaufhörliche Lärmpegel der nahen Bundesstraße nicht alle anderen Geräusche überlagert hätte. Eine endlose Schlange von Fahrzeugen zog in beiden Richtungen am Dorf vorbei, wie von Braigs Standpunkt aus deutlich zu erkennen war. Er sah einen riesigen Lastwagen, versuchte, die Aufschrift auf seiner Seitenwand zu entziffern, als sein Blick auf eine kleine, grau gestreifte Katze auf dem Dach unmittelbar unter ihm fiel. Sie turnte auf den von Wind und Regen verwitterten bleichen Ziegeln herum, spielte mit einem kleinen unreifen Apfel, der viel zu früh von einem Baum gefallen war. Die winzige Frucht kullerte über das Dach, prallte kurz vor der Regenrinne auf ein Hindernis und knallte in die Plastiktüte, die Kriminalmeister Stöhr gerade auf ihren restlichen Inhalt untersuchte. Entgeistert blieb er stehen und starrte nach oben. Die Katze miaute ihn vom Rand des Daches an.

»Do hend Sie aber Glück ghett«, meinte eine kleine Frau, die gerade vorbeikam, im reinsten Schwäbisch, »des hätt Sie voll treffe könne.«

Sie kam die Stufen hoch, die sich, höchstens zwei Meter breit, zwischen den Häusern den Berg hochschoben.

»Mhm, beinahe, es ist so«, stotterte Stöhr. Er musste Atem holen, denn er war vom Laufen erschöpft.

Die Frau starrte die beiden Männer neugierig an. »Send Sie von der Zeitung?«

Braig verneinte.

»Vom Fernsehe vielleicht?« Ihre Stimme hatte einen hoffnungsvollen Ton angenommen.

Sie war Mitte sechzig, hatte ein verwittertes, abgearbeitetes Gesicht mit faltiger, im Laufe vieler Jahre gebräunter Haut. Die unübersehbar tiefblauen Augen ließen unverhohlene Neugier erkennen. Braig fand sie auf Anhieb sympathisch. Ihre einfache Kleidung – sie trug eine helle, bunt gemusterte Schürze, dunkelblaue Wollstrümpfe und feste, verbrauchte Arbeitsschuhe – erinnerte ihn an die Frauen in dem kleinen Dorf, in dem er in seiner Kindheit als Gast seiner Patentante oft die Ferien verbracht hatte. Einfache, ehrliche Leute, denen der tägliche Kampf ums Dasein noch deutlich anzumerken war.

»Wieso sollen wir vom Fernsehen sein?«, fragte er.

»No, wege dere Sach heut Nacht ond weil ich Sie schon beim Gerhard drunte gsehe han.«

»Beim Gerhard?«

»Hano ja, beim Kessel halt, tun Sie doch net so vornehm!«

Braig entschuldigte sich, betrachtete, in Erinnerungen schwelgend, interessiert die Haare der Frau. Sie trug sie zu einem Ballen gebunden auf dem Hinterkopf. Wie früher, dachte er und erinnerte sich daran, wie die alten Frauen im Dorf im Spätsommer und Herbst zusammengekommen waren, um gemeinsam den Tabak einzufädeln, oft wochenlang. Die Tabakblätter wurden mit langen Stricknadeln durchstochen, an Fäden aufgereiht und dann in der Scheune zum Trocknen aufgehängt. Stundenlang saßen bald ein Dutzend meist ältere Frauen beieinander und erzählten sich gegenseitig die neuesten Begebenheiten aus dem Geschehen des Dorfes. ›Gebetszwiebel‹ nannten damals verschiedene Männer die auf dem Hinterkopf zusammengebundenen Haare der Frauen abschätzig, wohl deshalb, weil es sich bei vielen der ›Gebetszwiebel‹-Trägerinnen um eifrige Kirchgängerinnen oder engagierte Frömmlerinnen handelte.

»Sie kennen den Herrn Kessel?«, hakte Braig nach.

»Hano, wer wird den Gerhard net kenne?« Sie deutete auf den Stapel kleinformatiger Zeitungen, die sie in der linken Hand hielt. »I trag seit Jahr und Tag des Mitteilungsblättle aus, da lernt ma d Leut kenne, ob ma will oder net.«

Braig nickte verständnisvoll, denn er war davon überzeugt, dass sie die Leute kennenlernen wollte, und ob!

»Außerdem bin ich in Lauberg gebore. Ond mei Vater war schon der Büttel, der alle Neuigkeite im Dorf verkündet hat.«

»Dann sind Sie sicher bestens über alles informiert, was in der Umgebung läuft.«

»Des verstoht sich aber! Wisset Sie, i interessier mich für alles, was hier los isch.«

Braig glaubte ihr aufs Wort. »Und Sie wissen genau Bescheid, warum es heute Nacht dem Herrn Kessel so schlimm ergangen ist?«

Kriminalmeister Stöhr hatte seiner Tüte eine Rolle Bonbons entnommen, die er nun lautstark von ihrer Umhüllung befreite.

»Oh, jetzt isch mir klar! Sie sind von der Polizei. Im Lade drunte hat die Christa gseit, dass so a lange klapperdürre Gestalt, wie sie im ganze Läbe noch nie oine gsehe hat, bei ihr war ond sie ausgfragt hätt. Sie hat gar net glaube könne, dass so a dürrer Mensch bei der Polizei ond noch gar bei de Kriminaler sei kann. Ond dann hätt er ihr den Lade regelrecht leerkauft, jedenfalls was die Schokolad ond die Süßigkeite agoht. Des wäret Sie!«

Sie zeigte voller Begeisterung auf Kriminalmeister Stöhr, der sich gerade drei Bonbons auf einmal in den Mund schob. Er schaute etwas säuerlich drein, ob wegen der Worte der Frau oder wegen der Süßigkeiten, konnte Braig nicht erkennen.

»Ond Sie ghöret zu dem Kerle dazu!«

Braig nickte freundlich. Wie damals, sinnierte er, offen und ehrlich, frei und unverblümt, kein Anflug von Diplomatie oder Heuchelei.

»Aber der Gerhard, des isch a Deifel!«, setzte sie hinzu.

»Deifel?«, fragte Braig, des Schwäbischen noch nicht ganz kundig. Er hatte sich gleich nach seinem Wechsel von Mannheim nach Stuttgart intensiv darum bemüht, das schwäbische Idiom genau kennenzulernen, um bei Vernehmungen alles korrekt mitzubekommen, hatte aber immer noch Schwierigkeiten, den Dialekt der Einheimischen zu verstehen. Der badische Kolorit seiner Jugendjahre unterschied sich in Teilen doch stark von der Sprache seiner neuen Umgebung.

»Mhm, es ist so, Teufel«, erklärte Kriminalmeister Stöhr, das Gesicht seltsam verzogen, »sauer, mhm, die Sorte taugt nichts.« Er studierte die Banderole der Bonbons, schüttelte den Kopf, verdrehte plötzlich die Augen, röchelte und schluckte heftig. Die gluckernden Geräusche, die er von sich gab, erinnerten Braig an das Gurgeln mit Mundwasser.

»Wieso bezeichnen Sie Herrn Kessel als Teufel?«, nahm Braig das Gespräch wieder auf.

»Hano, wie der mit seinem Karren immer durch die Gegend rast.«

»Mit seinem Karren? Auto oder Motorrad?«

»Ha, beides«, erklärte die Frau, »früher, wie er noch sei Ilse ghabt hat ond wie er dann geschiede war, mit seinem Motorrad. Aber seit er jetzt seine Nadine hat, mehr mit seinem Auto. Nur wenn sein Weib ein paar Tage weg isch, no nimmt er ab und zu des Motorrad, sonst net. Weil ihm die Nadine die Karre verböte hat, wisset Sie!«

»Ja, wir wissen Bescheid.«

»So? Wieso fraget Sie mich dann?«

»Weil Sie uns mit Ihren umfangreichen Informationen erheblich weitergeholfen haben, liebe Frau ...«

»Brüderle. Maria Brüderle. Aber ich bin mit dene Brüderles von der Sparkasse unte net verwandt. Net dass Sie meinet!«

»Keine Angst, das hätten wir nie vermutet. Das ist Kriminalmeister Stöhr, und ich bin Kriminalkommissar Braig. Steffen Braig.«

Er zog eine Visitenkarte aus der Tasche und reichte sie ihr. Erfreut nahm sie sie in die Hand und studierte sie aufgeregt.

»Darf ich die Karte behalte?«

»Na klar.«

»Oh, des isch aber nett. Da werdet die Frieda und die Christa ganz neidisch, wenn ich dene den Ausweis zeig!« Sie stopfte die Karte vorsichtig in ihre Schürze.

»Könnten Sie uns, liebe Frau Brüderle, bitte genauer erklären, wieso der Herr Kessel durch die Gegend rast?«

»Er fährt halt ständig wie eine Sau. Des wisset alle in Lauberg, in Heiningen und Waldrems.«

»Hat er schon einen Unfall gebaut?«

»Unfall? Was heißt Unfall? Wenn Sie abends hier unterwegs sind, müsset Sie damit rechne, dass er wie ein Wilder daherkommt.«

»Aber er hat noch niemanden angefahren?«

»Sie fraget vielleicht dumm! Natürlich net zu Tod. Aber beinahe.«

»Beinahe?«

Maria Brüderle hatte den Mund weit offen. »Hano ja, fast alle aus der Umgebung. Ich sag Ihne doch, der rast wie eine Sau.«

Kommissar Steffen Braig schaute etwas konsterniert über die Dächer hinweg ins Tal. Draußen auf der Bundesstraße knatterte mit lauten Stößen ein Motorrad. Er blickte auf die andere Seite, wo er die grau gestreifte Katze sah. Das unternehmungslustige kleine Tier hatte ein neues Spielzeug entdeckt. Es grapschte nach einem Blatt, das der Wind aufs Dach getrieben hatte, verfolgte es über mehrere Ziegel hinweg und rutschte plötzlich an den Abgrund.

»Bis auf den Ziegenfuß«, sagte Maria Brüderle unverhofft, »den hat er wirklich angfahre.«

Braig verstand erst nach einigen Sekunden, was sie meinte. »Den Ziegenfuß?«

»Den hat er verletzt. Und seinen Sohn.«

Die Katze krallte sich in der Dachrinne fest, zog sich wieder hoch. Unter ihr prasselten Moospartikel, Blätter und kleine Äste auf den Boden.

»Zum Glück nur verletzt«, setzte Frau Brüderle hinzu, »aber um ein Haar …«

»Wann war das?«

»Vor zwei Monaten. Der Ziegenfuß war mit seinem Junge unterwegs mit de Fahrräder. Quer über die Felder sind sie gfahre, auf asphaltierte Wege, ond dort drobe, unterm Wasserturm, isch es passiert.«

Sie zeigte den Berg hinauf, über die Felder weg. Braig spähte nach oben, bis er einen kleinen Turm erkennen konnte, der vielleicht fünfzehn Meter in die Höhe ragte. Um ihn herum standen Obstbäume, Büsche und Reben.

»Dort obe rast der Gerhard mit seinem Karre wie ein Wilder um die Ecke und erwischt die zwei.«

»Sie wurden beide verletzt?«

»Hano ja, der Ziegenfuß Helmut weniger, den hats nur auf die Seite gworfe, aber sein Sohn, der Thomas, der war einige Tage im Krankenhaus. Der hat das Bein heut noch im Gips und hinkt.«

Steffen Braig war sich darüber klar, dass er die Aussagen der Frau genau überprüfen musste. Sie waren viel zu brisant, als dass er sie als privaten Dorfklatsch abtun durfte. Wenn es sich auch nur ungefähr so zugetragen hatte, wie Frau Brüderle erzählte, war hier ein eindeutiges Motiv für das Verbrechen zu finden.

»Könnten Sie uns bitte sagen, wo der Herr Ziegenfuß wohnt?«

Maria Brüderle war schon dabei, seinen Wunsch zu erfüllen. »Dort hinte, net weit von der Kirche, der große Hof.«

Braig sah das gewaltige Anwesen: ein großes Wohnhaus, Stall und Scheune rund um einen rechteckigen Hof platziert, etwa auf halber Höhe zwischen dem Tal und der Kirche auf dem Hügel.

»Betreibt er eine Landwirtschaft?«

»Noi, die Zeite sind vorbei. Seit ihm sein Weib davonlaufe isch, läuft bei dem nichts mehr mit Äcker ond Viech. Der schafft in der Fabrik.«

»Ich danke Ihnen, Frau Brüderle«, wollte Braig das Gespräch schon beenden, doch dann zog er noch das Fahndungsfoto aus seiner Tasche. »Kennen Sie zufällig diesen Mann?«

Sie stierte bereits auf das Blatt, als er es noch auseinanderfaltete.

»Hm, ich glaub, den han ich schon gsehe. Aber wo?« Sie überlegte angestrengt. Ihre Stirn ähnelte einem alten, zerknitterten Papier. »Ich würd Ihne gern helfe. Aber im Moment …«

»Vielleicht fällt es Ihnen später noch ein.«

»Tut mir leid. Also ich wird mich bemühe!«

Braig nickte, blickte auf seine Uhr. »Wir müssen weiter. Wir haben noch einen Termin.«

»Ach so, klar. Beim Schmidts Otto. Den hent sie heut Nacht ja auch entführt.«

Der Kriminalkommissar stierte Maria Brüderle mit großen Augen an. Die Frau verstand zu kombinieren.

»Aber der Schmidts Otto, des isch net so ein verrückter Kerl wie der Gerhard. Er hat es schließlich auch zu was bracht. Der beschäftigt bald dreißig Arbeiter oder noch mehr in seiner Fabrik. Bei dem findet Sie nichts zu beanstande.«

»Er war ja auch das Opfer, nicht der Täter.«

»Hano ja, mit seine Arbeiter gibt es manchmal natürlich schon Probleme, wie man so hört, net. Aber des isch heut ja üblich. Neulich grad, da hat der Otto den junge Kahn entlasse, und der soll ihm dann ewige Rache gschwore habe. Aber das wisset Sie, net?« Damit verabschiedete sie sich mit einem freundlichen Lächeln von den beiden Beamten.

12. Kapitel

Otto Schmidt wohnte in einem der villenähnlichen Neubauten auf der Anhöhe des Dorfes. Das Haus war über einen Anbau mit einer weitläufigen Halle verbunden, in der der erfolgreiche Unternehmer seine kleine Werkzeugfabrik untergebracht hatte.

»Ursprünglich stand hier die Garage«, erklärte er den beiden Besuchern, nachdem Braig und Stöhr sich vorgestellt hatten. Stolz auf den beruflichen Erfolg sprach aus seinen Worten, Gesten, ja, seiner ganzen Erscheinung.

Otto Schmidt hatte einen auffallend länglichen, fast rechteckigen Kopf, der über einen extrem schmalen Hals mit dem Körper verbunden war. Steffen Braig musste unwillkürlich an die Sommer seiner Kindheit denken, als sich die Herzen aller Kinder auf den einen Wunsch konzentrierten, ein Eis am Stiel zu lutschen, jene damals gerade in Mode gekommenen wässrig-labbrigen Gebilde, die aus nichts als gefrorenem Wasser und Chemie sowie einem markanten dünnen Holzstäbchen bestanden. Wochen-, ja, monatelang hatte er in jener Zeit Kinder beneidet, denen es vergönnt war, diese Wundergebilde zu erstehen und zu genießen. Seiner Mutter galten alle aus Amerika übernommenen Produkte als ›Ami-Dreck‹ und waren somit generell verpönt. Da es der alleinerziehenden Frau zudem an Geld für solch ›unnützes Zeug‹ fehlte, konnte er seine Gelüste nach dem verlockenden Rechteck nur selten befriedigen.

Otto Schmidt hatte, so absurd das auch klang, verblüffend viel Ähnlichkeit mit diesem Eis am Stiel, trug er doch, seinen auffälligen Körperbau damit betonend, seine Haare so kurz, dass sie an der Seite des Schädels abrupt endeten. Braig dachte darüber nach, wie sehr der Mann als Kind und Heranwachsender seiner urigen Kopfform wegen wohl von den Gleichaltrigen gehänselt worden war. Ob er aus verletztem Stolz so viel beruflichen Ehrgeiz entwickelt hatte? Statt einem Napoleon- ein Eis-am-Stiel-Komplex?

»Alles von mir selbst aufgebaut«, wiederholte der Mann gerade, Braig wusste nicht mehr, zum wievielten Male, »nicht dass Sie glauben, mir wäre alles von meinem Vater in den Schoß gelegt worden.«

Schmidt trug eine vornehme dunkelgrüne Tweedjacke, unter der ein strahlend weißes Hemd hervorlugte. Er präsentierte sich voll und ganz als der erfolgreiche Geschäftsmann, der sich voller Dynamik seinen beruflichen Aufstieg erkämpft hatte. Nichts war ihm anzumerken von den Ereignissen der Nacht, nichts von der Angst und den Qualen der erst wenige Stunden zuvor beendeten Entführung.

Braig erfuhr, dass der Mann siebenundzwanzig Arbeiter beschäftigte, die alle gut bezahlt, mit sozialen Zusatzvergünstigungen belohnt und Tag und Nacht von ihm fürstlich umsorgt wurden. Sofern dem Land längere rote und rot-grüne Regierungsabenteuer erspart blieben, verbürgte sich Schmidt, seine Leute bis auf den letzten Mann bis zur Verrentung zu behalten und ihnen auch im Krankheitsfall keinen Stuhl vor die Tür zu stellen. Gewerkschaften und ähnliche Saboteure wirtschaftlichen Erfolgs waren bei ihm allerdings fehl am Platz.

»Mir geht es mehr um die Ereignisse heute Nacht«, unterbrach Braig Schmidts Ausführungen. »Können Sie sich erklären, wer hinter Ihrer Entführung steckt?«

Otto Schmidt sah ihn überrascht an. »Ob ich mir das erklären kann? Das ist doch wohl eher Ihre Aufgabe, Herr Kommissar.« Der Tadel in seiner Stimme war nicht zu überhören.

»Richtig. Aber ich benötige Ihre Hilfe. Sie wurden entführt heute Nacht, nicht ich. Also kennen Sie die Einzelheiten, den Ablauf, die Stimmen der Täter, vielleicht sogar ihr Aussehen, nicht ich.«

Schmidt führte sie in einen Raum, der das Wohnzimmer sein konnte, mit Sofa, Sesseln, Getränkebord und moderner Schrankwand. Als er ihnen Getränke anbot, ließ Braig sich ein Mineralwasser geben.

»Entschuldigen Sie bitte, dass ich Ihnen nicht mehr zur Verfügung stellen kann, aber meine Frau muss sich um unsere Arbeiter kümmern, solange ich bei Ihnen bin. Wir haben wichtige Aufträge zurzeit, es darf nichts schiefgehen … Sie glauben nicht, wie schnell die Leute schludern, sobald sie sich unbeobachtet fühlen. Ohne starke Hand läuft bei uns nichts, aber das werden Sie wohl kennen.«

Braig nickte zustimmend, um sich das Wohlwollen des Mannes zu sichern. Gübler würde sich freuen, Eis am Stiel kennenzulernen, dachte er. Die beiden könnten sich stundenlang unterhalten, indem jeder seine eigene Schallplatte laufen ließ. Stundenlang.

»Also, Sie wollen wissen, wie das heute Nacht war.« Otto Schmidt ließ sich schwer in den Sessel fallen. Das Leder knirschte, der Sessel rutschte mehrere Zentimeter übers Parkett. »Am liebsten – ich sage es Ihnen ganz offen – würde ich die Sache selbst regeln. Hier, mit meinen eigenen Händen.« Demonstrativ rieb er sich die Hände und schlug dann auf die Armlehnen. »Leider fehlt mir die Zeit.«

Braig sah ihn mit großen Augen an. »Wie soll ich das verstehen?«

»Zu viele Aufträge im Moment«, erklärte der Unternehmer. »Wichtige Auftraggeber. Ich kann es mir nicht leisten, sie zu verlieren, verstehen Sie. Meine Fürsorgepflicht für meine Arbeiter. Immerhin siebenundzwanzig Leute! Und nächstes Jahr wieder ein Lehrling. Wenn das nicht wäre, dann ...«

»Gibt es ein Motiv?«, unterbrach Braig Schmidts Redefluss. »Irgendjemanden, den Sie verdächtigen?«

Otto Schmidt lachte laut. »Guter Kommissar! Wenn ich jemanden verdächtigte, wären Sie hier garantiert überflüssig. Bei mir arbeiten siebenundzwanzig Leute, wissen Sie, die für mich ebenso zu allem bereit sind wie ich für sie. Und ich zähle allein für zwei, immer noch. Sie glauben doch nicht, diese beiden Figuren von heute Nacht hätten nicht längst alles gebüßt, hätte ich auch nur einen vagen Verdacht?« Seine Kulleraugen schwollen zu solcher Größe an, dass Braig unwillkürlich zur Seite blickte. »Was geschieht mit den Halunken, wenn Sie sie erwischen? Bewährung, oder? Wenn Sie sie erwischen!«

»Dazu benötige ich Ihre Hilfe.«

»Ach was! Ich sollte die Sache selbst regeln. Aber mir fehlt die Zeit. Diese zwei Halbstarken würde ich mir selbst vorknöpfen.«

»Sie glauben, es waren zwei Täter?«

»Glauben?«, empörte sich Schmidt. »Sie sind gut. Die beiden Figuren hatten mich mindestens zehn Minuten in ihrer Gewalt.«

»Sie sind sich vollkommen sicher, dass es sich nur um zwei Entführer handelt?«

»Ja, wie viele denn sonst? Natürlich bin ich mir sicher, dass es zwei waren. Zwei und kein Einziger mehr. Garantiert. Halbstarke, junge Halunken. Höchstens fünfundzwanzig, dreißig. Noch grün hinter den Ohren.«

Und von den zwei harmlosen Typen lässt du starker Mann dich entführen und an den Baum binden, lag es Braig spöttisch auf der Zunge. Doch Kriminalmeister Stöhr kam ihm zuvor. Er biss so kräftig in einen Schokoladenriegel, dass es Schmidt die Sprache verschlug. Überrascht von so viel unhöflichem Benehmen starrte er den Beamten an.

»Machen Sie das öfter?«

Stöhr hatte Mühe zu antworten. »Mhm, es ist so …« Die Schokoladenmasse in seinem Mund hinderte ihn am Weiterreden.

»Können Sie mir bitte erklären, wie die beiden Männer vorgingen?«, fragte Braig.

Otto Schmidt gaffte immer noch den Kriminalmeister an. »Ich kam von der Gemeinderatsbesprechung, wir hatten einen Termin wegen der Bundesstraße. Anschließend saßen wir zum Umtrunk zusammen, in Backnang. Als ich nach Hause kam und den Wagen abstellen wollte, überraschten mich die Burschen.«

»Wissen Sie, wie spät es war, als Sie nach Hause kamen?«

Schmidts Antwort kam wie aus der Pistole geschossen. »Kurz vor zwölf. Ich bin in Backnang fünfzehn vor weggefahren, von der Bleichwiese aus. Hierher sind es nur ein paar Minuten. Ich habe den Wagen geparkt, da packten sie mich von hinten. Die Halunken waren maskiert.«

Kurz vor zwölf, ergänzte Braig in Gedanken seine Notizen zum Fall, also fast eine Stunde, nachdem Kessel gekidnappt worden war.

»Könnten Sie die Verkleidung genauer beschreiben?«

»Sie trugen Gesichtsmasken, wie an Fasching. Auf dem Kopf hatten sie Toupets. Billiges Zeug, primitiver Ramsch. Ich sah es deutlich, als wir nahe der B 14 liefen und ein Scheinwerfer einen der Halunken erfasste. Mit Toupets kenne ich mich aus. Sie können mir glauben, wenn ich Ihnen sage, dass es billiges Zeug war.«

»Wie kamen Sie an den Tatort?«

»Übers Feld. Es gibt einen schmalen Schleichpfad, der von oben zum Friedhof führt. Er ist normalerweise nur Einheimischen bekannt, aber die Ganoven haben ihn sofort gefunden. Nur am Friedhof waren sie sich nicht einig, wie sie weitergehen sollten. Nach einer Weile haben sie mich dann über die Äcker runter zur Straße gedrückt. Ich bin am laufenden Band über Erdbrocken gestolpert. Inzwischen ist mir klar, warum sie so umständlich gelaufen sind.«

»Weil zu der Zeit Herr Kessel schon unten festgebunden war«, ergänzte Braig.

»Genau. Die Halunken befürchteten wohl, wir könnten Kontakt miteinander aufnehmen.«

»Glauben Sie, dass die Täter aus Lauberg kommen?«

»Unmöglich! Wir kennen uns hier. Die tiefe Stimme des einen Halunken wäre mir sofort aufgefallen. Nie gehört. Der andere blieb ruhig, von dem habe ich kein einziges Wort gehört.«

»Weil er von hier stammte und Ihnen bekannt war? Vielleicht fanden sie deshalb den Schleichweg so schnell.«

Otto Schmidt schwieg überrascht und schaute ratlos in die Runde.

»Hatten Sie irgendwann Streit mit jemandem?«, fragte Braig. »Privat oder beruflich?«

»Oh je, Streit! Ich bin nicht der Typ dafür, verstehen Sie? Das ist nicht meine Art.«

»Haben Sie die Flugblätter der Täter gelesen?«

»Vollkommen hirnrissig! Nicht der Rede wert. Vergessen Sie den Quatsch. Grüne Spinnerei.«

Doch Braig gab sich nicht so schnell zufrieden. »Die Entführer könnten Ihrer Meinung nach also nicht in diesen Kreisen zu finden sein?«

Schmidt wiegte den Kopf hin und her. »Ich weiß es nicht«, meinte er schließlich, »keine Ahnung.«

»Sie haben vor kurzer Zeit einen Ihrer Arbeiter entlassen. Sehen Sie hier eine Verbindung?«

Schmidt starrte ihn überrascht an. Die Nervosität in seinen Gesichtszügen war nicht zu übersehen. »Überhaupt nicht. Das hat damit nichts zu tun«, presste er in schnellen Worten hervor.

»Wären Sie trotzdem so freundlich, uns den Namen und die Anschrift dieses Mannes zu nennen?«

Otto Schmidt kippte fast aus dem Sessel.

»Geben Sie uns bitte den Namen und die Adresse.«

Kriminalmeister Stöhr schrieb die Personalien eifrig auf.

13. Kapitel

Kommissar Steffen Braig saß auf einer Bank oben auf dem Berg und ließ seinen Blick gemächlich in die Umgebung schweifen. Die starken Kopfschmerzen, das Toben und Rumoren in seinem Gehirn hatten leicht nachgelassen, ausnahmsweise auch ohne die Einnahme von Tabletten. Dennoch schwirrten ihm die Worte seiner Mutter wieder durch den Kopf.

»Warum hast du heute überhaupt nichts von dir hören lassen?«, hatte sie das Telefonat der letzten Nacht eröffnet, in jener weinerlich-verzweifelten Tonlage, die ihm sofort klarmachte, welche Schallplatte sie nun wieder aufgelegt hatte.

Er war müde und erschöpft gewesen vom langen Arbeitstag und dem guten Essen bei seiner Nachbarin, doch er hatte es nicht geschafft, ein längeres Gespräch zu verhindern.

»Mama, bitte. Ich habe dich gestern angerufen, zweimal sogar. Einmal aus meinem Dienstwagen und dann noch mal abends. Hast du das vergessen?«

Er hatte keinen Streit gewollt, nicht mitten in der Nacht.

»Heute«, greinte sie, »heute. Ich saß den ganzen Tag am Apparat und habe auf dich gewartet. Auf deinen Anruf.«

»Du warst nicht einkaufen oder bummeln?«

»Du weißt genau, wann ich zu Hause bin. Ich habe gewartet.«

»Mama, lass das jetzt. Ich bin sehr müde.«

»Dreißig Jahre habe ich gearbeitet. Für dich und deine Schwester. Drei Berufe jeden Tag. Morgens Zeitungen austragen ...«

»Mama, bitte ...«

»Um vier Uhr musste ich aus dem Bett, raus in die Kälte, bei Wind und Wetter. Zeitungen austragen in vier Straßen ...«

»Mama, lass das jetzt.«

»Weißt du, wie oft es geregnet hat? Morgens um vier ist es kalt, mein Junge, sehr kalt, und wenn es regnet, ist es besonders schlimm. Häufig lag Schnee. Weißt du, wie oft es schneite, wie oft die Straßen vereist waren? Oft, sehr oft. Ich rutschte, konnte mich kaum festhalten, schlidderte über die Straßen. Beinahe in ein Auto. Weißt du noch, wie fertig ich war, als sie mich beinahe überfahren hätten?«

Er blieb still, ließ sie jammern.

»Das interessiert dich nicht, ich weiß. Mein Sohn hat es nicht mehr nötig, an seine alte, verbrauchte Mutter zu denken, er genießt sein schönes Leben als Herr Kommissar. Hast du vergessen, wer das Geld für deinen Schulbesuch verdient, wer die Pfennige zusammengekratzt hat, damit du aufs Gymnasium gehen konntest? Drei Jahre lang habe ich mir keine neuen Kleider, keine Möbel, nicht mal Geschirr gekauft, nichts. Meine Tochter und mein Sohn sollten es besser haben als ich. Sie durften in die besten Schulen gehen, Ausflüge mitmachen, fremde Länder sehen. Und ich? Morgens um vier aus dem Bett, kurz nach sechs war ich wieder zu Hause, Frühstück herrichten für die beiden. Um sieben wieder aus dem Haus, in die Kantine, Essen richten, Geschirr spülen, bedienen, den Boden putzen, Drecksarbeiten erledigen, was gerade anfiel. Dreißig Jahre lang für meine beiden Kinder. Mittags kurz nach Hause. Mittagessen richten, eine Stunde später in die Wirtschaft. Bedienen, spülen, putzen, anschreien lassen, bis nachts um elf. Und heute? Meine Tochter ist tot und mein Herr Sohn? Er hat es nicht nötig, hat keine Zeit für seine alte, verbrauchte Mutter, kann mich nicht einmal anrufen ...«

»Mama! Meinst du, ich habe nichts zu tun?«

»I kad bi danas umrla?« Wie immer, wenn sie einen bestimmten Grad der Erregung erreichte, war sie in ihre Muttersprache gefallen, die er zu ihrem großen Verdruss nur noch lückenhaft beherrschte. »Und wenn ich heute gestorben wäre?«

»Was soll das schon wieder?« Nur mit Mühe war es ihm gelungen, Ruhe zu bewahren.

»Da, stara crkne a mojemu sinu je to svejedno. Klar, die Alte kratzt ab, und meinem Sohn ist das egal.«

»Mama, bitte!«

»Tebi bi dobro doslo kad bi u ovaj cas crknula. Ondak bi imao svoj mir. Priznaj! Dir wäre es gerade recht, wenn ich in diesem Augenblick abkratzen würde. Dann hättest du endlich deine Ruhe. Gib es zu!«

»Hör doch bitte auf! Du weißt doch selbst, dass das nicht stimmt!«

»Sta nije tacno! Ti sam sa tvojom postupkom pokazes da imam pravo. Ako bi ja tebi bila vazna, onda nebi ti bilo tako tesko meni se javiti, kao dobar, posteni sin i pitati kako je meni! Was heißt hier, es stimmt nicht! Dein ganzes Verhalten zeigt doch, dass ich recht habe, sonst würde es dir doch nicht schwerfallen, als feiner, anständiger Sohn, dich bei mir zu melden und nach mir zu fragen!«

Sie hatte ihre Vorwürfe in unzähligen Variationen wiederholt. Ihre Stimme war ständig schriller geworden, sie hatte gekreischt und gegeifert, war nicht einmal mehr bereit gewesen, ihn zu Wort kommen zu lassen. Braigs Wut war gewachsen, seine Müdigkeit hatte ihm die letzten Nerven geraubt. Irgendwann hatte er all seinen Mut zusammengerafft und den Hörer auf den Apparat gedonnert, ihn dann aber wieder danebengelegt, damit sie nicht wieder anrufen konnte, wie sie es sich angewöhnt hatte. Trotz seiner Müdigkeit war es ihm lange nicht gelungen einzuschlafen.

»Vielen Menschen schlagen psychische Stress-Situationen auf den Magen«, hatte ihm der Arzt erklärt, nachdem Braig sich endlich entschlossen hatte, seine Beschwerden einem Mediziner vorzutragen, »bei anderen zeigen sich die Folgen in migräneartigen Stößen von Kopfweh.« Er hatte ihm eine ganze Liste verschiedener Medikamente verschrieben, die Braig bald als simple Schmerzmittel entlarvte und bis auf Aspirin unbeachtet ließ. »Sie sollten sich einer Therapie unterziehen«, hatte ihm der Arzt noch geraten, »Sie müssen sich von den Schuldgefühlen, die Ihre Mutter in Ihnen auslöst, befreien. Das ist der einzige Weg zu einer vollständigen Beseitigung der Ursachen.« Medikamentös ließe sich nur mit einer massiven Einnahme von Psychopharmaka, bewusstseinsverändernden Stoffen also, eine Besserung erzielen, unter ständiger ärztlicher Kontrolle allerdings und verbunden mit dem Risiko, Änderungen der Persönlichkeit, auch in völlig anderen Bereichen, dadurch zu bewirken.

Braig hatte auf beide Methoden dankend verzichtet, nicht nur, weil ihm das Risiko und der Zeitaufwand zu groß waren, sondern auch, weil er glaubte, im Verlauf der nächsten Monate die Abhängigkeit von seiner Mutter und die Verpflichtung ihr gegenüber, die er überdimensional stark noch immer in sich trug, auf ein normales Maß reduzieren zu können. Bis jetzt hatte dieser Prozess allerdings noch nicht stattgefunden, waren nicht einmal die ersten Schritte in die richtige Richtung getan.

Wahrscheinlich lag es daran, dass seine Mutter Braigs diesbezügliche emotionale Lage genau kannte und ihm bei jedem Besuch und jedem Anruf seinen Auszug ganz bewusst als ruchlose, nie wieder gutzumachende Tat einzureden versuchte. Sie wusste, wo sie ihn packen, eine wunde Stelle treffen konnte, war in ihrem Bestreben, ihn wieder zu sich zurückzuholen, skrupellos und berechnend, eiskalt und ohne jede Rücksicht auf sein psychisches Befinden.

Es gab nur einen Weg, sich von ihren hinterhältigen Attacken zu lösen: Braig musste daran arbeiten, ohne schlechtes Gewissen sein Leben in die Hand zu nehmen und sich von dem seelischen Druck zu befreien, den seine Mutter durch ihre ständigen Schuldzuweisungen nährte.

Sie war Anfang sechzig, eine große, gut aussehende Frau, trotz vieler Arbeitsjahre sehr gepflegt, legte großen Wert auf ein attraktives Äußeres und zeigte sich stets modisch und geschmackvoll gekleidet. Natürlich blieb sie nicht verschont von Krankheiten und körperlichem Verfall, das Alter und die kräftezehrende Lebensweise forderten schließlich ihren Tribut. Aber sie war fähig, selbständig zu leben und sich auf den Beginn ihrer Zeit als Rentnerin zu freuen. Und – verdammt noch mal – er hatte das Recht, ein eigenständiges Dasein zu führen und sich nicht für jede Minute des Tages vor ihr rechtfertigen zu müssen, sondern mit dreiunddreißig Jahren selbst zu bestimmen, was er tun und lassen wollte!

Steffen Braig nahm die warmen Strahlen der Sonne in sich auf und lutschte genüsslich an einem Schokoladenriegel, der aus Kriminalmeister Stöhrs Vorräten stammte. Zuerst hatte er sich gegen das Angebot des Kollegen gesträubt, ihm einen seiner Nährstoffspender zu rauben, die ersten Anzeichen mittäglichen Hungers hatten ihn dann jedoch weich werden lassen. »Beste Sorte«, hatte Stöhr empfohlen, und jetzt war Braig voll und ganz einverstanden, ihm darin zuzustimmen.

Hinter ihm erstreckte sich ein kleiner Hain von alten Apfel- und Birnbäumen, deren Früchte noch klein und dunkelgrün an den Zweigen hingen. Vögel tanzten im Geäst umher, flogen von Baum zu Baum und schmetterten vielstimmige Melodien in die Luft.

Als Braig das Gewirr der Dächer betrachtete, blieb sein Blick an der Autoschlange haften, die sich auf der Bundesstraße am Dorf vorbeiwand. Der Autolärm, je nach Stärke des Windes an- und abklingend, begleitete ihn bis hier oben. Er hatte Kriminalmeister Stöhr mit dem Auftrag weggeschickt, im Dorf genaue Erkundigungen über Kessel, Ziegenfuß, Schmidt und den erst vor wenigen Wochen von Schmidt entlassenen Kahn einzuholen.

Motive, überlegte er, gab es genug. Je eifriger er nachforschte, desto mehr Verdächtige tauchten auf. Waren wirklich, wie Gübler und der Autoclubfunktionär Breuninger behauptet hatten, grüne Terroristen am Werk? Oder handelte es sich um eine private Abrechnung, wobei die Bekennerschreiben nur auf falsche Spuren führen sollten? Etwa um ein gemeinsames Komplott von Kahn, der sich an Schmidt für seine Entlassung, und von Ziegenfuß, der sich an Kessel für den Unfall rächen wollte?

Das Fahndungsfoto hatte bisher nicht viel geholfen. Kessel hatte erklärt, den Mann nie gesehen zu haben. Schmidt, den er noch im Weggehen damit konfrontiert hatte, war sich nicht ganz sicher gewesen, und die nur zufällig ins Spiel gekommene Frau Brüderle war in dem Zusammenhang auch keine Hilfe.

Offenkundig war nur die Ortskenntnis der Entführer der letzten Nacht: Wie sonst hätten sie beide Opfer auf dem Schleichpfad zu ihrer Folterstätte führen können? Wer immer hinter den Verbrechen steckte, musste mit Lauberg zu tun haben. Hier im Dorf lag, dessen war er sich sicher, ein wichtiger Schlüssel zu diesem Fall.

Das laute Röhren eines Motorrades unten auf der Bundesstraße riss Braig aus seinen Überlegungen. Er sah, wie das rasende Gefährt eine Kolonne von Lastwagen überholte und dann kurz vor einem schnell entgegenkommenden PKW wieder einscherte. Sein Blick folgte der Straße, bis diese hinter dem Hügel verschwand. Das Gehöft des Mannes, der ihm als Ziegenfuß vorgestellt worden war, erstreckte sich dort am Rand des Dorfes. Er musste den Mann aufsuchen, um ihn wegen des Unfalls und seines Verhältnisses zu Kessel zu befragen.

Braig verließ die Bank und folgte einem schmalen Weg am Rande des Dorfes entlang. Wenige Meter vor der Kirche sah er den Friedhof zu seinen Füßen liegen. Von hier oben hatte man den Tatort direkt vor Augen. Wenn es jemanden gab, der zufällig etwas von dem Geschehen mitbekommen haben konnte, dann der Pfarrer und seine Familie.

Er beschloss, den Mann zu fragen, und läutete an der Eingangstür des Pfarrhauses, einem schmucken kleinen Fachwerkhaus. Blumen in vielen Farben säumten die Fensterbänke, große Teile des Gartens und der Treppe. Das ganze Haus war von wild wuchernder Vegetation umgeben. Auf einer der Stufen, die zur Tür führten, aalte sich eine junge rötliche Katze.

Braig beugte sich zu dem Tier hinunter, streichelte es und lachte, als es kräftig zu schnurren begann.

»Sie mag Sie«, ertönte eine Stimme hinter ihm.

Überrascht drehte er sich zu einer jungen Frau um. Sie war nicht allzu groß, bestimmt einen Kopf kleiner als er, hatte dunkelbraune, leicht rötlich getönte glatte Haare, die ihr knapp über die Schulter reichten. Ihr Kleid aus hellem, in zartem Blau gepunkteten Stoff, mit kurzen Ärmeln und weitem Schnitt passte wie angegossen.

Sie lächelte ihm zu. »Maximiliane lässt sich nicht von vielen streicheln.«

»Maximiliane?«, fragte Braig mit holpriger, belegter Stimme.

»Diese Dame hier.« Die junge Frau zeigte auf die Katze.

In seiner Überraschung lachte er ein wenig krampfhaft, wobei er sich langsam aufrichtete.

Sie nahm das Tier, drückte es an sich. »Sie haben bei ihr einen Stein im Brett.«

Langsam taute Braig auf. »Das freut mich sehr.«

Die Frau setzte die Katze wieder ab und stieg dann die Stufen der Treppe hoch. »Kann ich Ihnen helfen?«, fragte sie.

Braig kratzte sich verlegen unter seinem linken Ohr. »Ich hätte gern den Pfarrer gesprochen. Sie sind die Tochter?«

Die Katze richtete sich auf, strich ihm ums Bein, drückte ihren Kopf an seine Wade. Ihr Schnurren erreichte höchste Tonlagen.

»Den Pfarrer?«, fragte die Frau.

Ihr Lachen irritierte ihn noch mehr. »Wenn es möglich wäre.«

»Ich werde ihn holen.«

Sie öffnete die Tür, die offensichtlich nicht verschlossen war, lud ihn mit einer Handbewegung ein, ihr zu folgen, und führte ihn in ein kleines Erkerzimmer, das von einer runden Eckbank und einem stabilen Kiefernholztisch dominiert wurde. Vor dem Tisch lag ein weißer Flokati-Teppich, der von einer schmalen Glasvitrine flankiert wurde.

»Nehmen Sie bitte Platz, einen Moment«, bat die junge Frau.

Als Braig sich auf die Eckbank setzte, sah er die kleine Katze um die Ecke streichen. Schnurrend drückte sie sich an sein Bein. Er nahm sie hoch, legte sie auf seinen Schoß, streichelte sie.

Draußen vor den Fenstern wuchsen Fuchsien, kleine Buschrosen und violette Petunien. Er betrachtete die Umgebung, sah die Hügel und Berge und die Dächer der Nachbardörfer. Als er sich einige Zentimeter vorbeugte, blickte er direkt auf den Friedhof und die Bundesstraße, die keine fünfhundert Meter entfernt waren. Er erkannte die Eingangspforte, die winzige Kapelle am Rand der Grabreihen, die Büsche an beiden Enden der Begräbnisstätte, wo die Männer festgebunden worden waren.

»So, hier bin ich«, vernahm er die Stimme wieder.

Sie sah noch reizender aus. Das dunkle Jackett, das einen angenehmen Kontrast zu ihrem hellen Kleid bildete, gab ihr einen Anflug von Seriosität.

»Sie sind fremd hier?«

Er stand auf, legte die Katze neben sich auf die Bank. Sie reckte und streckte sich mit allen vieren und kuschelte sich dann der Länge nach an die Rücklehne.

»Das ist wohl kaum zu übersehen.« Das Sprechen fiel ihm schwer.

»Lauberg und seine Nachbardörfer sind noch relativ klein. Wir kennen uns hier, mit Ausnahme der gerade zugezogenen Bewohner des Neubaugebietes. Sommer ist mein Name, ich bin die Pfarrerin.«

Braig sah sie mit großen Augen an, die Überraschung war ihm ins Gesicht geschrieben. »Entschuldigen Sie«, stammelte er, »ich konnte nicht wissen …«

»Kein Grund zur Panik. Wenn Sie nicht hartnäckig darauf bestehen, unbedingt einen Pfarrer männlichen Geschlechts serviert zu bekommen …«

»Ich finde, die Leute in Lauberg sind zu beneiden«, schnurrte Braig.

»Oder auch nicht. Viele tun sich schwer damit. Die Tradition erlaubt es ihnen nicht, ihr Herz bei einer Pfarrerin auszuschütten. Was bei einem männlichen Seelsorger selbstverständlich wäre, wird bei mir manchmal zum Problem. Und dann noch die Angst vor der männermordenden Emanze im Talar. Aber nehmen Sie doch wieder Platz.«

Nachdem sie sich einander gegenüber an den Tisch gesetzt hatten, zog er seinen Dienstausweis. »Steffen Braig, ich komme vom Landeskriminalamt.«

»Oh. Dann suchen Sie wohl nicht den Pfarrer, um Ihre Sorgen bei ihm loszuwerden, wie?«

Er schüttelte den Kopf, nahm die Karte wieder an sich. »Sie können sich denken, worum es geht?«

»Das ganze Dorf hat nur noch ein Thema. Und im Radio soll es auch schon gekommen sein.«

»Wann haben Sie davon erfahren?«

»Ich?« Sie sah ihn überrascht an, wischte sich die Haare von der Stirn. »Wieso interessieren Sie sich für mich?«

Es fiel ihm schwer, sich amtlich zu geben. Ihre Verlegenheit, ausgelöst durch seine Fragen, ließ sie noch anmutiger erscheinen. Ihr Gesicht überzog sich mit einem zarten Hellrosa, das ihre blaugrauen Augen noch besser zur Geltung brachte. Sie war dezent geschminkt und höchstens so alt wie er, um die dreißig, eine bezaubernde, selbstbewusste Erscheinung. Nicht die Tochter des Pfarrers, wie er vermutet hatte, sondern die Inhaberin der Pfarrstelle selbst. Ob sie wohl jeden Sonntag hier in der kleinen Kirche auf der Kanzel stand? Er musste sich zusammenreißen, um bei seiner dienstlichen Pflicht zu bleiben.

»Der Ausblick«, erklärte er, »von hier oben.«

»Der Ausblick?«

»Auf den Tatort. Dort unten.« Er deutete aus dem Fenster in Richtung Friedhof.

»Ach so, ja. Das Pfarrhaus liegt sehr schön. Bis auf die Bundesstraße.«

Sie öffnete einen Flügel des Fensters, vor dem sie saß, und er begriff, was sie meinte. Das Heulen der Motoren dröhnte laut in den Raum hinein.

»So idyllisch es scheint, ohne Isolierglasfenster können Sie hier nicht arbeiten. Trotz der Entfernung.«

»Dann haben Sie nichts bemerkt heute Nacht?«

Frau Sommer schloss das Fenster. »Von hier oben, meinen Sie?«

»Wäre sicher ein Zufall, das gebe ich gerne zu, aber immerhin standen die beiden Männer die ganze Nacht dort.«

»Tut mir leid. Sie haben sicher die Vorstellung, als Pfarrerin in dem kleinen Dorf schiebt die eine ruhige Kugel, also kann sie abends gemütlich in die Umgebung schauen. Ich muss Sie enttäuschen, aber ich berichte Ihnen gern von meinen Aktivitäten, wenn Sie die Zeit und das Interesse dafür haben.«

»Sie haben mich falsch verstanden. Es war nie meine Absicht, Ihre Arbeit infrage zu stellen. Ich suche nach den Tätern, nach jedem Strohhalm, der mich zu ihnen führt, und als ich unten, vom Tatort aus, die Kirche sah ...«

»Okay. Ist schon gut. Verzeihen Sie meine Schärfe. Gestern Abend hatte ich den Jugendclub. Im Nachbardorf. Ich war nicht im Haus«, erklärte die Pfarrerin.

»Wäre auch nur ein Zufall gewesen. Manchmal helfen gerade solche unbedachten Dinge, die Täter zu finden. Ich möchte die Verbrecher erwischen, bevor sie wieder zuschlagen können. Es war immerhin schon zum zweiten Mal.«

»Zum zweiten Mal?«

»Zumindest von der Art des Verbrechens her. Zuerst im Wagenburgtunnel in Stuttgart, dann hier. Und jedes Mal derselbe Terror.«

»Es handelt sich um dieselben Leute?«

»Es scheint so. Noch wissen wir es nicht genau. Ich muss erst die Ergebnisse der Untersuchungen abwarten. Ich fürchte nur, wenn wir uns nicht beeilen, werden bald die nächsten Opfer daran glauben. Es handelt sich um skrupellose Verbrecher.«

»Na ja, es gibt schlimmere Straftaten.«

»Ich glaube, Sie machen es sich zu einfach. Sie sollten die Sache nicht verharmlosen. Wenn Sie noch nicht direkt unten an der Straße waren, können Sie sich kaum vorstellen, welche Qualen die Opfer die ganze Nacht hindurch ertragen mussten.«

»Das bezweifle ich nicht. Im Gegenteil. Ich bin oft genug an der Bundesstraße. Auf dem Friedhof zum Beispiel. Bei jeder Beerdigung habe ich das Vergnügen, meine Worte von heulenden Motoren begraben lassen zu müssen. Was glauben Sie, wie amüsant es für die Angehörigen ist, wenn ich am Grab schreie, damit wenigstens ein paar tröstende Sätze verstanden werden. Eine Beerdigung mit einer schreienden Pfarrerin. Ich bin anschließend immer heiser – ich weiß, wovon Sie reden.«

»Also«, gestand Braig, »wir haben Angst vor einer neuen, grünen Terrorwelle. Zudem scheint einer unserer Landesminister von den Tätern bedroht zu sein. Wenn wir sie nicht bald festnehmen, könnte die Gewalt eskalieren.«

»Oh je, Terrorwelle. Wir gehen wirklich schlimmen Zeiten entgegen. Jetzt auch noch Grüne.« Der Spott in ihrem Gesicht war nicht zu übersehen. »Darf ich Ihnen etwas anbieten, bevor uns die neue Terrorwelle überrollt?«

Braig hätte sich selbst ohrfeigen können, wusste er doch, wie geschwollen seine Worte klangen. Güblers bester Schüler, unterwegs im Land.

»Sie sollten sich wegen mir keine Mühe machen«, entgegnete er.

»Tue ich aber doch gerne.«

Frau Sommer verließ den Raum, um kurz darauf mit einem gefüllten Krug, Mineralwasser und einem geflochtenen Korb mit duftenden Backwaren zurückzukehren.

»Als Pfarrerin auf dem Dorf bin ich versorgt in jeder Beziehung«, erklärte sie. »Das sind selbst gebackene süße und salzige Stücke und Apfelmost, frisch vom Fass. Alles in Handarbeit gefertigt.«

»Von Ihnen selbst?«

Sie lachte. »Dazu fehlt mir leider die Zeit und auch das Geschick. Nein, Frau Pfarrerin verbringt ihren Tag mit der genauen Registratur der Ausgaben und Einnahmen der Gemeinde, mit der schriftlichen Ausarbeitung der Antwort auf die Anfrage eines Kirchengemeinderates, der unbedingt alles schwarz auf weiß braucht, mit unzähligen Telefonaten, vielen Besuchen und der Vorbereitung etlicher Veranstaltungen.«

»Dafür kennen Sie einen großen Teil der Leute hier«, erwiderte Braig.

»Das ist richtig«, bestätigte Frau Sommer. »Greifen Sie zu. Ich hatte bisher noch keine Zeit zum Mittagessen. Aber Sie sehen selbst, wie gut mich die Leute hier versorgen.«

Sie reichte ihm ein Glas, schenkte ein und schob ihm den Korb zu. Als Braig den Duft der knusprig braunen Stücke einsog, spürte er, wie sein Magen revoltierte. Allzu viel hatte er ihm heute wahrlich noch nicht geboten. Kriminalmeister Stöhr verwöhnte sein Lieblingsorgan weit mehr.

»Die Backwaren stammen von Herrn Zeller, hat er heute Morgen erst frisch unten im Backhäusle zubereitet.«

»Ein Mann?«, fragte Braig überrascht und ungläubig zugleich.

»Einer meiner Verehrer«, erklärte sie.

Er verschluckte sich, hustete verlegen.

»Ein vielseitig begabter, feinfühliger und doch vom Leben gebeutelter Mann.«

»Sie leben in engerer Verbindung?«

Die Pfarrerin nahm einen kräftigen Schluck aus ihrem Glas, lachte. »Mit vielen Leuten aus dem Dorf, wenn Sie so wollen. Herr Zeller ist zweiundsiebzig, ein Nachbar von Herrn Schmidt, den Sie wohl kennen.«

Eis am Stiel, überlegte Braig, was sie wohl von ihm hielt?

»Rein beruflich. Herr Schmidt hat eine schlechte Nacht hinter sich«, flachste er.

»Ist wohl anzunehmen. Ich will aber nicht wissen, wie vielen Menschen er schon schlechte Nächte beschert hat.«

»Oh, das hört sich direkt wie eine Anklage an. Etwas ungewohnt aus dem Munde einer Pfarrerin.«

»Bei Leuten vom Schlage dieses Schmidt hat es wenig Sinn, durch die Blume zu reden. So viele Blumen können nirgends wachsen, dass er sich in ein schönes Licht getaucht sieht.«

Braig schaute Frau Sommer überrascht an. »Das klingt nach schwerem Kaliber.«

»Laufen Sie durchs Dorf, und halten Sie die Ohren offen«, erwiderte sie.

»Für mich wäre es viel reizvoller, Ihnen zuzuhören.«

»Ich lebe erst seit zwei Jahren hier. Was ich Ihnen erzählen kann, stammt oft nur aus zweiter Hand.«

»Trotzdem«, beharrte Braig, »wenn Sie sich die Zeit nehmen könnten.«

Ihm war jedes Mittel recht, in ihrer Gesellschaft zu verweilen. Kriminalmeister Stöhrs ausgemergelte Gestalt stellte bei allem Respekt vor dem Ehrgeiz des jungen Mannes keine attraktive Alternative dar.

»Vielleicht muss ich meine Befürchtung vom grünen Terror zurücknehmen, weil die Motive für die Verbrechen völlig anders geartet sind. Ich habe von Anfang an darauf spekuliert, dass man uns irreführen will.«

»Dies zu entscheiden ist allein Ihre Aufgabe. Im Umfeld des Herrn Schmidt gäbe es allerdings, soweit ich es beurteilen kann, genügend Gründe für einen – sagen wir mal – kleinen Vergeltungsschlag. Obwohl ich wirklich kein Interesse habe, mich für diesen Menschen auf die Jagd nach Leuten zu machen, die er ohnehin schon längst ruiniert hat«, erklärte Frau Sommer.

»Sie sprechen von Herrn Kahn, den er neulich erst entlassen hat?«

Sie wirkte überrascht. »Oh, Sie haben davon gehört?«

»Heute Morgen. Genaueres ist mir im Moment allerdings noch nicht bekannt.«

»Herr Kahn ist nur einer von vielen«, sagte die Pfarrerin, »Schmidts Aufstieg ist von Leichen gepflastert.«

»Sie scheinen den Mann wirklich nicht besonders zu mögen.«

»Das ist keine Frage der Sympathie, hier geht es um Tatsachen.«

»Warum hat er Herrn Kahn entlassen?«

»Angeblich oder in Wirklichkeit?«

»Mich interessiert beides«, erklärte Braig, »wenn es da Unterschiede gibt.«

»Gewaltige. Die offizielle Version hat mit der Realität wenig zu tun. Herr Kahn arbeitete seit Jahren in Schmidts Betrieb. Maschinenbau. Produktion von Gewindeteilen und Werkzeugen, die teilweise selbst entworfen und gegossen werden. Große Schinderei, wie die Arbeiter erzählen. Insgeheim natürlich, nicht offen. Wer sich zu laut beklagt, wird zum Chef zitiert. Schmidts Abmahnungen sind bekannt. Entweder die Leute kuschen oder sie können sich einen neuen Arbeitsplatz suchen. Schmidt kanzelt sie vor der versammelten Mannschaft ab, bis wieder alle vor ihm zu Kreuze kriechen. Kahn war der Einzige, der nicht klein beigeben wollte.«

»Was war der Anlass?«

»Herrn Schmidts großzügige Überstundenregelung. Er setzt als selbstverständlich voraus, dass jeder Mitarbeiter voll zur Verfügung steht, wenn die Auftragslage dies erfordert. Überstunden am Abend, manchmal auch am Wochenende, je nach Bedarf. Zeitweise wurde es fast zur Gewohnheit, länger zu arbeiten. Zehn- oder Elfstundentage, drei-, viermal die Woche, mehrere Monate hintereinander. Mehr Geld in Ehren, aber wo bleibt das Leben? Immer mehr Arbeiter schimpften hinter vorgehaltener Hand, nur Herr Kahn machte es öffentlich. Er forderte Schmidt auf, neue Leute einzustellen, statt ständig Überstunden schieben zu lassen. Der weigerte sich und drohte Kahn mit Konsequenzen. Doch diesmal hatte er sich verrechnet.«

»Herr Kahn blieb bei seiner Kritik?«

»Stur, wie der Mann nun einmal ist, wandte er sich an die Gewerkschaft. Todsünde Nummer eins in Schmidts Augen, denn er führt einen gewerkschaftsfreien Betrieb. Aus Prinzip. Todsünde Nummer zwei: Kahn erfasste minutiös alle Überstunden, die im Verlauf des Jahres in der Firma geleistet wurden, und rechnete dann vor, dass dafür vier zusätzliche Arbeitskräfte eingestellt werden könnten. Als er die Zahlen veröffentlichte, platzte Schmidt der Kragen. Er warf ihn raus. Begründung: geschäftsschädigendes Verhalten durch Verrat von Firmeninterna. In Wirklichkeit ging es Schmidt um ganz andere Punkte.«

»Nämlich?«

»Kahn wies mit seinen Zahlen genau nach, warum Schmidt lieber auf Überstunden als auf neue Arbeitsplätze setzte: Er sparte so mehrere tausend Mark. Monat für Monat. Plötzlich stand Schmidt als gieriger Leuteschinder da.«

Braig nahm sich eines der knusprigen Brötchen. Das Gebäck, das nach Mandeln und Nüssen schmeckte, erinnerte ihn an Weihnachten. Ein Duft von Amaretto und Gewürzen lag in der Luft.

»Aber ich glaube, der eigentliche Grund für Kahns Entlassung ist politischer Natur. Schmidt engagiert sich mit seiner Partei für den vierspurigen Neubau der Bundesstraße von Winnenden nach Backnang parallel zur S-Bahn-Strecke, auf der alle paar Minuten Züge fahren. Das wird noch mehr Autoverkehr bringen, noch mehr Lärm und Abgase, dafür aber deutlich weniger Fahrgäste auf der Schiene. Kahn arbeitet in der Bürgerinitiative gegen diesen Neubau. Diese Menschen argumentieren, es reiche vollkommen, eine Ortsumgehung von Winnenden zu bauen. Kahn wurde von Schmidt unter vier Augen mehrfach aufgefordert, aus der Initiative auszuscheiden, weil sonst sein Arbeitsplatz in Gefahr sei.«

»Sind das nicht nur Behauptungen Kahns?«, hakte Braig nach.

»Ich vertraue dem Mann«, sagte Frau Sommer.

»Weil er der Kirche nahesteht«, ergänzte Braig.

Die Pfarrerin lachte laut, stand auf, strich ihr Kleid zurecht. »Die Vorstellungen eines aufrechten Kripobeamten über das Denken und Handeln in der Kirche. Was sind Sie: Kommissar?«

Braig kaute und bestätigte mit vollem Mund: »Richtig geraten: Kriminalkommissar.«

»Zu Ihrer Beruhigung: Herr Kahn ist seit Jahren aus der Kirche ausgetreten. Was nicht heißt, dass er nicht ab und an bei Veranstaltungen von uns auftaucht.«

»Obwohl er kein Mitglied ist.«

»Trotzdem.«

»Und Herr Schmidt?«, fragte Braig. »In welchem Verhältnis stehen Sie zu ihm?«

»Er ist einer unserer Kirchengemeinderäte. Der mit dem größten Einfluss.«

14. Kapitel

Kommissar Braig stand auf dem kleinen Parkplatz neben dem Laden in Lauberg, nahm sein Handy, meldete sich im Landeskriminalamt. Neundorf war am Apparat.

»Gott schenke dir gute Nerven«, sagte sie.

»Wieso?«

»Napoleon steht auf dreihundert. Hast du das Gerichtsurteil in den Nachrichten gehört?«

Braig wusste nicht, wovon sie sprach. »Welches Urteil?«

»Der Giftmord von Tamm in der Nähe von Ludwigsburg. Das kleine Mädchen, das von seiner Tante vergiftet worden sein soll.«

»Die kleine Anna?«, fragte Braig.

Natürlich kannte er den Fall. Monatelang hatte der Tod des Kindes damals die Schlagzeilen sämtlicher Medien bestimmt, alle Welt war entsetzt über die schreckliche Frau, eine Stuttgarter Apothekerstochter, die ihre eigene junge Nichte mit Arsen ermordet haben sollte. Gübler verbuchte die Verurteilung der Frau als eigenen Erfolg, hatten sich die Richter zuerst des Stuttgarter, dann auch noch des Heilbronner Landgerichts doch den Ermittlungsergebnissen seiner Kommission angeschlossen und die Tante als Giftmörderin verurteilt. Sie saß seit der Urteilsverkündung vor einigen Jahren im Gefängnis.

»Der Bundesgerichtshof in Karlsruhe hat die Frau freigesprochen, endgültig. Ihr sei nichts nachzuweisen«, erklärte Neundorf durchs Telefon, »vorhin brachten es die Nachrichten. Gübler ist außer sich. Er sieht das Urteil als persönliche Attacke gegen sich.«

»Wer soll das Kind vergiftet haben?«, fragte Braig.

»Vielleicht müssen wir neu ermitteln. Der Anwalt der Tante will eine Täterschaft der Mutter nicht ausschließen. Sie war zum Zeitpunkt der Geburt Annas an Multipler Sklerose erkrankt. Vielleicht ein psychotischer Schub, spekuliert der Advokat. Sein Kollege wurde noch deutlicher: Anna kann das Opfer eines Produkterpressers geworden sein. Schließlich starb sie an mit Arsen vergiftetem Eis. Und – was Gübler bei seinen Ermittlungen völlig außer acht ließ – acht Tage nach dem schrecklichen Tod des Kindes erhielt die Herstellerfirma des vergifteten Eises einen in Stuttgart abgestempelten Erpresserbrief. Dieser Spur zu folgen, hat unser Herr Kriminalrat damals nicht für sonderlich sinnvoll gehalten.«

Braig erinnerte sich noch genau, was die Untersuchungen dieses aufsehenerregenden Todesfalles ergeben hatten: Elisabeth Fredelik war nachmittags zur Familie ihres Bruders gekommen. Weil die Eltern am Abend ein Konzert besuchen wollten, war die Tante bei ihrer kleinen Nichte geblieben. Vor dem Zubettgehen hatte sie dem Kind ein Eis serviert, das sie in einem Laden in Tamm gekauft hatte, vermischt mit Schokoladensauce, die angebrochen im Kühlschrank der Eltern aufbewahrt worden war. Etwa eine Stunde später hatte sich das Mädchen zum ersten Mal übergeben, dann die ganze Nacht keine Ruhe mehr gefunden, bis die Tante und die Eltern es gemeinsam ins Ludwigsburger Krankenhaus brachten. Dort war die kleine Anna am Mittag an einem nicht mehr behandelbaren Schockzustand gestorben. Später wurde ermittelt, dass sie mit einer mehr als zwanzigfach tödlichen Dosis Arsen vergiftet worden war.

Gübler hatte sich auf die Tante als Mörderin versteift, weil diese den Eisbecher des Kindes in der Spülmaschine hatte reinigen lassen, während Anna noch im Krankenhaus mit dem Tod rang. Dass die Mutter des Opfers die Packung mit dem restlichen Eis später selbst weggeworfen hatte, hatte ihn nicht stutzig werden lassen. Dafür kreidete er Elisabeth Fredelik an, sich bei der Trauerfeier auffällig laut benommen zu haben und sich als Tochter eines Stuttgarter Apothekers und studierte Chemikerin und Pharmazeutin mit Arsen bestens auszukennen. Die Richter der beiden Landgerichte hatten sich von dieser Argumentation überzeugen lassen.

»Heißt das, die Frau hat die ganzen Jahre unschuldig im Gefängnis gesessen?«

»Wenn das Gerichtsurteil korrekt ist, ja«, bestätigte Neundorf.

»Sie galt jahrelang als Mörderin der eigenen Nichte, war in der Öffentlichkeit als Giftmischerin gebrandmarkt – ich möchte nicht in ihrer Haut stecken. Und nicht in Güblers, der seinen Teil zu ihrer Verurteilung beigetragen hat.«

»Letztendlich verantwortlich sind aber die Richter«, wandte Braig ein, »die haben schließlich das Urteil unterschrieben.«

»Aufgrund der Untersuchungsergebnisse unseres Herrn Kriminalrates«, beharrte Neundorf, »die sie zu ihrer Schlussfolgerung veranlasst haben.«

»Wenn sie freigesprochen wurde, wird sie jetzt entschädigt werden. Ein kleiner Beitrag, das Unrecht wiedergutzumachen.«

»Das macht den Kohl nicht fett«, brummte Neundorf ins Telefon, »die Frau ist inzwischen an Krebs erkrankt.«

Braig schwieg betroffen.

»Auf jeden Fall hat Napoleon mich jetzt doch dem grünen Terrorismus«, Neundorf betonte die letzten Worte mit sarkastischem Unterton, »zugeordnet, anscheinend setzt es Druck von oben. Wie steht die Sache?«

Braig berichtete, was er bisher in Lauberg erfahren hatte.

»Interessant«, kommentierte Neundorf, »die Pfarrerin scheint dir zu gefallen, wie? Ich habe aber auch News.«

»Nämlich?«

»Die Begleitschreiben stammen aus verschiedenen Quellen. Sowohl vom Papier her als auch vom Schriftbild. Fingerabdrücke: Fehlanzeige. Waren vorsichtig, die Brüder. Fazit: In Lauberg bei beiden Entführungen dieselben Täter – wer hätte es auch anders vermutet –, aber ob es wirklich die Leute vom Wagenburgtunnel sind, keine Ahnung. Gemeinsame Merkmale gibt es jedenfalls nicht. Und der Psychologe vom LKA, jawohl, auch den habe ich befragt, schwört Stein und Bein, dass es sich um völlig verschiedene Täter handeln muss. Die Sprache, das heißt ihre Ausdrucksweise, verrate ihm das deutlich.«

»Dann können wir den gemeinsamen Hintergrund endgültig vergessen«, meinte Braig ratlos.

»Bis auf die Tatsache, dass sich die Bekennerschreiben vom Sinn her gleichen, die Täter in ähnlicher Weise vorgingen, die Entführungen in unmittelbarem zeitlichen Abstand erfolgten und die Opfer allesamt, wenn ich dich richtig verstanden habe, recht dubiose Typen sind, denen auch aus völlig anderen Gründen übel mitgespielt worden sein könnte.«

»Das ist richtig. Wenn ich daran denke, was Frau Reimer vom Bund Naturschutz mir gestern über den Autoclubfunktionär Breuninger erzählt hat …«

»Was meinst du?«, fragte Neundorf überrascht. »Du hast nichts erwähnt.«

»Ich hielt es für nicht so wichtig. Aber jetzt …«

»Ja?«

Braig drehte sich zur Seite. Er sah zwei ältere Frauen vor dem Dorfladen stehen, in ein Gespräch vertieft. Offensichtlich sorgte das nächtliche Geschehen für reichlich Gesprächsstoff.

»Frau Reimer hat erwähnt, dass Breuninger Probleme mit Alkohol am Steuer haben soll«, erklärte Braig, »außerdem gibt es Gerüchte über ihn und den Unfalltod eines Kindes.«

»Oh, ist ja interessant. Moment mal.«

Er hörte durchs Telefon, wie sie sich Notizen machte.

»Ich werde der Sache nachgehen«, sagte Neundorf, »wirft vielleicht ein ganz anderes Licht auf die Angelegenheit.«

Braig merkte, dass sich die beiden Frauen vor dem Laden alles erzählt haben mussten. Sie standen mit offenen Mündern und großen Augen vor dem Schaufenster und gafften neugierig in Richtung Dorfmitte. Braig sah die lange dünne Gestalt Stöhrs näher kommen.

»So leid es mir tut«, sagte er ins Handy, »wir müssen unser Gespräch beenden. Unser Kriminalmeister steht vor mir.«

Neundorf spottete noch über Schokoladenberge und genügend Nachschub und gab ihn dann frei. Stöhr hatte ihn bereits erreicht.

»Mhm, es ist so, interessante Leute hier«, begrüßte er Braig.

»Na großartig. Was konnten Sie ermitteln?«

»Alle Vorgänge hier im Ort haben irgendwie mit einer Person zu tun.«

»Wie meinen Sie das?«

Die beiden Frauen vor dem Laden starrten mit neugierigen Augen zu ihnen herüber, flüsterten sich wie Verschwörerinnen ins Ohr.

»Bofinger heißt der Mann«, erklärte Stöhr. »Er scheint der große Macher zu sein.«

»Bofinger? Noch nie gehört.« Braig schüttelte missbilligend den Kopf.

»Dieser Herr Bofinger wäre für uns sicher nicht so wichtig … Na gut, er ist Bauunternehmer, wie ich hörte, sitzt in sämtlichen Vereinen …«

»Ja und, was ist mit ihm?«, drängte Braig.

»Er ist ein guter Freund von Herrn Schmidt, dem Opfer ...«

»Kein Wunder in dem kleinen Kaff, oder? Beide haben ein Unternehmen, sind wohl fast Nachbarn, was ist daran Besonderes?« Braig wunderte sich eher über die Tatsache, dass die beiden Frauen ihr Gespräch beendeten und wegliefen.

»Richtig«, bestätigte Stöhr, »was mich aber stutzig gemacht hat, ist der andere Freund von Herrn Bofinger.«

»Wer denn?«, fragte Braig unwirsch.

»Mhm, Herr Bofinger ist oft mit Herrn Breuninger zusammen, der im Wagenburgtunnel festgebunden wurde.«

Steffen Braig blieb die Antwort im Hals stecken.

15. Kapitel

Dann gab es also doch einen Zusammenhang. »Haben Sie ermitteln können, ob dieser Bofinger als Täter infrage kommt?«, fragte Braig seinen Kollegen.

Sie hatten den Platz vor dem Laden verlassen und waren auf dem Weg zu Herrn Ziegenfuß.

»Mhm, der Herr Ortsvorsteher, mit dem ich mich unterhalten habe, sprach von einer alten Freundschaft, die die Herren miteinander verbinde. Sie träfen sich regelmäßig.«

»Auf gut Deutsch, die saufen ab und an mal zusammen.«

»Diese Darstellung konnte ich nirgendwo erhalten. Aber der Herr Minister sei manchmal auch dabei.«

»Kering?«

Stöhr nickte.

»Mein Gott«, brummte Braig, »hängt der Typ doch mit drin.«

Sie folgten dem Weg den Hügel aufwärts.

»Haben Sie diesen Bofinger persönlich interviewt?«

»Tut mir leid, Herr Bofinger war geschäftlich verhindert. Ich habe in seiner Firma unseren Wunsch nach einem Gespräch hinterlassen.«

»Na prima.« Braig fühlte sich von Stöhrs geschwollener Ausdrucksweise zunehmend genervt, musste jedoch dessen Ermittlungserfolg anerkennen. Steckte dieser Bofinger hinter der ganzen Affäre? Vielleicht war er wirklich das fehlende Bindeglied. Hatte er etwa Kessel entführt und an die Straße gebunden, als Ablenkungsmanöver, um die Verbindung Breuninger – Bofinger – Schmidt nicht allzu auffällig werden zu lassen?

Braig schüttelte grimmig den Kopf. Wie er es auch drehte und wendete, es wollte kein eindeutiger Lösungsansatz deutlich werden. Wichtig war vorerst, Ziegenfuß, dieses angebliche Unfallopfer Kessels, zu interviewen. Langsam näherten sie sich dessen Hof.

Bei Ziegenfuß' Anwesen handelte es sich um eine mächtige Anlage: ein großes Wohnhaus, ein noch gewaltigerer Stall und eine hohe, breite Scheune, die rings um einen rechteckigen Hof herum standen, der mit Asphalt und alten Quadersteinen ausgelegt war. In den Ecken verrosteten alte landwirtschaftliche Geräte.

Schon beim Betreten des Hofes konnten sie sehen, dass das Anwesen seine ursprüngliche Funktion längst verloren hatte. Sie liefen über den asphaltierten Teil des Bodens zur Haustür, drückten auf die Klingel. Sie funktionierte nicht.

Braig trat einen Schritt zurück, blickte nach oben. Ein alter, farbig gemusterter Vorhang flatterte aus einem offenen Fenster.

»Herr Ziegenfuß!« Die Wände rings um den Hof warfen ein mehrfaches Echo zurück. Kein Laut außer dem Heulen der Motoren auf der Bundesstraße war zu hören.

»Herr Ziegenfuß!«

Der Mann auf dem Fahrrad bog gerade in dem Moment um die Ecke, als der Mut sie verlassen wollte. Er war von kleiner, eher dünner Gestalt und hatte unübersehbar einen Ansatz zur Glatze auf der vorderen Kopfhälfte. Ein schmächtiger Bart umrahmte sein Kinn, die Haut war bleich wie bei einem Kranken, die Wangenknochen nur schwach gepolstert. Es war nicht zu übersehen, dass es dem Mann nicht besonders gutging.

»Sie wollen zu mir?« Ziegenfuß stieg vom Fahrrad und gesellte sich zu den beiden Männern. »Was ist der Anlass?«

Er wischte sich die schweißverschmierte Hand an seiner Jacke ab, die er trotz des warmen Wetters trug, und reichte sie ihnen.

»Braig, ich bin Kommissar beim Landeskriminalamt, das ist mein Kollege, Kriminalmeister Stöhr.«

Der Mann schaute sie überrascht an, stellte sein Fahrrad an die Wand.

»Stört es Sie, wenn wir ins Haus gehen? Ich komme gerade von der Arbeit. Sie sind sehr früh.«

»Haben Sie uns erwartet?«

Ziegenfuß zögerte, schüttelte dann den Kopf. »Wieso, warum sollte ich Sie erwarten?«

»Wegen des Unfalls vielleicht.«

»Der Unfall? Was hat der mit dem Landeskriminalamt zu tun?«

»Nun, die Vorgänge heute Nacht hier in Lauberg. Genauer gesagt, die beiden Verbrechen.«

Ziegenfuß reagierte nicht. »Die Sache mit Schmidt und Kessel? Ist doch nicht mal der Rede wert.«

»Sie haben eine seltsame Sichtweise«, meinte Braig, »das Verbrechen heute Nacht forderte zwei unschuldige Opfer.«

»Zwei unschuldige Opfer?« Ziegenfuß lachte aus vollem Hals. »Oh je, jetzt kommen Sie erst mal rein.«

Das große Zimmer, in das er sie führte, war überraschend geschmackvoll eingerichtet. Glänzender, bestimmt noch nicht lange verlegter Parkettboden schenkte dem Raum eine überaus warme Atmosphäre. An den Wänden erstreckten sich mehrere Regale voller Bücher, in einer Ecke wartete eine tiefblaue Polstergarnitur mit einem eleganten niedrigen Glastisch, dessen Platte die Sicht auf drei stämmige Marmorsockel freigab. Die Wand auf der anderen Seite des Zimmers schmückte ein bekanntes Bild, das eine junge Frau an einer Theke zeigte.

Braig fühlte sich von der geschmackvollen Einrichtung angenehm überrascht.

»Mhm, Edouard Manet, die ›Bar in den *Folies Bergères*‹«, kommentierte Stöhr, die Augen auf das Bild gerichtet.

Braig war doppelt perplex. »Sehr schön, meine Hochachtung«, meinte er.

»Darf ich Ihnen etwas anbieten?«, fragte Ziegenfuß.

Sie lehnten nicht ab, nahmen auf dem Sofa Platz. Helmut Ziegenfuß brachte drei Gläser, schenkte sie mit Mineralwasser voll.

»Zwei unschuldige Opfer, haben Sie erklärt«, fing er unvermittelt an, »man merkt, dass Sie Lauberg nicht kennen.«

»Wieso?«

»Bei diesen zwei Typen handelt es sich, Verzeihung, aber ich will es Ihnen geradeheraus mitteilen, frisch von der Leber weg, um die zwei größten Schweine hier im Ort.«

Braig sah ihn verblüfft an. »So viel Offenheit hatte ich nicht erwartet.«

»Na ja gut, ich muss meine Aussage etwas relativieren. Sagen wir, um zwei von den drei größten Miststücken hier.«

Ziegenfuß leerte sein Glas mit kräftigen Schlucken.

»Wer ist das dritte, äh, Miststück?«

»Ich glaube, das tut nichts zur Sache, ihn haben sie heute Nacht leider nicht erwischt.«

»Wer ist ›sie‹?«

»Was weiß ich. Die Entführer, Täter, Bösewichte oder wie auch immer Sie sie zu nennen pflegen.«

»Sie gehören nicht zufällig dazu?«

Helmut Ziegenfuß stellte die Flasche ab, aus der er sich hatte nachschenken wollen. »Ach so, aus dieser Ecke weht der Wind? Jetzt kapiere ich erst!« Er schlug sich mit der flachen Hand an die Stirn. »Ich bin vielleicht ein Idiot!«

Braig versuchte zu lächeln. »Das haben Sie gesagt.«

»Irgendwie haben Sie was von dem Mordversuch an meinem Sohn und mir gehört und glauben jetzt, ich wollte es der Drecksau heimzahlen, wie?«

Braig gab keine Antwort.

»Was ist dann aber mit Schmidt? Warum habe ich mir den heute Nacht vorgeknöpft?«

»Nun, Sie haben sich vorhin doch selbst in diese Richtung geäußert: Herr Kessel und Herr Schmidt, die zwei größten …«

»Vollkommen richtig. Verdient haben sie es beide. Und Bofinger dazu. Nicht das von heute Nacht. Noch viel mehr. Das eine sage ich Ihnen: Wenn ich dabei gewesen wäre, heute Nacht, gäbe es jetzt für die Mordkommission Arbeit, viel Arbeit. Für die Mordkommission, verstehen Sie, und zwar gleich in drei Fällen, nicht dieser harmlose Pipifax von an-den-Baum-binden und so.« Ziegenfuß' Gesicht war rot angelaufen, er hatte sich richtig in Rage geredet. »Meine Hochachtung vor den Leuten heute Nacht, dass die endlich zugeschlagen haben. Das war aber nichts. Schweinen diesen Kalibers gehören andere Fesseln angelegt.«

»Woher wissen Sie überhaupt von den Verbrechen?«, fragte Braig. »Sie waren doch bei der Arbeit.«

»Meinen Sie, mir die Sache so anhängen zu können? Es kam im Radio, und eben, als ich in der S-Bahn saß, sprachen alle davon. Hier in der Umgebung gibt es nur noch ein Thema.«

Braig betrachtete das Bild an der Wand. »Edouard Manet: die ›*Bar in den Folies Bergères*‹« hatte Stöhr beim Betreten des Zimmers erklärt.

Steffen Braig war überrascht über die Bildung des Kollegen. Er wusste nicht, woher Stöhr den Namen des Künstlers und den Titel des Bildes kannte, musste sich selbst gestehen, dass er mit ihm noch nie tiefergehende Worte gewechselt hatte, nie mehr als das, was unbedingt notwendig war. Wenn er sich mit ihm unterhielt, dann nur über dienstliche Inhalte.

Das Bild zeigte ein, wie Braig urteilte, auffallend hübsches, doch melancholisch in die Leere blickendes Mädchen, das hinter einer mit Flaschen bestückten Theke stand. Ihr dunkler, eng zusammengeknüpfter Janker präsentierte über dem Busen einen weiten Ausschnitt, der mit einem kleinen Blumenstrauß geschmückt war. Neben unzähligen, in allen Variationen geformten und gefärbten Flaschen stand eine Glasschüssel mit kleinen Orangen oder Mandarinen vor ihr auf der Theke.

Der Künstler hatte das Bild raffiniert angelegt. Obwohl das Mädchen groß im Mittelpunkt seines Werkes stand, war der gesamte Raum der Bar den Augen der Betrachter preisgegeben. Ein gewaltiger Spiegel im Rücken der melancholischen Schönen öffnete den Blick in das Lokal und auf die große Menge seiner Besucher. Und dann tauchte, ganz rechts auf dem Bild und im ersten Moment überhaupt nicht wahrnehmbar, eine männliche Gestalt deutlich sichtbar auf, eigentlich außerhalb des Gemäldes stehend, vom weitläufigen Spiegel aber festgehalten.

Der große Unbekannte, überlegte Braig, der bei dem Mädchen eine Bestellung orderte oder ein Rendezvous mit ihr verabredete, ein Treffen, das vielleicht fatale Folgen für die junge Schöne nach sich ziehen würde: Der Maler hatte den Täter für alle Zeit fixiert, ihn vor den Augen der Öffentlichkeit entlarvt. »Wenn ich doch nur für die Vorgänge der vergangenen Nächte einen ebenso gewandten Porträtisten zur Verfügung gehabt hätte«, sinnierte Braig, »einen heimlichen Beobachter, der die Täter aus dem Hinterhalt überrascht und sie mir unwiderlegbar vor Augen führt ...«

»Was wollen Sie von mir wissen?«

Es dauerte einige Sekunden, bis Braig zurück zum Gesprächsthema fand. »Wo waren Sie heute Nacht?«

Helmut Ziegenfuß zögerte keine Sekunde. »Hier.«

»Allein?«

»Ja.«

»Keine Zeugen?«

»Ich lebe allein. Meine Frau wohnt mit den Kindern in Stuttgart.«

»Das ist nicht gut für Sie. Wie geht es Ihrem Sohn?«

»Welchem?«, fragte Ziegenfuß. »Ich habe zwei.«

»Sie wissen schon, welchen ich meine.«

»Ich kann es mir denken, obwohl ich Ihren Verdacht unverschämt finde. Ich sagte Ihnen vorhin schon, wenn ich dem Schwein eins überbrate, wird er das so schnell nicht vergessen.«

»Das Verbrechen heute Nacht wird Herr Kessel garantiert nicht schnell vergessen.«

»Reden Sie keinen Unsinn. Was der heute Nacht erlebt hat, macht jeder, der an einer stark befahrenen Straße wohnt, ständig mit. Es wäre sinnvoller, wenn Sie sich anderen, wirklichen Verbrechen zuwenden würden, anstatt sich wegen dieser Schweine aufzuregen.«

»Das müssen Sie uns überlassen, wo und wie wir arbeiten«, konterte Steffen Braig. »Sie behaupten also, Sie hätten mit den Vorgängen heute Nacht nichts zu tun.«

»Vielleicht haben Sie es jetzt endlich kapiert. Aber dass ich dem Kerl bald noch eins überbrate, darauf können Sie sich verlassen. Was drückt den schon der Prozess, weil er meinen Thomas auf dem Gewissen hat? Den Irren für seine Raserei hinter Gitter zu bringen, fällt Ihnen nicht ein. Stattdessen verfolgen Sie Leute, die zwei Schweine an die Straße verschleppt haben. Was für ein gigantisches Verbrechen! Sie sollten meinen Thomas humpeln sehen, während seine Kameraden Fußball spielen, dann kämen Sie auf andere Gedanken. Vielleicht. Wer weiß?«

16. Kapitel

Natürlich kam Ziegenfuß als Täter in Betracht. Seine bewusst zur Schau gestellte Abneigung gegen Kessel und Schmidt sprach ihn nicht von dem Verdacht frei, die vollmundig angekündigte Rache bereits vollzogen zu haben.

Der Bericht, den Braig von der lokalen Polizei über den Hergang des Unfalls erhielt, bestätigte die Aussagen Frau Brüderles. Kessel hatte auf einem Feldweg Ziegenfuß und seinen elfjährigen Sohn Thomas angefahren. Im Krankenhaus wurde bei dem Jungen der Bruch des linken Beins sowie eine Rippenprellung konstatiert, der Vater war mit einem Schock davongekommen. Kessel stand eine Anklage wegen Überschreitung der zulässigen Geschwindigkeit mit daraus resultierender fahrlässiger Körperverletzung ins Haus.

»Dann hat uns Frau Brüderle alles richtig erzählt«, wunderte sich Braig, der schon ganz andere Darstellungen von angeblichen Tatzeugen erlebt hatte. Er sah auf seine Uhr, merkte, dass es kurz vor fünf war.

»Jetzt noch Kahn und dann Bofinger, einverstanden?«

Kriminalmeister Stöhr nickte kurz.

»Wieder ein langer Tag heute.«

Sie fuhren mit dem Dienstwagen die Dorfstraße entlang, bogen dann nach rechts ab, in eine steile Straße den Hügel hinauf. Das Haus der Kahns musste wenige Meter oberhalb liegen. Braig bremste den Wagen ab und kletterte aus dem Fahrzeug.

Zwei Jungen spielten Ball, knallten abwechselnd die Lederkugel an eine Hausmauer. Ihre Gesichter waren von der Anstrengung gerötet; im Schweiß, der beiden von der Stirn lief, klebte der Staub der Straße.

»Wer gewinnt?«, fragte Braig.

Die Jungen ließen sich in ihrem Spiel nicht stören.

»Dorum geht's net«, rief der ältere, dessen kurze Hosen völlig verschmutzt waren.

»So? Worum dann?«

»Spaß solls mache!«, erklärte der andere. »Bei uns gibt's keine Verlierer.«

Der Ball pfiff nur wenige Zentimeter an Braigs Gesicht vorbei. Erschrocken drückte er sich zur Seite.

»Wisst ihr zufällig, wo die Familie Kahn wohnt?«

Bevor einer der Spieler antworten konnte, piepste das Handy. Braig nahm es ans Ohr, drückte den Empfangsknopf.

»Sapperlott!«, bebte die Stimme. »Der junge Herr hat ausgeschlafen.«

Braig spürte Wut in sich hochkommen. »Wir sind seit heute Morgen ...«

»Halten Sie keine Wahlreden!«, schrie Gübler.

Seine Stimme war so laut, dass sogar die ballspielenden Jungen aufmerksam wurden. Braig hielt den Hörer von sich weg.

»Den ganzen Tag versuche ich, Sie zu erreichen ...«

Der Ball traf den Dienstwagen, prallte zurück. Braig flog das Handy aus der Hand.

»Was war das? Hören Sie überhaupt zu?«, krächzte Güblers Stimme.

Ein großer Lastwagen keuchte die steile Straße hoch, ließ Qualm und Staub zurück. Braig verstand überhaupt nichts mehr.

»... Folgerungen verbitte ich mir.«

»Welche Folgerungen?«, fragte Braig.

»Wir haben es mit grünen Terroristen zu tun, verstehen Sie?«, dozierte Gübler am Telefon. »Diese Überzeugung reicht bis in die höchsten Etagen unseres Amtes, ja, sogar ins Ministerium. Und das Leben von Herrn Kering steht auf dem Spiel. Daran haben Sie sich zu orientieren! Erst das Attentat auf seinen Hubschrauber, jetzt der Terror gegen seinen Freund. Ihre wirren Vorstellungen von Racheakten irgendwelcher Dorfdeppen, die Sie Ihrer unfähigen Kollegin mitzuteilen die Zeit fanden, interessieren hier niemanden. Wir benötigen Ermittlungsergebnisse, junger Mann, nicht Vermutungen! Was also spricht ernsthaft gegen grüne Terroristen?«

Braig sah, wie ein Pulk heftig gestikulierender und laut miteinander diskutierender Leute die Straße hochlief und immer wieder nach oben deutete.

»Sehr viel«, antwortete er, bereute seine Worte aber schon, kaum dass er sie ausgesprochen hatte.

»Errrrrrrrrrrrnsthaft!«, ermahnte Gübler.

»Ich denke, es gibt zu viele andere Motive …«

»Sie denken«, wurde Braig unterbrochen, »Sie!«

Die heftig diskutierende Gruppe strömte eilig nach oben. Braig sah, wie die beiden Jungen sich mit den Leuten unterhielten, ihren Ball eilig in die Ecke warfen, hektisch an der Haustür läuteten und aufgeregt ins Haus hinein brüllten.

»Jedes der beiden Opfer von heute Nacht hat Grund genug, sich vor der Rache bestimmter Leute zu fürchten«, erklärte Braig in sein Handy.

»Nämlich?«

Braig sah, wie die beiden Jungen der Gruppe nachsprangen, die sich eilig den Berg hinaufbewegte. Er versuchte, Gübler so kurz wie möglich den vertrackten Sachverhalt zu erklären.

»Alles sinnlos!«, erklärte der Kriminalrat, als Braig seine Ausführungen beendet hatte. »Mein Gefühl weist auf grüne Terroristen hin. Es geht um das Leben unseres Wirtschaftsministers!«

Gegen diese unwiderlegbaren Argumente wusste Braig sich wehrlos.

»Könnte, müsste, sollte! Haben Sie denn auch etwas Handfestes ermittelt, junger Mann?«

»Kriminalmeister Stöhr stellte fest, dass hier ein gewisser Bofinger lebt, der sowohl mit Schmidt als auch mit Breuninger befreundet ist.«

»Was? Wie bitte? Das ist es doch! Haben Sie ihn verhaften lassen?« Güblers Stimme wurde schrill.

»Wir wollen ihn heute noch sprechen«, antwortete Braig.

»Sie wollen? Ja, was haben Sie denn bisher getan? Kriminalmeister Stöhr hat den Fall gelöst? Hätte ich Ihnen diesen tüchtigen Mann nicht mitgegeben, was hätten Sie jetzt zu berichten? Wenn Sie mir in zehn Minuten nicht persönlich signalisieren, dass Sie diesen Kerl, wie heißt er gleich wieder, Sie wissen schon, verhaftet haben, lasse ich Sie festnehmen, ist das klar?«

Braig ersparte sich die Antwort, steckte das Handy weg, lief mit schnellen Schritten zu Stöhr.

»Herr Kahn scheint hier zu leben«, meldete dieser.

»Prima, haben Sie geläutet?«

Der Kriminalmeister holte das Versäumnis nach. Prompt wurde das Fenster über der Haustür geöffnet, eine Frau schaute sie fragend an.

»Braig vom Landeskriminalamt, das ist mein Kollege Stöhr, könnten wir bitte Herrn Kahn sprechen?«

Die Frau nickte, verschwand. Es dauerte keine dreißig Sekunden, bis die Tür geöffnet und sie ins Haus gebeten wurden.

»Kahn«, stellte sich der Mann vor, »Sie wollen zu mir?«

»Wir hätten ein paar Fragen.«

Braig zeigte seinen Ausweis, stellte sich und seinen Kollegen nochmals vor. Kahn führte sie die Treppe hoch in einen kleinen Raum, der nur einen runden Tisch samt vier Stühlen sowie eine Glasvitrine mit allerhand Gläsern enthielt.

»Darf ich Ihnen etwas anbieten?«

Braig lehnte ab, weil er nicht viel Zeit verlieren wollte. Sie nahmen rings um den runden Tisch Platz.

Walter Kahn war ein kräftiger, durchtrainierter Mann Mitte vierzig mit kurzen blonden Haaren, rosigen Backen und einem leichten Grinsen im Gesicht.

»Ich wollte Sie nach Ihrem Verhältnis zu Herrn Schmidt fragen. Sie waren bis vor Kurzem sein Angestellter?«

Kahn nickte.

»Wieso wurden Sie entlassen?«

Kahn schilderte den Vorgang genau so, wie Braig es von der Pfarrerin gehört hatte.

»Aber Sie klagen dagegen vor Gericht.«

»Allein um des Prinzips willen. Obwohl es schwierig wird. Offiziell habe ich interne geschäftliche Vorgänge veröffentlicht.«

»Und inoffiziell?«

»Schmidt stört sich daran, dass ich in der Initiative gegen den vierspurigen Neubau der Bundesstraße mitarbeite. Sein Parteifreund Bofinger drängt ihn wohl dazu.«

»Bofinger?«

»Der zweite Neureiche in Lauberg. Er hat ein Straßenbauunternehmen. Was glauben Sie, was der an dem Neubau verdienen wird. Da geht es um Millionen. Schmidt ist in der Pflicht als Parteimitglied und Gemeinderat. Und dann noch seine krummen Geschäfte …«

»Krumme Geschäfte?«, hakte Braig nach.

»Sie sind von der Polizei. Ich will nicht darüber reden, solange mein Prozess läuft. Aber ich bin nicht der Einzige, der – sage ich mal vorsichtig – einiges vermutet. Ich denke, Bofinger weiß ebenfalls Bescheid. Vielleicht erpresst er ihn, damit Schmidt auf jeden Fall bei der Stange bleibt.«

»Was für krumme Geschäfte? Sie wissen, wer Informationen über eine Straftat zurückhält ...«

»Ich rede ausdrücklich von Vermutungen«, betonte Kahn.

»Sie sollen Herrn Schmidt Rache angedroht haben.«

»Ich ihm? Oder er mir?«

»Wollten Sie sich heute Nacht für die Entlassung rächen?«

Walter Kahn schüttelte den Kopf.

»Sie haben ein Alibi?« Braig betrachtete aufmerksam das Gesicht und die Gebärden des Mannes. Er war sich unsicher in seiner Beurteilung.

»Ich habe damit nichts zu tun. Wir waren gestern Abend beim Treffen unserer Bürgerinitiative. Bis zehn etwa oder halb elf. Genau kann ich es nicht sagen, fragen Sie meine Frau.«

»Sie war dabei?«

Kahn nickte, erhob sich, öffnete die Tür. Braig hörte ihn mit seiner Frau sprechen.

Wenn er wirklich bis halb elf unterwegs gewesen war, wurde es knapp mit der Zeit. Kessel musste gegen halb elf entführt worden sein, Schmidt etwas über eine Stunde später.

»Sie meint, es war schon kurz nach elf«, erklärte Kahn, nachdem er wieder ins Zimmer getreten war. Er sah Braig offen in die Augen.

»Kurz nach elf? So spät?« Braig atmete tief durch. Erst gegen zehn, halb elf, dann auf einmal kurz nach elf. Wenn das kein abgekartetes Spiel war. Wenn sie wirklich erst gegen elf nach Hause gekommen waren, schieden sie aus dem Täterkreis aus. Es sei denn, sie waren frisch vom Tatort gekommen ...

»Wieso plötzlich nach elf?«

»Ganz einfach«, erklärte Kahn, »weil Vera etwa um halb elf von ihrem Jugendclub zurückgekommen ist und wir noch miteinander gesprochen haben.«

»Vera?«

»Frau Sommer, unsere Pfarrerin.«

Braigs Augen weiteten sich. »Frau Sommer? Was hat die damit zu tun?«

»Sie arbeitet in unserer Initiative mit und stellt uns das Pfarrhaus für unsere Treffen zur Verfügung. Sie kennen sie nicht? Sollten Sie nachholen. Eine reizende Person.«

Braig wusste keinen Grund, warum er dem Mann widersprechen sollte.

17. Kapitel

Kommissar Braig und Kriminalmeister Stöhr hatten das Haus Kahns gerade verlassen, als sie Frau Brüderle aufgeregt die Straße den Berg hinuntereilen sahen. Es dauerte keine zehn Sekunden, da hatte die kleine quirlige Person die beiden Polizeibeamten erblickt.

»Oh je, Sie erlebet heut was bei uns!«, schrie sie, als sie mindestens noch zwanzig Meter von ihnen entfernt war. Völlig außer Atem quaddelte sie mit rotem Gesicht auf sie zu. Selbst ihre Gebetszwiebel war verrutscht, mehrere Strähnen ragten nach allen Seiten hervor.

»Den Tag heut werdet Sie net so schnell vergesse, wie?«

Braig streckte ihr die Hand entgegen, begrüßte sie freundlich. »Mir gefällt es sehr gut bei Ihnen in Lauberg, Frau Brüderle.«

Zwei Mädchen rollten mit ihren Fahrrädern an ihnen vorbei ins Tal.

»Na gut, wenn das heute Nacht nicht passiert wäre – uns bliebe viel Arbeit erspart«, meinte Braig, »aber dann hätte ich auch keine Gelegenheit gehabt, Sie kennenzulernen.«

»Ja, des schon«, sagte Maria Brüderle und rieb ihre Schuhe eifrig an der Hauswand hin und her. Ein übler Geruch ging von ihnen aus, der stechend in der Nase lag.

Braig sah die Krusten, die sich über das Leder und sogar ihre Beine hochzogen, wunderte sich, weil die Frau vorhin sehr gepflegt ausgesehen hatte. Na ja, auf dem Land, dachte er. Was man als typischer Großstadtmensch eben über Dorfbewohner so denkt …

»Also so ein Saukerl, so ein elendiger«, schimpfte sie und stampfte mit dem linken Bein so fest auf, dass eine Dreckflade zur Seite spritzte, haarscharf an Kriminalmeister Stöhrs Hosen vorbei, »dass Sie ausgerechnet auch noch damit belästigt werden, wenn Sie heut zum ersten Mal hier sind.«

»Sie haben sich schmutzig gemacht«, konstatierte Braig zaghaft. Es war ihm peinlich, ihren Zustand so deutlich zu beschreiben, aber da ihre Bemühungen fast nur auf die Säuberung ihrer Schuhe gerichtet waren, konnte er nicht umhin, darauf zu sprechen zu kommen.

»Hano, Sie etwa net?« Maria Brüderle betrachtete die beiden Männer vorwurfsvoll. »Hend Sie net in sei Haus neiguckt?«

Braig kapitulierte endgültig. »Welches Haus? Das von Herrn Kahn?« Er zeigte auf das Gebäude hinter ihnen.

»Ha, so a dumme Frage!«, schimpfte Frau Brüderle. »Wollet Sie mich für dumm verkaufe?«

Braig entschuldigte sich und bat um Aufklärung.

»Hano, jetzt saget Sie bloß, Sie von der Polizei blicket net, was do lauft.« Sie beendete ihre Säuberungsaktion, musterte ihn aufmerksam.

Braig kam sich ziemlich dumm vor. »Ich glaube, wir reden gerade aneinander vorbei.«

»Ha, Sie hent vielleicht a Gschwätz!«

Braig suchte vergeblich nach Hilfe.

»Also, es isch doch allerhand«, fuhr Maria Brüderle fort, »dem Bofinger sei Haus schwimmt in der Seuchbrüh, und Sie tun so, als ob Sie nix wisse dätet! Hano, erzählet Sie doch des net mir!« Sie zeigte mit weit ausholender Geste den Berg hoch.

»Bofinger?«, fragte Braig.

»Hano, also bitte!« Ihr Gesicht war unübersehbar von Entrüstung gezeichnet. »Da obe«, erklärte sie, »links am Waldrand hinter dem Neubaugebiet.«

Sie zeigte mit solchem Schwung auf die Anhöhe hinter sich, dass ihr Haar endgültig zur Seite rutschte. Erschrocken fasste sie sich an ihren Hinterkopf, nestelte ihre Gebetszwiebel wieder zurecht.

»Ich verstehe immer noch nicht, warum Sie so aufgeregt sind.«

»Hano, Sie sind mir aber wirklich einer! Stellet Sie sich immer so blöd an?« Ihre Miene trug nur noch Mitleid zur Schau.

Braig schüttelte resigniert den Kopf. Vielleicht sollte er doch einen Intensivkurs in schwäbischer Sprache nehmen, um die Leute besser verstehen zu können.

»Es wär ja alles net so heikel, wenn des net die Rache für heut Nacht wär!«, erklärte Frau Brüderle.

Braig wurde hellhörig. »Die Rache für heute Nacht?«

»Hano ja, warum denn sonst? Der Kessel spekuliert doch garantiert, dass der Bofinger hinter seiner Entführung steckt, und deswege hat der jetzt dem sei Häusle zom Deifel gjagt.«

»Zum Teufel gejagt? Zerstört?«

»Hano, ganget Sie doch endlich na und gucket sichs a«, schrie Maria Brüderle genervt, »solang die Scheiße noch drin steht.«

Braig packte seinen Kollegen am Arm, stieg ins Auto, verabschiedete sich.

»Dort hinte am Waldrand«, wies Frau Brüderle sie an, »hinterm Neubaugebiet.«

Sie fuhren die steile Straße hoch, irgendeinen Ausdruck wie ›so zwei Granatedackel als Polizei‹ im Ohr, passierten zwei alte Bauernhöfe und eine gewaltige Kastanie und erreichten mehrere Neubaukomplexe auf der Anhöhe des Berges. Braig passierte eine Reihenhauskolonie, folgte dann dem Feldweg geradeaus. Der Weg, der immer holpriger wurde, verlief langsam abwärts.

Links sahen sie die Bahnlinie und den Bahnhof von Lauberg, und dann breitete sich plötzlich eine parkähnliche, gepflegte Gartenlandschaft vor ihnen aus. Und genau dort, wo die Gärten in den Wald übergingen, war der Weg von einer heftig diskutierenden Menschenmenge versperrt.

Braig stellte das Fahrzeug ab, lief langsam auf die offensichtlich aufgeregten Leute zu. Der beißende Geruch stach ihm sofort in die Nase.

Das Wochenendhaus lag mitten in einem gepflegten Park. Büsche und Bäume spendeten Schatten, Blumen bezauberten das Auge. Rings um das weitläufige Anwesen erstreckte sich ein hoher Maschendrahtzaun, der vorne, neben dem breiten Eingangstor, auf einer Länge von etwa fünf Metern vollständig eingedrückt war. Aus dem Inneren des mit dunklem Holz verkleideten Hauses quoll ein dickflüssiger Strom einer braun-grau-grünen Masse unter der geschlossenen Eingangstür hervor, wälzte sich die kunstvoll verzierte Treppe hinunter und senkte sich auf den Rasen. Jeder Atemzug verursachte stechende Schmerzen in den Lungen.

Wie das giftige, stinkende Gemisch ins Haus gekommen war, lag auf der Hand: Die breiten Reifenspuren, die sich über den auf den Boden gedrückten Maschendrahtzaun hinweg quer über den Rasen bis zum zerstörten Seitenfenster des Hauses hin erstreckten, entlarvten die Methode des Eindringlings.

»Der hat dem durch das Fenster die ganze Scheiße neipumpt«, rief der Junge mit den zerrissenen Hosenbeinen, den Braig zuvor bei Kahns Haus hatte spielen sehen, fachmännisch. Er ließ sich gerade von dem zerstörten Fenster auf die Erde nieder, stapfte mit bloßen Füßen und hochgekrempelten Hosen durch den Matsch zurück.

»Und inne siehts aus! Pfui Deifel, so eine Drecksau! Der ganze erschte Stock steht in der Seuchbrüh!«

»Das Haus gehört Herrn Bofinger?«, erkundigte Steffen Braig sich bei einem älteren Mann, der neben ihm stand.

Der nickte nur.

»Das war der Kessel als Rache für heute Nacht«, erklärte eine Frau, »der weiß doch genau, dass der Bofinger hinter der Entführung steckt.«

»Der Bofinger? Wieso?«

»Ha, des isch doch sonnenklar! Weil der ihm eine auswische wollt!«

»Wofür?«

Die Frau winkte mit der Hand ab. »Ach, fraget Sie ihn doch selbst! Ich halt den Gstank nimmer aus.«

Braig musste ihr beipflichten, wollte aber noch mehr in Erfahrung bringen.

Er winkte Stöhr und eilte der Frau nach.

»Wieso denken Sie, dass der Herr Bofinger mit der Entführung heute Nacht zu tun hat?«, fragte er atemlos und heftig schnaufend.

Die Frau blieb stehen, zog ein Taschentuch vor, schnäuzte sich. »Sind Sie etwa von der Polizei, weil Sie so neugierig sind?«

Sie war um die sechzig, schlank, trug auffallend weite grellgrüne Schlabberhosen, ein rotes, luftiges T-Shirt. Ihr graues Haar wölbte sich von einem Mittelscheitel aus wie eine breite Mütze rings um den Kopf. Über dem Mund wuchsen ihr dunkle kurze Haare, die fast den Anschein eines Schnurrbartes erweckten. Braig dachte an die Fotos des älteren Albert Einstein, der grinsend und die Zunge breit aus dem Mund streckend abgelichtet worden war. Der spöttische Gesichtsausdruck, die langen grauen Haare, der Ansatz eines Schnurrbarts: Alles passte. Nur diese Frau nicht in dieses kleine beschauliche Dorf.

»Braig vom Landeskriminalamt«, wies er sich aus, »es ist meine Aufgabe, neugierig zu sein.«

»Schnüffler sollet zom Deifel gange.« Die Frau steckte das Taschentuch weg, lief weiter.

»Wie bitte?«

»Mit Stasi und SS han i nix am Hut.« Sie sprach plötzlich im breitesten Schwäbisch.

Braig bat seinen Kriminalmeister näher zu kommen, damit dieser ihm eventuell dolmetschen konnte.

»Frau, äh …«

»Des dut nix zur Sach!«

»Es geht nur um die Entführung heute Nacht. Die sollte doch aufgeklärt werden, oder nicht?«

Sie waren längst am Dienstwagen vorbeimarschiert, Richtung Neubaugebiet.

»Isch immer dieselbe Schote: Die Kloine fanget Se, ond die große Sausäck lasset Se laufe.«

Diesmal hatte Braig sie verstanden. »Vielleicht könnten wir diese Entwicklung verändern, wenn Sie uns helfen«, warf er ein.

»Sie? Ganz bestimmt net!«

Braig packte die Wut. »Warum sind Sie so bockig? Habe ich Ihnen etwas getan?«

Die Frau blieb abrupt stehen. »Höret Sie, junger Mann.«

Braig erinnerte sich voller Unbehagen an Gübler. Wer sonst sprach ihn so an?

»Hier in Lauberg, in Backnang und Umgebung sind die Zustände wie sonst auch im Land – wie überall.« Sie machte eine Pause, kramte in einer Tasche ihrer weiten Schlabberhose, zog eine kleine Flasche Kümmerling vor. »Darf ich Ihnen eine anbieten?«

Braig wunderte sich, wie dialektfrei sie plötzlich sprach, nahm ihr Angebot an. Vielleicht hilft's, dachte er. In der Not frisst der Teufel Fliegen, säuft der Kripokommissar bittere Galle.

»Sie?«, fragte die Frau, Kriminalmeister Stöhr im Blick. Diesmal holte sie sich eine Absage.

Sie zauberte eine zweite Flasche aus ihrer Tasche vor und prostete Braig zu. Das Zeug schmeckte nicht einmal so schlecht. Besser als nichts. Kümmerling statt Mittagessen und Kaffee, dachte er.

»Die Großen bestimmen, was läuft, die anderen haben zu kuschen. Und wer es wagt aufzumucken, wird schnell runtergebürstet, bis die Welt wieder in Ordnung ist. Hier bei uns wie sonst überall auch.«

Ihre langen grauen Haare glänzten im Licht der Sonne, als sie sie mit ihren Fingern durchkämmte. Braig spürte instinktiv, dass er keinen einfältigen Menschen vor sich hatte, auch wenn ihre Sätze nach plumpen Plattitüden klangen.

»Ich fürchte, Sie wissen genau, warum Sie so pessimistisch sind«, sagte er, »mich würde interessieren, welche Erfahrung Sie dazu veranlasst – vielleicht hilft es uns weiter.«

»Sie sind ein guter Diplomat«, meinte die Frau und trank die kleine Flasche mit zwei Schlucken leer, »wie unser Bofinger und der Schmidt.«

Sie hatten eine baufällige Bank am Rand des Neubaugebiets erreicht, setzten sich hin.

»Und Sie sind immer ehrlich«, provozierte er sie.

»Ehrliche Leute machen sich generell unbeliebt, weil sie andere vor den Kopf stoßen. Diplomaten heucheln sich an die Spitze.«

»Dann sind Sie im Dorf nicht allzu gern gesehen, falls Sie von hier stammen.«

»Richtig. Doppelter Treffer. Ich habe Zeit meines Lebens nicht gearbeitet, nur gefaulenzt, mich vergnügt, Klavier gespielt, die Jahre verplempert, wenn Sie die Leute fragen. Hören Sie also nicht auf mich!«

»Warum waren Sie bei dem Wochenendhaus des Herrn Bofinger? Sind Sie so neugierig?«

»Weil ich mich daran ergötzen wollte, wie seine Hütte voll Scheiße steht. Gebaut im Landschaftsschutzgebiet, schwarz, dann im Nachhinein vom Gemeinderat als legal abgesegnet.«

»Geschmiert?«, überlegte Braig laut.

Die Frau nickte. »Mit Steuergeldern. Ein cleverer Gewinner. Seine Maschinen walzen eine Straße nach der anderen in die Landschaft, um seinen Beutel zu füllen und seine Macht auszuweiten. Er ist nicht knauserig, wirklich nicht, im Gegenteil. Er ist viel zu schlau dafür. Mindestens ein Drittel seines Gewinns fließt in fremde Taschen, in die richtigen, und schon steht der nächste Auftrag auf dem Papier, ob die Asphaltwalze gebraucht wird oder nicht. Unterschrieben. Und wenn die gesamte Region unter Teer und Beton erstickt, gießt er eine neue Schicht darüber. Bofinger bekommt die Aufträge, garantiert.«

»Auch für die neue Bundesstraße?«

»Sie fragen noch?«

Die Frau schaute in die Landschaft. Vor ihnen lagen die parkähnlichen Gärten, von dichtem grünen Buschwerk eingefasst, dahinter erhob sich ein üppig bewaldeter Berg. Irgendwo im Tal dazwischen verlief die Bahnlinie, auf der ab und an Züge vorbeiglitten. Braig fühlte sich an die Grafschaften des südlichen England erinnert.

»Es sei denn, der Kessel läuft vollends Amok«, erklärte sie unvermittelt.

Erstaunt sah Braig die Frau an. »Was hat der damit zu tun?«

»Mehr als Sie glauben. Dass er ihm heute das Haus zerstört hat, schmerzt den Bofinger zwar nicht sonderlich ...«

»Woher wissen Sie, dass die Tat von Herrn Kessel begangen wurde?«

»Weil er es war.«

»Das ist eine schlimme Beschuldigung. Schließlich können wir den Mann festnehmen, wenn Sie bei Ihrer Aussage bleiben.«

»Sie werden Kessel nicht festnehmen.«

»Sie ziehen Ihre Aussage zurück?«

Die Frau schüttelte den Kopf. »Ich? Wieso? Ich habe mit meinen eigenen Augen gesehen, wie Kessel mit seinem Jauchewagen vor der Hütte stand und die Scheiße ins Innere gepumpt hat. Dort oben, auf dem Hügel, sehen Sie«, sie zeigte zurück in die Richtung, aus der sie gekommen waren, »die Bank. Ich sitze oft dort, trinke, lese, meditiere. Plötzlich kommt Kessel mit seiner Fuhre, von Weitem schon zu hören. Es war ein Schauspiel, wie im Theater. Gleich unter mir.«

»Also. Dann ist doch alles klar.« Braig schaute die Frau fragend an.

»Überhaupt nicht«, erwiderte sie. »Sie werden den Kessel nicht festnehmen, nicht verhaften, ihn nicht mal verhören. Das garantiere ich.«

»Sie überschätzen sich wohl etwas.«

»Bofinger wird keine Anzeige erstatten. Hundertprozent!«

»Keine Anzeige?«

»Unter feinen Leuten werden solche Lappalien anders geregelt. Es geht um ganz andere Beträge als das Herrichten dieser popeligen Wochenendhütte, verstehen Sie? Was glauben Sie, was die neue vierspurige Bundesstraße bringt! Die Verwüstung der Hütte war nur ein kleiner Betriebsunfall, sonst nichts. Ist bald bereinigt, unter Ehrenmännern.«

Braig sah unten im Tal einen langen Zug vorbeigleiten, folgte ihm mit den Augen. »Warum hat Herr Kessel das Gebäude zerstört?«

»Für heute Nacht. Kleiner Revancheakt. Schwaben-Rache. Er hat die Schnauze voll, will nicht mehr länger für Bofinger den Arsch spielen. Der machte ihm heute Nacht klar, dass es so nicht läuft, aber Kessel schlägt noch mal zurück. Wie Sie selbst gesehen haben.«

»Noch mal?«

Die Frau nickte, bückte sich zu einer der Taschen ihrer Hose nieder.

»Ganz schön mutig von Kessel, nicht? Zweimal aufstehen gegen die Großkotzigen, das hat bisher noch keiner gewagt.«

»Sie sind sich sicher, dass dieser Herr Bofinger hinter den Entführungen heute Nacht steht?«

Sie zog eine dicke Zigarre aus der Tasche, erhob sich wieder. »Sie auch?«

Braig und Stöhr lehnten ab.

»Meine Diplomatie hat Grenzen, wie Sie sehen«, erklärte Braig.

»Wer außer Bofinger sollte es gewesen sein?«, fragte die Frau.

»Aber heute Nacht waren Sie nicht zufällig dabei?«, spottete Braig.

»Wenn Sie es unbedingt wissen wollen: Ich habe bei der Friedhofskapelle gesessen und zugeguckt. Wie jede Nacht.« Sie grinste über das ganze Gesicht. »Die waren an der Straße unten. Da gibt es keine Zuschauer. Jedenfalls keine freiwilligen.«

»Ich verstehe aber immer noch nicht, warum dieser Bofinger den Kessel entführt haben soll«, beharrte Braig, »was hatte er für einen Grund?«

»Oh je, wenn ich Ihnen das alles erzähle, sitzen wir morgen noch hier. Kessel hatte die erste klare Sekunde in seinem Leben: Er wollte nicht länger den Hampelmann spielen.«

»Er war Bofinger stets zu Diensten?«

»Bofinger und Konsorten. Als er dann aber – als Letzter oder Vorletzter im ganzen Dorf – darauf kam, dass Bofinger es mit seiner Frau trieb, rastete er aus.«

»Mit seiner Frau?«, fragte Braig. »Der ersten oder der zweiten?«

»Oh, Sie wissen Bescheid? Ich sehe, Sie sind über die Leute hier informiert, teilweise jedenfalls.« Die Frau lachte, steckte die Zigarre in Brand. »Mit seiner zweiten. Kessel war gerade mal zwei Jahre verheiratet, da machte sich Bofinger an die Frau ran. Ohne Kessels Wissen. Es ging mehrere Monate. Bofinger hat Geld, Kessel nicht. Bis der Mann es mitbekam, wusste es fast das ganze Dorf. So blamiert wurde selten einer.«

»Kessel und seine Frau haben sich aber nicht getrennt.«

»Kessel doch nicht. Der verzeiht alles.«

»Bis auf die Hütte dort vorne.« Braig deutete nach rechts.

»Ja, und seinen Leserbrief.«

»Welchen Brief?«

»Das war sein erster Schlag. Stille Wasser sind tief. Der hat jahrelang alles geschluckt, sich alles bieten lassen. Er machte den Lakaien, dienerte, spielte den Deppen. Bis er Bofinger auf die Schliche kam, dass der mit seiner eigenen Frau … Das war der Funke am Pulverfass. Kessel explodierte. Wortwörtlich. Er traf den Bonzen an seiner verwundbarsten Stelle. Wie im Krieg. Deshalb hat Bofinger heute Nacht zurückgeschlagen. Er musste handeln, verstehen Sie, um allen zu zeigen, wer hier der Herr im Haus ist. Bofinger lässt nichts anbrennen, der garantiert nicht!«

»Um was ging es bei dem Leserbrief?«

»Oha, sind Sie neugierig!« Die Frau sog lachend an ihrer Zigarre, blickte in die Ferne. »Das trägt nicht zu Ihrem seelischen Wohlergehen bei.«

Steffen Braig betrachtete sie irritiert. »Wie meinen Sie das?«

»Übertriebenes Wissenwollen«, erklärte sie, »wenn Neugier zur Sucht wird, leidet der ganze Mensch darunter.«

»Oh, Sie lieben es zu philosophieren.«

»Wenn es zur Bereicherung unserer Lebensqualität beiträgt, immer.«

»Leider ist es mein Beruf, neugierig zu sein«, wandte Braig ein, »ob ich privat will oder nicht.«

»Gerade deswegen sollten Sie sich der Sucht nicht mit Haut und Haaren verschreiben.«

»Versuchen Sie, sich vor meinen Fragen zu drücken?«

»Habe ich Ihnen nicht schon genügend Antworten gegeben? Ich beschäftige mich schon den ganzen Mittag mit buddhistischen Gedanken, und dann überfallen Sie mich mit Ihrer unverhohlenen Neugier. Sollten Sie nicht versuchen, meine Antworten zu verarbeiten?«

Sie zog ein kleines Buch aus einer ihrer Taschen und reichte es ihm. *Buddhistische Reflexionen* prangte auf dem Umschlag.

Braig spürte instinktiv, dass er auf ihr Spiel eingehen musste, wenn er von ihr noch mehr erfahren wollte. Er nahm das Buch, blätterte darin.

»Übertriebene Neugier gilt im östlichen Denken als eines der Grundübel des Menschen. Viele unserer Beschwerden sind auf dieses Laster zurückzuführen. Zeitgenössische buddhistische Denker erklären die Unzufriedenheit vieler Menschen im Westen als Folge ihrer Gier nach Wissen, Informationen, immer neuen Erkenntnissen.«

»Sie beschäftigen sich intensiver damit?«, fragte Braig.

»Nur wenn mir danach ist.«

»Ich wollte, ich hätte ebenfalls so viel Zeit.«

»Sehen Sie, das war schon wieder eine falsche Antwort.«

Braig lachte, erhob sich, lief vor der Bank langsam hin und her. »Sie haben das Zeug zum Guru«, spottete er.

»Ganz bestimmt nicht«, erwiderte sie, »dazu fehlt mir die innere Ruhe.«

»Bei so viel Lesen und Meditieren?«

»Sie sind sehr frech. Vergessen Sie nicht, dass ich Sie in der Hand habe. Sie wollen unbedingt Informationen über bestimmte Vorgänge in Lauberg, und ich wüsste da einiges, was Sie interessieren könnte.«

»Und damit wollen Sie mich auf die Folter spannen.«

Sie sog an ihrer Zigarre, stieß den Rauch aus. »In Ihrem eigenen Interesse. Unser Besitzenwollen, materielle Güter ebenso wie Informationen, ist nach buddhistischer Auffassung die Ursache des Leidens. Ich habe lange gebraucht, bis ich diese Aussage verstanden habe. Heute weiß ich, dass es stimmt. Die Gier, ständig neues Wissen in sich hineinzustopfen, führt zu denselben Folgen, wie sich dauernd unbedacht den Bauch vollzuschlagen. Nachher ist Ihnen übel, und Sie brauchen Zeit, um sich auszukurieren. Wir sind einfach darauf angewiesen, langsam zu verdauen, was wir in uns aufnehmen. Hier, schauen Sie sich die traumhafte Umgebung an, dann finden Sie die Muße dazu.«

Braig setzte sich wieder auf die Bank, folgte ihren Fingern, die auf die Gärten und den Wald vor ihnen wiesen. Die Sonne hatte an Licht verloren, was die Farbe der Wiesen und der Blätter deutlich an Kraft gewinnen ließ. Es war ein paradiesischer Anblick: Das Grün der Umgebung strahlte in derartiger Intensität, dass es jeder unberührten Naturlandschaft zu höchster Ehre gereicht hätte. Hier Urlaub machen zu können, musste als Geschenk des Himmels verstanden werden. Die Rasenflächen der Gärten, umringt von intensiven blauen, gelben und roten Blüten in allen Formvariationen, erglühten in sattem Grün. Hecken und Sträucher, Büsche und Bäume schoben sich in langen Reihen sanft den Abhang hinunter bis zu dem kleinen Einschnitt, der die Bahnlinie markierte. Jenseits des schmalen Tales erstreckten sich weitläufige Wiesen, die von der schräg stehenden Sonne in ein gespenstisches Licht getaucht wurden. Überragt wurde die Szenerie von dichtem Mischwald, der sich die Kuppe des gegenüberliegenden Berges hinaufschob und ihn auf dessen Anhöhe vollständig bedeckte.

»Nicht derjenige ist weise, der viele Dinge weiß, sondern der, der bereit ist, sein Wissen zu erweitern, mit allen Sinnen«, sagte die Frau, »ein idealer Platz für dieses Vorhaben, meinen Sie nicht?«

Braig schaute sich langsam um, fühlte, wie ihn der Anblick der friedvollen Landschaft beruhigte.

»Hier würde ich mich gerne jeden Mittag mit Ihnen unterhalten«, gestand er, »auch ohne Jagd nach Informationen.«

»Warum nicht?«

Sie schaute nach links, Richtung Neubaugebiet. Ein Auto näherte sich auf dem asphaltierten Feldweg mit hoher Geschwindigkeit. Es zog eine breite Staubfahne hinter sich her. Braig sah einen vornehm gekleideten Mann am Steuer, der den Blick auf den Weg gerichtet hatte.

»Vorhin haben wir vom Teufel gesprochen, jetzt ist er da«, zischte die Frau.

Braig sah erstaunt auf. »Was meinen Sie?«

»Bofinger«, sagte sie und zeigte auf die Staubfahne, die das Fahrzeug verschluckte, »Besichtigung des Tatortes durch den Chef persönlich. Welche Ehre. Wollen Sie den Herrn nicht sprechen? Sie sollten sich beeilen, er hat nie viel Zeit.«

18. Kapitel

Das Fahrzeug war eine großräumige, japanische Limousine, sicher genauso viel wert wie ein teurer Mercedes oder BMW, seiner Seltenheit wegen aber weit exklusiver – irgendein Honda, Toyota oder Mazda, Braig hatte da keine große Ahnung. Er war dem Wagen sofort gefolgt, hatte Stöhr zurückgelassen mit dem Auftrag, Name und Anschrift der unkonventionellen Interviewpartnerin zu ermitteln.

Der Mann mit dem grauen Zweireiher stand vor dem niedergewalzten Zaun, blickte auf Haus und Rasen. Er war nicht besonders groß, vielleicht einen Meter siebzig, mit seiner ausgewählten Kleidung dennoch eine auffallende, fast beeindruckende Erscheinung.

Aus allem sprachen Geld, Selbstbewusstsein und Einfluss: wie er sich bewegte, die Leute um sich herum musterte, die Verwüstung seines Anwesens betrachtete. Gelassen, fast unbeteiligt stand er da, wie ein Zuschauer, der einem Straßenmusikanten im Vorübergehen einen Blick zuwirft.

Braig lief geradewegs auf den Mann zu, wobei er versuchte, nicht in die Jaucheansammlungen auf dem Weg zu treten. Die Leute standen im Halbkreis um den neu angekommenen Besitzer, jeder auf Abstand bedacht, die meisten mit neugierigen, nur wenige mit hämischen, von Schadenfreude geprägten Gesichtern.

»Herr Bofinger«, begann Braig, der sogleich seinen Ausweis hervorzog, »mein Name ist Braig. Ich komme vom Landeskriminalamt.«

»Ja?«

Der Mann drehte sich zu ihm um. Er hatte ein offenes, ehrliches Gesicht, war sauber rasiert, durch und durch gepflegt. Die Haare dunkel und trotz seines Alters von – wie Braig schätzte – mindestens fünfzig, eher fünfundfünfzig Jahren ohne eine einzige graue Strähne. Braig wagte nicht, daran zu denken, dass der Mann seine Haare färbte; die ganze Erscheinung wirkte zu gepflegt, zu gediegen, als dass es ihm erlaubt schien, solche Überlegungen überhaupt anzustellen. Die Augen waren blau, wasserblau, wie im Bilderbuch, die Nase und der Mund fein, die Haut gepflegt.

Dies sollte der Täter oder zumindest der Auftraggeber für die Verbrechen der letzten Nacht sein?

»Ist das Ihr Haus?«

Bofinger nickte, sah sich langsam die immer noch im Halbkreis verharrenden Leute der Reihe nach an.

»Wir werden die Ermittlungen sofort aufnehmen«, erklärte Braig, »haben Sie einen Verdacht?«

»Ermittlungen?«, fragte der Mann. »Von welchen Ermittlungen sprechen Sie?«

»Die Zerstörung hier, der Einbruch, die Verschmutzung.«

»Habe ich etwa Anzeige erstattet?« Sein Blick richtete sich direkt auf Braig. Die Augen wurden durchdringend, der ganze Gesichtsausdruck gereizt.

»Ich nehme an, es ist in Ihrem Interesse.«

»Sie lassen die Hände davon«, erklärte er in einem Ton, der keinen Widerspruch gestattete, »es ist meine Privatsache. Wenn Sie sich in irgendeiner Weise einmischen, übergebe ich die Angelegenheit meinem Rechtsanwalt. Hier ist seine Adresse. Für weitere Fragen wenden Sie sich bitte an ihn.«

Er reichte Braig eine Visitenkarte, lief dann zu seinem Wagen. Braig war so überrascht, dass er Bofinger erst wieder erreichte, als dieser schon Platz genommen hatte.

»Moment bitte. Ich glaube, Sie schätzen Ihre Lage falsch ein. Ich bin hier, weil ich von Ihnen eine Auskunft benötige bezüglich der Ereignisse heute Nacht. Ich bitte Sie dringend, mir zu antworten.«

Bofinger blickte gereizt aus seiner Limousine. »Es muss schnell gehen, ich habe nicht viel Zeit.«

»Kennen Sie diesen Mann?« Braig reichte ihm das zerknitterte Fahndungsfoto.

»Warum?«

»Wir suchen den Mann im Zusammenhang mit der Entführung von Herrn Breuninger im Wagenburgtunnel in Stuttgart.«

Bofingers Gesichtsausdruck verlor an Spannung. »Sie suchen ihn?«, fragte er mit deutlicher Neugier.

»Er ist verdächtig, an der Entführung beteiligt gewesen zu sein.«

»Verdächtig.« Bofinger lachte plötzlich laut los. »Verdächtig. Das ist gut!« Er lachte, trommelte auf das Lenkrad. »Das ist wirklich gut!«

»Sie kennen ihn?«

Sein Lachen nahm kein Ende.

»Herr Bofinger, kennen Sie den Mann?«

Er beruhigte sich ebenso schnell wieder, wie er aus der Fassung geraten war. »Wenn der Mann an der Entführung beteiligt war, fresse ich zehn Besen gleichzeitig. Zehn, hören Sie?«

Braig sah ihn ungläubig an. »Wie heißt er?«

»Keine Ahnung.«

»Herr Bofinger, bitte!«

»Haben Sie weitere Fragen? Ich gebe Ihnen drei Minuten.«

Braig spürte Wut in sich hochkommen. »So nicht, Bursche«, dachte er, »mit mir nicht. Die Arroganz der Macht: ohne mich.«

»Sie kennen Herrn Breuninger?«

»Welchen Herrn Breuninger?«

»Den Funktionär des Automobilclubs.«

»Ja.«

»In welchem Verhältnis stehen Sie zueinander?«

»Wir haben überhaupt kein Verhältnis. Wir kennen uns. Fertig.«

Braig spürte, dass er auf Granit biss. Der Mann war nicht zu knacken, so nicht.

»Herr Bofinger, wo waren Sie gestern Abend zwischen zweiundzwanzig und vierundzwanzig Uhr?«

»Ich?«

»Genau, Sie.«

»Wieso?«

»Es geht um die Entführung heute Nacht hier im Dorf.«

»Und? Was hat das mit mir zu tun?«

»Es gibt Hinweise von verschiedenen Seiten, in denen immer wieder Ihr Name fällt.«

»Mein Name?« Bofingers Gesicht strahlte so viel Ungläubigkeit darüber aus, dass man es wagen konnte, ihn auch nur entfernt mit der Angelegenheit in Verbindung zu bringen, dass Braig die Reaktion des Mannes voraussah.

»Was wollen Sie damit sagen?«

Wenn die Überraschung gespielt war, dann verdammt gut. Wer sich so perfekt verstellen konnte, war zu allem fähig.

»Ganz konkret: Sie stehen im Verdacht, mit dem Geschehen heute Nacht …«

»Ja?«

War es die Arroganz der Macht? Der Mann wurde eines Verbrechens beschuldigt, zeigte sich aber ahnungslos wie ein Kind.

»Herr Bofinger, Ihr Verhalten ist in höchstem Maße verdächtig: Wir haben einen Augenzeugen, der genau beobachtet hat, wie Ihr Haus mit Jauche vollgepumpt und zerstört wurde. Wir wissen genau, um welche Person es sich handelt, aber Sie interessieren sich nicht dafür. Finden Sie Ihr Verhalten nicht seltsam?«

»Nein, wieso?«

»Sie wissen, wer der Täter ist, Herr Bofinger.«

»Tut das etwas zur Sache?« Bofingers blaue Augen blickten ihm offen ins Gesicht.

»Dieser Mann wurde heute Nacht entführt. Von mehreren Leuten werden Sie der Mittäterschaft bei diesem Verbrechen bezichtigt. Wenige Stunden später rächt sich der Mann an Ihnen, indem er Ihr Anwesen zerstört. Wofür, wenn nicht als Rache für die Entführung heute Nacht?«

»Nennen Sie mir einen Namen, wer das behauptet.«

»Es sind einige Leute, nicht nur eine Person.«

»Ein Name, ein einziger.«

Braig hörte Schritte hinter sich, drehte sich um. Kriminalmeister Stöhr kam mit großen Augen auf ihn zu.

»Mhm, störe ich?«

Braig schüttelte den Kopf, trat einige Schritte vom Fahrzeug weg.

»Sie werden es kaum glauben«, sprudelten die Worte aus ihm hervor, »ich konnte kaum laufen vor Lachen.«

»Vor Lachen? Sie haben Humor. Mir ist nach allem zumute, nur nicht nach …«

»Wissen Sie, wie die Frau heißt?«

»Welche Frau?«

»Na, die, die wir auf der Bank dort interviewt haben.«

»Ach so. Wie?«

»Mhm, Sie werden es nicht glauben …« Stöhr wurde unterbrochen.

»Hören Sie, Herr Kommissar, Ihren Namen habe ich leider vergessen, ich habe keine Zeit, hier länger untätig herumzusitzen. Ich bin kein Staatsbeamter, dem das Geld automatisch zufließt. Sie müssen mich jetzt entschuldigen. Wenn Sie noch Fragen haben«, Bofinger klang gereizt, »Sie kennen meinen Rechtsanwalt, okay?«

Stöhr ließ sich nicht beirren. »Die Frau heißt, Sie glauben es nicht: Gübler, Maria Gübler.«

Braig sah ihn mit großen Augen an. »Wie bitte?«

»Maria Gübler«, wiederholte Stöhr.

»Die Gübler ist Ihre Zeugin«, schaltete sich Bofinger wieder ein, »oh, Herr Kommissar, Sie bauen Ihr Gebäude auf Sand. Mit einer Alkoholikerin sehen Sie vor Gericht alt aus, wetten?« Er startete seinen Wagen und winkte den beiden zum Abschied freundlich zu. »Penner wie die Gübler genießen weniger Glaubwürdigkeit als geachtete Mitbürger, die es zu etwas gebracht haben, okay?«

Bis Braig reagieren konnte, war der Wagen schon in einer dichten Staubwolke verschwunden.

19. Kapitel

Es war die dritte S-Bahn in Folge, die sie abgewartet hatten, als die mausgraue Gestalt endlich auf dem Bahnsteig erschien. Gotthold Gübler tauchte trotz seines teuren Anzugs in der Menge der aussteigenden Reisenden völlig unter.

»Ich komme mit der nächsten Bahn. Holen Sie mich pünktlich ab!«, hatte er getönt, nachdem Braig ihm über Bofingers Verhalten berichtet hatte. »Den Kerl kaufe ich mir persönlich.«

Lauberg im Dunkeln war eine neue Erfahrung für Braig. Er kam sich vor wie ein Blinder in einem Labyrinth – und das in Begleitung des Allmächtigen. Die Dorfstraße im Tal erstrahlte im Schein unzähliger Lampen, doch je weiter sie den Berg hinaufkamen, desto seltener wurden im wahrsten Sinn des Wortes die lichtvollen Augenblicke.

»Zehn nach neun«, stellte Stöhr fast vorwurfsvoll fest, als sie das villenartige Anwesen endlich erreicht hatten, »um diese Zeit ...«

Sein Chef hatte andere Probleme. »Ich will den Mann sehen.«

Das Haus war von einer hohen Mauer umgeben, die Straße in Dunkel gehüllt. Vor dem großen schmiedeeisernen Tor, das den gepflasterten Weg zur Garage versperrte, parkte ein teures Auto. Braig zog eine Taschenlampe hervor, tastete das Fahrzeug mit dem Lichtstrahl ab.

»Der Motor ist noch warm. Toyota Lexus. Der gehört Bofinger. Ich erkenne ihn wieder.«

Es dauerte mehrere Minuten, bis auf ihr Läuten reagiert wurde. Die Beleuchtung sprang in allen Räumen des Hauses gleichzeitig an, tauchte auch die Umgebung in gleißendes Licht. Geblendet von mehreren Strahlern hörten sie eine Stimme aus dem Lautsprecher: »Darf ich fragen, was Sie so spät noch wünschen?«

»Polizei«, rief Gübler, »öffnen Sie endlich das Tor.«

Frau Bofinger stand im Hausmantel oben in der geöffneten Tür. »Können Sie sich ausweisen?« Sie kam die gewundene Treppe den Abhang hinunter bis zum Tor. »Sie müssen mein Misstrauen ertragen, Sie sind nicht angemeldet.« Sie studierte aufmerksam Güblers Ausweis, öffnete dann per Knopfdruck das schwere Tor.

»Entschuldigen Sie unser spätes Erscheinen, aber wir würden gerne Herrn Bofinger sprechen.«

»Meinen Mann? Ich muss Sie enttäuschen, er ist nicht zu Hause.«

»Nicht?« Braig zeigte auf den Vorplatz. »Aber sein Wagen …«

»Mein Mann verfügt über mehrere Fahrzeuge. Mal nimmt er das eine, mal das andere. Vielleicht kann ich Ihnen helfen?«

»Das wäre nett«, beeilte sich Gübler zu sagen, »wir hätten einige Fragen.«

Sie stiegen gemeinsam die Stufen hoch und traten ins Haus. Der Reichtum der Besitzer fiel sofort ins Auge. Die Wände waren mit grellweißen Kacheln versehen, der Fußboden mit hellen marmornen Fliesen ausgelegt. Durch eine in der oberen Hälfte verglaste Tür blickten sie in einen geräumigen Swimmingpool. Der Flur mündete in einen Raum, dessen weiß gefliester Boden und lichtblaue Wände eine kühle Atmosphäre schufen. Mitten im Zimmer stand ein kleiner Springbrunnen, der aus einem Naturstein-Gebilde in die Höhe schoss. Im rechten Teil des Raumes erstreckte sich eine breite Polstergarnitur im reinsten Weiß, links eine große Vitrine, die über und über mit feinem Porzellan in hauchdünner Ausführung bestückt war.

Die Frau wies auf das Sofa und die Sessel.

»Es geht um Ihren Mann«, begann Gübler, »es tut mir leid, dass wir so spät gekommen sind, aber die Umstände ...«

Er schwieg, schaute Braig fast vorwurfsvoll an, so als trüge dieser die Schuld an ihrem späten Erscheinen. Sein Blick glitt prüfend im Zimmer umher. Der Reichtum, der unverhohlene Protz des Hauses hatten ihre Wirkung auf ihn nicht verfehlt.

Gübler war sich bewusst, dass Bofinger aufgrund seines Geldes und des daraus resultierenden Einflusses zu einer besseren Sorte Mensch gehörte, spürte Braig, wahrscheinlich würde er ihn jetzt nicht verhaften, sondern im Gegenteil mit Samthandschuhen anfassen.

Sie nahmen in den weichen Sesseln Platz.

»Sie wissen, wo sich Ihr Mann aufhält?«, erkundigte sich Gübler.

Frau Bofinger schüttelte den Kopf. »Ich muss Sie enttäuschen. Wir gehen weitgehend getrennte Wege.«

Braig betrachtete die Frau aufmerksam. Sie war eine einstmals wohl sehr hübsche, inzwischen aber verhärmte Frau um die Fünfzig, die ihn stark an die englische Königin erinnerte. Es stimmte wohl schon länger nicht mehr zwischen den Ehepartnern: Sorgen und Ängste hatten sich ihren Gesichtszügen eingeprägt.

»Das bedeutet, dass Sie uns nicht erklären können, wo er sich in den letzten Tagen und äh«, Gübler räusperte sich verlegen, »am jeweiligen Abend aufgehalten hat?«

»Leider nein. Er lebt sein Leben, ich das meine. Ich war vier Tage bei meiner Schwester in Köln. Es ist mir beim besten Willen nicht möglich zu sagen, womit er sich in der letzten Zeit beschäftigt hat. Darf ich fragen, was Sie zu Ihrem Besuch veranlasst?«

Sie schlang sich ihren feinen weißen Hausmantel enger um den Leib. Gübler zögerte mit der Antwort, blickte Braig um Hilfe heischend an.

»Es gibt Hinweise, nach denen Ihr Mann in gewisse Ereignisse der letzten Tage verstrickt sein könnte«, meinte Braig vorsichtig.

»Illegale?«, fragte Frau Bofinger.

Braig nickte. »Das ist noch vornehm formuliert. Kriminelle wäre deutlicher …«

»Es sind Hinweise«, unterbrach Gübler ihn, »keine Beweise.«

Frau Bofinger beobachtete gedankenverloren den Springbrunnen. »So sehr mein Mann und ich uns auseinandergelebt haben – ich kann mir nicht vorstellen, dass er sich auf so etwas einlässt. Er arbeitet seit Jahren wie ein Tier, er hat Geld in Hülle und Fülle – warum sollte er sich die Hände schmutzig machen mit irgendwelchen Machenschaften?«

»Sind Sie sich dessen so sicher?«, fragte Braig, von Gübler mit kritischen Blicken verfolgt.

»Ich bin seit fast fünfundzwanzig Jahren mit dem Mann verheiratet, von dem Sie reden. Ich kenne ihn von Jugend auf. Er hatte nur ein Thema in seinem Leben, ein einziges Thema: den anderen zeigen, wer er ist. Dass er es zu etwas bringt, auch ohne Bildung, ohne Schule, ohne reiches Elternhaus. Er mit seinem Hilfsschulabschluss, der kleine, unscheinbare Junge. Alle anderen waren besser dran, aber Sie sehen, er hat es zu etwas gebracht. Der kleine Konrad Bofinger.« Aus ihrer Stimme sprach bitterer Stolz. »Sein Vater ist ihm zeitlebens unbekannt geblieben. Und seine Mutter, na ja, sie starb, als er ein kleiner Junge war. Das prägt, verstehen Sie? Und wenn Sie dann als Kind auch noch ständig ausgelacht werden …«

Renate Bofinger wurde von Braig jäh unterbrochen. »Ausgelacht? Warum?« Er dachte an Schmidt, dem es wegen seiner seltsamen Kopfform sicher ähnlich ergangen war.

»Seine Mutter wurde verachtet, ausgestoßen. Wie das mit Huren eben so läuft.« Sie erhob sich, ging zu einer Vitrine. »Damals, kurz nach dem Krieg, jedenfalls war es so. Heute sind Frauen mit dieser Profession ja direkt salonfähig, nicht?«

Renate Bofinger öffnete den Schrank, bückte sich, kehrte mit einer Flasche und vier Gläsern auf einem kleinen Tablett zurück.

»Im Kinderheim wussten seltsamerweise alle davon. Er wurde ständig gehänselt und aufgezogen.«

Sie schenkte vier Gläser voll und gab jedem eines. Braig, der das Etikett gesehen hatte, wusste, dass es sich um einen teuren französischen Cognac handelte.

»Völlig unverantwortlich, aber alle kannten die Tätigkeit seiner Mutter.«

Sie nahm ihr Glas, prostete ihnen zu. Während Braig und Stöhr nur nippten, trank Gübler das Glas in einem Zug leer.

»Und wie sie ermordet wurde«, setzte Frau Bofinger fort.

»Ermordet?«

»Erdrosselt, mit einem Strick an ihrer Gardinenstange aufgehängt, sodass man sie von der Straße aus sehen konnte. Zur Abschreckung, als Strafe für ihren verwerflichen Beruf.«

Braig nippte an seinem Glas, spürte, wie ihm im Inneren heiß wurde.

»Als der Junge nach Hause kam, hing sie am Fenster. Er wollte es besser machen, verstehen Sie?« Renate Bofinger schenkte sich wieder ein, nahm das Glas, trank. »Konrad hatte, seit ich ihn kenne, nur ein Thema«, wiederholte sie, »er wollte der Welt, der ganzen Welt zeigen, wer er ist und was er kann. Trotz dieser Mutter, des Vaters, seiner ganzen ver-

korksten Kindheit. Alles, was Sie hier sehen, geht darauf zurück. Er arbeitet wie ein Tier. Tag und Nacht. Die ganze Woche. Er macht nicht mal samstags oder sonntags eine Pause.«

So ganz konnte das nicht stimmen, überlegte Braig, immerhin hatte der werte Herr Gemahl Zeit gefunden, mit Kessels
Frau anzubändeln und dieses Verhältnis zwei Jahre durch-
zuhalten, sofern Frau Gübler ihm die Wahrheit gesagt hatte,
woran er trotz ihres Namens nicht zweifelte. Ob Frau Bofinger davon wusste?

Er betrachtete ihr verhärmtes, sorgenvolles Gesicht und
war sich ihrer Kenntnis sicher. Wahrscheinlich war das nicht
die einzige Affäre, die der tatkräftige Mann realisiert hatte. Vielleicht wollte er sich seinen Erfolg nicht nur im Beruf,
sondern auch beim anderen Geschlecht beweisen. Was seine
Frau anging: Sie hatte sich wohl im Verlauf der Jahre mit diesem Lebensstil arrangiert und beschlossen, das Beste daraus
zu machen. Obwohl es ihr psychisch ganz und gar nicht bekam, wenn man ihren Gesichtsausdruck als Maßstab nahm.

»Seit zwei Wochen aber, ja, so ungefähr, geht es ihm
schlecht«, fügte sie hinzu.

Braig war so in Gedanken versunken, dass er erst langsam
begriff, was das unter Umständen bedeuten konnte.

»Seit zwei Wochen? Was wollen Sie damit sagen?«, fragte
er interessiert.

Renate Bofinger stellte ihr Glas auf den kleinen Tisch, musterte die Flasche. »Sehr schlecht sogar. Irgendetwas ist nicht
in Ordnung. Ich weiß nicht, was dahintersteckt, aber, obwohl wir uns so weit auseinandergelebt haben«, ihre Stimme
stockte, »ich spüre es, verstehen Sie, er ist nicht mehr der Alte.« Sie stierte unverwandt auf das Etikett der Flasche.

»Sie können sich nicht denken, was die Ursache ist?«,
mischte Gübler sich wieder ins Gespräch ein.

»Wir, wir«, sie stotterte, hustete plötzlich los. Sie brauchte einige Sekunden, bis sie sich wieder gefangen hatte. »Wir gehen getrennte Wege. Manchmal sehe ich ihn mehrere Tage nicht.«

Plötzlich liefen ihr Tränen über die Wangen, und tropften auf den weißen Hausmantel. Sie hatte jede Anmut, jede Ähnlichkeit mit der englischen Königin verloren. Nur noch ein Häufchen Elend kauerte vor ihnen auf dem teuren Sofa.

Konrad Bofinger mochte es wirklich zu etwas gebracht haben, mit legalen oder auch illegalen Mitteln, aber das Glück seiner Ehe, sofern es einmal existiert hatte, war dabei vor die Hunde gegangen. Allein das Haus und das Grundstück waren Millionen wert. Der Swimmingpool vom Ausmaß eines kleinen Dorfschwimmbads, die teuren Marmorfliesen, die Einrichtung … Vielleicht noch ein paar andere Häuser, hier oder in der Umgebung, in der Schweiz, den USA, Geldkonten im In- und Ausland …

Konrad Bofinger hatte gearbeitet, ohne jeden Zweifel, zumindest am Anfang seiner beruflichen Karriere. Ob er später mehr und mehr in illegale, ja, kriminelle Fahrwasser abgedriftet war, wie Frau Gübler angedeutet hatte?

Seit vierzehn Tagen aber ging es ihm schlecht. Der Provinzfürst, der heimliche König von Lauberg in Nöten. Was oder besser wer machte ihm zu schaffen?

»Abends war er nicht zu Hause«, erklärte Renate Bofinger, »die letzten Wochen nicht. Bis auf die vergangenen vier Tage, die kann ich nicht beurteilen. Ich war weg, wie ich Ihnen schon sagte.«

»War das so auffällig im Vergleich zu früher? Ich meine, war er sonst abends immer daheim?«

Sie hatte sich wieder beruhigt, tupfte sich mit einem Taschentuch die Wangen ab.

»Natürlich war er früher auch oft weg. Allein seiner Frauengeschichten wegen. Sie werden gehört haben, wie oft er mich in den letzten Jahren betrogen hat.« Sie schenkte ihr Glas voll, leerte es mit einem Schluck. »Frauengeschichten am laufenden Band. Das ist die Kehrseite des Reichtums. Geld macht unmoralisch. Er kann sich alles und alle kaufen. Es gibt kaum eine, die nicht sofort mitspielt, bei dem Angebot.« Sie nickte mit dem Kopf, mehrfach, wie um ihre Worte zu bekräftigen. »Aber in der letzten Zeit ging es nicht darum. Keine alte oder neue Geliebte. Ich weiß genau, wie er sich kleidet, einparfümiert, aufmotzt, wenn er zu seinen Frauen will. Die letzten Tage war er völlig durcheinander, und je mehr es dem Abend zuging, desto aufgeregter, richtig fiebrig wurde er.«

»Je mehr es dem Abend zuging?«

»Ja, gerade so, als plane er etwas, führe er was im Schilde, was am jeweiligen Abend noch stattfinden sollte.«

Es ging nur noch um den Zeitpunkt, wann sie die Fahndung in die Wege leiten sollten. Darin waren Gübler, Braig und Stöhr sich einig, als sie wieder in ihrem Dienstwagen saßen.

»Morgen früh«, beschied Gübler nach langem Überlegen, »wenn er heute Abend eine neue Entführung plant, ist es eh zu spät. Dann hat er sein Opfer schon. Und wir haben die Sonderkommission.«

20. Kapitel

Das Haus war mindestens drei oder vier Stockwerke hoch. Er fühlte die Schmerzen in seinen Knien, spürte das Zittern in seinen Waden, als sie die Stufen hochstiegen. Sein Herz schlug in wildem Rhythmus, er keuchte vor Anstrengung.

Das Gebäude war erst im Entstehen, der Rohbau vor wenigen Wochen fertiggestellt. Überall lagen Steine, Werkzeuge, Gerümpel im Weg. Die Treppe hatte weder ein Geländer noch sonst irgendeine Begrenzung, sie strebte im freien Raum nach oben. Er zitterte vor Angst, wenn er an die Gefahr dachte, die ihm jeweils auf den obersten Stufen drohte; vielleicht war es gut, dass die gesamte Umgebung in der Dunkelheit verschwand, sodass ihm die gefährlichsten Augenblicke, kurz, bevor sie das nächsthöhere Stockwerk erreichten, wenigstens visuell nicht voll bewusst werden konnten. Was die beiden Männer beabsichtigten, war ihm völlig schleierhaft: Sie hatten ihn über die Felder in den Neubau getrieben, immer wenige Meter hinter ihm laufend, ohne ein unnötiges Wort dabei zu verlieren.

Er stolperte über einen Stein, der auf einer Stufe lag, schrie leise auf. Sofort flackerte das Licht einer Taschenlampe vor ihm die Treppe hoch. Er wagte nicht stehen zu bleiben, starrte auf die Stufen vor ihm, um die Gefahr links, rechts und hinter sich zu verdrängen. Dann hatten sie das oberste Stockwerk erreicht. Die Treppe hatte keine Fortsetzung, die Decke über ihnen war ganz offensichtlich ein provisorisches Dach.

Der Mann mit der Lampe wies auf seine Jacke, bedeutete ihm, sie auszuziehen und auf den Boden zu werfen.

»Aber wieso?«, stammelte er.

Der andere reagierte nicht, zeigte lediglich auf sein Hemd, seine Hose.

Voller Angst gehorchte er, ließ die Jacke auf den Boden fallen, knöpfte sein Hemd auf.

Die Handbewegungen des anderen wurden hektischer. Mit einer Hand deutete er auf die Hose seines Opfers.

»Nein«, verzweifelte dieser, »wieso denn?«

Sie packten ihn von zwei Seiten, rissen ihm das Hemd und die Hose vom Leib, zwangen ihn dann, auch noch seine Unterwäsche abzulegen. Nackt, nur die weißen Strümpfe an den Füßen, stand er vor ihnen. Er zitterte vor Angst, drückte seine Hand vor seine Scham. Der Mann mit der Lampe wies nach außen, dorthin wo sich etwa alle sieben, acht Meter eine Betonstütze vor dem helleren Hintergrund abzeichnete.

Erschrocken blieb er stehen. »Dorthin?«

Sie drückten ihn von beiden Seiten weiter.

»Moment«, schrie er, »dort ist doch der Abgrund, das können Sie doch nicht ma…«

Die Hand mit dem Handschuh verschloss seinen Mund, ließ ihn verstummen. So sehr er sich sträubte, sie zerrten und drückten ihn weiter – geradewegs auf den Abgrund zu.

21. Kapitel

Kommissar Steffen Braig erreichte den Tatort um kurz nach neun.

Neundorf hatte ihn verständigt, als er gerade verschlafen am Tisch saß, in der einen Hand den Frühstückskaffee, in der anderen die Zeitung.

»In einem Neubau beim ›Wohnland‹, einem großen Möbelhaus im Nachbarort von Lauberg. Könntest du mit der S-Bahn hinfahren? Die örtliche Polizei holt dich in Lauberg am Bahnhof ab, es ist gerade mal einen Kilometer von dort, meint der Kollege.«

Braig hatte sich sofort bereit erklärt, da es sich dem am Tatort gefundenen Bekennerschreiben zufolge um dieselben Täter wie bei den vorangegangenen Entführungen handelte und seine S-Bahn, die er vom Feuersee Richtung Landeskriminalamt benutzte, ohnehin nach Lauberg weiterfuhr.

»Wenn es nötig ist, komme ich mit Stöhr nach. Gübler ist noch nicht hier, wow, wird der sich freuen über unser neues Glück«, hatte Neundorf ihm am Telefon mitgeteilt.

»Wer ist das Opfer?«

»Keine Ahnung. Sie hatten noch keine Zeit, das nachzuprüfen. Seid ihr weitergekommen gestern Abend?«

Braig hatte ihr über den neuesten Stand der Ermittlungen berichtet. »Wir werden heute Morgen die Fahndung nach diesem Bofinger ausschreiben. Soll Napoleon besorgen, wenn ich jetzt nach Lauberg muss. Sonst haben wir nichts herausfinden können.«

»Dafür hat es bei mir um so besser geklappt«.

»Bei dir?«

»Mit Breuninger, um es genauer zu sagen.«

»Ja?«

»Ich war gestern Abend in der Kneipe.«

»Kneipe? Ich verstehe leider nur Bahnhof«, hatte Braig ins Telefon genuschelt.

»Alkoholprobleme, wie du bereits erzählt hast. Und die Sache mit einem tödlichen Unfall Breuningers, den die Frau vom BUND dir gegenüber erwähnte.«

Braig hatte sich zwischenzeitlich am Kaffee versucht, doch die Brühe war dermaßen bitter gewesen, dass er sich hatte schütteln müssen. Ausnahmsweise nicht zu dünn geraten wie sonst meistens. Er hatte keine Zeit gefunden, länger über seine Kaffeeprobleme nachzudenken.

»Deshalb war ich im *Excelsior*. Zivil. Ich gab mich als Breuningers Tochter aus.«

»Wie bitte?« Vor Erstaunen hatte Braig die Tasse unsanft auf den Tisch gestellt, sodass der Unterteller schepperte.

»Ich erklärte dem Wirt, dass ich Breuningers Tochter sei«, war Neundorf unbeirrt fortgefahren.

»Breuningers?«

»Du hast verstanden. Er war sehr nett. Äußerst nett. Na ja, ich hatte mich auch zurechtgemacht, wenn du verstehst.«

Braig hatte keine Antwort gegeben, war vollkommen sprachlos gewesen.

»Da lud er mich sogar ein. Nicht zum Bier. Nein, Sekt: Henkell trocken. Na ja, wie gesagt, ich hatte meine neue Bluse an und den knalligen Rock.«

Neundorf, hatte Braig gedacht, typisch Neundorf.

»Ich tat sehr besorgt. Mein Vater, na ja, er sei etwas aufgeregt, wegen der Polizei und so. Deren Nachforschungen, anscheinend immer noch nicht eingestellt. Und seine doch etwas gehobene, profilierte Position. Na, und der Alkohol.

Wenn so was offen zur Sprache käme. Und er sei doch ein so guter Kunde von ihm, er und all die anderen der Clique, Stadträte und so, die beste Werbung für ihn, in diesen Kreisen.«

»Du bist wahnsinnig.« Er hatte immer noch den bitteren Geschmack des Kaffees im Mund.

»Gerne, wenn es so großen Erfolg bringt.«

»Was hat er erzählt?«

»Hm, der Herr Kriminalkommissar zeigt Interesse«, hatte Neundorf in den Hörer gefrotzelt.

»Mach's nicht so spannend.«

»Zuerst mal wunderte er sich darüber, dass mein Vater, äh, Breuninger, eine Tochter habe, von der er ihm noch nichts erzählt hatte. Wo er sonst so viel über unsere Familie wisse, na ja, er verstehe schon, seit das damals geschehen sei und sie wie enge Vertraute zueinanderhielten. Du kannst dir denken, dass ich in dem Moment noch neugieriger wurde.«

Braig hatte den Kopf geschüttelt. »Ich kann's nicht fassen! Oh Leute, wenn Gübler das erfährt!«

»Internat, erklärte ich ihm, fünf Jahre lang. Bessere Ausbildung für optimale Berufschancen und so. Er verstand sofort. Außerdem hätte ich in jenen Jahren – wie Pubertierende eben so sind – mit meinem Vater kein besonderes Verhältnis gehabt, vielleicht habe der mich deshalb lieber verschwiegen. Das verstand er noch besser.«

Braig hatte den Telefonhörer angestarrt.

»Aber es sei völlig klar, dass wir uns keine Sorgen machen sollten, was seine Verschwiegenheit anbelange«, war Neundorf fortgefahren, »mein Vater habe den Unfall nicht gewollt, natürlich nicht, und dass das Kind in dem Moment auftauchen musste, wer konnte das ahnen. Was hätten Kinder um diese Zeit, es war immerhin kurz nach zehn, überhaupt draußen verloren. Und dass mein Vater ausgerechnet an diesem Tag so viel … Überhaupt: Es sei schon viel besser geworden, mit seinem Alkoholkonsum. Meist nehme er ein Taxi, wenn er zu viel, na ja, ich wisse schon. Er hat über beide Backen gegrinst, als er mir das erzählte. Die Verhandlungen seien eben oft ganz schön brutal, er bekomme das mit, obwohl es ihn nichts angehe. Aber die Herren schenkten sich wirklich nichts, und immerhin handele es sich ja um Regierungsleute aus Stuttgart und Berlin, manchmal seien ja sogar der Herr Wirtschaftsminister und auch der Verkehrsminister dabei, und na ja, wenn man da über den Durst trinke … Also, lange Rede, kurzer Sinn: Das Kind war selbst schuld, oder vielmehr die Eltern, die es so spät noch draußen auf dem Gehweg … Aber diese Sorte Eltern kenne man ja, asoziale, unverantwortliche Bagage. Nur keine Angst, er würde doch nicht einen seiner treuesten Kunden … Was denn der Anlass sei? Ja, erklärte ich, die Polizei fange eben wieder damit an, dass die Frage nach dem Verursacher des Unfalls immer noch nicht geklärt sei. Er beruhigte mich, tätschelte mir die Schulter, den Arm und beinahe noch mehr, wenn ich nicht leicht zur Seite gerutscht wäre. Aber was tue ich nicht alles, um deine Fälle lösen zu helfen … Natürlich werde ich da weiter nachbohren und die Akten noch mal ordentlich studieren«, hatte Neundorf zum Schluss noch erklärt, »der Bonze soll nicht ungeschoren davonkommen, wenn er das Kind wirklich auf dem Gewissen hat.«

»Warte nur ab, ob Gübler nicht abblockt.«

»Der wird vorerst nichts erfahren.«

Braig musste sich nach dem langen Telefongespräch beeilen, die S-Bahn zu erreichen.

Am Bahnhof in Lauberg wartete derselbe Beamte, der ihm am Tag zuvor das Dorf und die beiden Tatorte gezeigt hatte.

»Tut mir leid, dass wir uns so schnell wiedertreffen«, begrüßte ihn Polizeiobermeister Busch, »aber das konnte wohl kein Mensch ahnen, dass es sofort weitergeht.«

Das ›Wohnland‹ war ein großes Möbelzentrum, das etwa fünfhundert Meter südlich von Lauberg im Nachbarort Waldrems direkt an der Bundesstraße lag. Es hatte mehrere Stockwerke und große Schaufensterfronten, die auf die stark befahrene Straße ausgerichtet waren. Der vierstöckige Neubau im Süden der Anlage sollte den Komplex erweitern, um die Verkaufsfläche zu vergrößern. Noch war ein Großteil der Arbeiten zu erledigen, bis auf den Rohbau hatten die Handwerker noch nicht viel geleistet.

»Sie banden den Mann an einen Pfeiler im obersten Stockwerk direkt über der Straße. Irgendwann gestern Abend oder heute Nacht«, erklärte Busch.

»Nur festgebunden, sonst nichts?«

»Ohne Kleidung.«

»Wie bitte?«

»Nackt. Nur mit Strümpfen«, sagte Busch.

»Sie stellten ihn nackt …«, wiederholte Braig fragend.

»Er wurde gezwungen sich auszuziehen, ja. Komplett, bis auf die Strümpfe.«

»Und er hat die ganze Nacht so verbracht?«

»Wie gestern. Nur diesmal nicht am Straßenrand, sondern im vierten Stock. Dort hört man den Lärm noch besser.«

»Gibt es ein Bekennerschreiben?«, fragte Braig.

»Hier. Zwei Blätter. Lesen Sie.«

Busch reichte Braig die beiden Papiere, ließ ihn den Text überfliegen. Er beinhaltete die Schilderung eines Unfalls, der eine ganze Familie getroffen und teilweise lebensgefährlich verletzt hatte.

»Sie kündigen eine Fortsetzung an.«

Braig lief es kalt über den Rücken, als er die entsprechende Passage las.

»Eine Fortsetzung? Mein Gott, geben die denn keine Ruhe?« Er schüttelte den Kopf. »Und wer ist das Opfer? Stammt es aus der Gegend?«

»Aus Lauberg. Ganz schön einflussreicher Typ.«

»Wer?«

»Der Mann heißt Bofinger. Er besitzt das größte Bauunternehmen der Umgebung. Vielleicht haben Sie gestern seinen Namen schon gehört?«

Braig wurde es schwarz vor Augen.

22. Kapitel

Vielleicht haben Sie die Entführung heute Nacht nur vorgetäuscht, um uns davon abzulenken, dass Sie selbst hinter den Attentaten auf Breuninger, Schmidt und Kessel stecken?« Kommissar Steffen Braig trug seine Anschuldigung nur zögernd vor.

Konrad Bofinger thronte auf derselben teuren Sofagarnitur, auf der Braig und seine Begleiter am Abend zuvor von seiner Frau über die biografischen Hintergründe ihres Mannes aufgeklärt worden waren. Der große Raum hatte nichts von seiner Kälte, seiner künstlich aufgemotzten Wohlstandssymbolik verloren. Das Plätschern des Brunnens wirkte nicht einmal mehr kitschig, sondern nur noch peinlich. Solche primitiv vordergründigen Beweise selbst erworbenen Reichtums mochten vielleicht Mitglieder mafiöser Vereinigungen in Moskau beeindrucken, im Westen dienten sie höchstens noch als Ausstellungsobjekte für Museen, die eine Retrospektive der 50er-Jahre leisten wollten. Bofingers Trauma einer Kindheit in Armut musste tief sitzen. Sein Gesicht war weiß wie ein Tischtuch in der Waschmittelreklame.

»Das wagen Sie noch, jetzt, nach dieser Nacht«, presste er hervor.

Wenn Blicke töten könnten, dachte Braig, bliebe mir jetzt keine Überlebenschance.

»Sie sind sich offensichtlich nicht bewusst, was ich hinter mir habe. Nackt an der Straße, die halbe Nacht. Das ist zu viel für Ihr Polizistenhirn, wie?«

Bofingers Aussehen sprach Bände. Im Vergleich zum Tag davor schien er um zehn, wenn nicht fünfzehn Jahre gealtert.

Seine Haare klebten hinter den Ohren, schwarze und graue Bartstoppel dominierten die Wangen. Die Augen lagen in tiefen Höhlen, von ihrer hellblauen Farbe, die Braig zuvor so beeindruckt hatte, war nichts mehr zu sehen. Alle Exklusivität, jeder Hauch von beeindruckender Selbstgewissheit war verloren gegangen. Das Selbstbewusstsein, das er heute zur Schau trug, war aufgesetzt, hölzern, dünn wie die Haut eines Luftballons. »Ich müsste wissen, womit ich zustechen kann«, überlegte Braig.

»Immerhin haben Sie sich heute noch nicht dagegen gewehrt, dass wir Ermittlungen aufnehmen«, erklärte er frostig, »gestern klang das noch ganz anders.«

Stöhr, der kurz nach ihm am Tatort eingetroffen war und ihn dann zu Bofinger begleitet hatte, schaute ihn erstaunt an.

»Ich glaube nicht, dass Sie sich zurückhalten lassen, bei mir herumzuschnüffeln. Sie genießen es, andere zu schikanieren.«

»Hm«, Braig kratzte sich am Kinn, »tagsüber wird Ihr Wochenendhaus zerstört, in der Nacht entführt man Sie. Das eine war Privatvergnügen, das andere anscheinend aber nicht. Habe ich das richtig verstanden?«

»Haben Sie Freunde?« Bofinger stand jetzt aufrecht vor Braig, blickte auf ihn hinunter.

»Klar, wieso?«

»Also, dann gibt es, auch wenn Sie sich noch so gut verstehen, durchaus mal kleine Unstimmigkeiten zwischen Ihnen, oder?«

Braig wog seinen Kopf bedächtig hin und her. »Ich verstehe, was Sie erklären wollen.«

»Also, dann ist alles klar«, stellte Bofinger fest.

»Meine Freunde schlagen mir aber nicht die Wohnung kurz und klein.«

»Mir auch nicht, normalerweise. Das war eine extreme Situation. Tut mir leid für Sie, dass Sie da mit hineingezogen wurden.« Bofinger hielt seine Hände in die Fontäne des Brunnens, ließ das Wasser an ihnen hinuntertropfen.

»Setzen wir also voraus, es handelt sich um zwei Paar Schuhe«, meinte Braig, »erzählen Sie doch bitte, was sich heute Nacht ereignet hat.«

»Zwei Fremde haben mich vor der Garage überfallen, als ich aus dem Wagen stieg.«

»Uhrzeit?«

»Gegen neun, es war gerade dunkel geworden.«

Wenn die Sache so gelaufen war, wie Bofinger es schilderte, musste das kurz vor ihrem Besuch gewesen sein. Der Motor seines Wagens war noch warm gewesen. Hätte Gübler nicht so lange mit seinen Spielern telefoniert, wäre es nicht zu der Entführung gekommen.

»Wie sind Sie zu dem Neubau gelangt?«

»Die haben mich einen Schleichpfad an den Gärten entlang geführt, immer unterhalb des Bahndamms am Rand des Dorfes. Wir sind über den Bach gesprungen und dann durchs Gras gelaufen.«

»Also kannten die Leute sich hier aus«, überlegte Braig laut.

»So gesehen, ja. Aber sie sind mir unbekannt.«

»Sie konnten sie nicht erkennen?«

»Mein Gott, ich hatte anderes im Sinn. Mir war nicht nach Heldentum zumute, jedenfalls nicht gestern.«

»Jaja, kann ich verstehen. Haben Sie mit den Leuten gesprochen?«

Konrad Bofinger setzte sich wieder aufs Sofa. »Die waren nicht sonderlich gesprächig. Wenn einer was sagte, dann sowieso nur der eine. Recht tiefe Stimme, fast wie ein …«

Es knackte laut, als Stöhr herzhaft in eine Tafel Schokolade biss. Bofinger starrte ihn entgeistert an. »Ihr Zahnarzt baut wohl gerade sein zehntes Haus, wie?«

Stöhr konnte seinen Einwurf nicht verstehen. »Mhm, Stollwerck Alpia. Mandel. Wunderbar.«

Bofinger schüttelte den Kopf. »Oh, ihr Zahnärzte dieser Welt, frohlocket«, brummte er.

Braig beeilte sich, zum eigentlichen Thema zurückzukehren. »Sie kennen aber niemanden, zu dem diese Stimme passt.«

»Tut mir leid. Obwohl sie so außergewöhnlich war, wie abgehackt. Gerade so wie ein Kind, das beim Spielen seine Stimme verstellt, um eine andere Person nachzuahmen.«

»Das könnte aber doch bedeuten, dass der Mann seine Stimme nicht zu erkennen geben durfte, weil Sie ihn sonst hätten identifizieren können.«

»Das wäre möglich, ja«, gab Bofinger zu.

»Also stammen die Täter, zumindest einer, aus Lauberg, der Umgebung oder aus Ihrem Bekanntenkreis.«

Bofinger blickte ihn betroffen an.

»Der andere hat geschwiegen?«

Bofinger nickte.

»Gehört also auch zu Ihrer Umgebung.«

Aus Bofingers Augen sprach inzwischen nackte Angst. »Beide waren nicht besonders groß«, stammelte er, »höchstens so groß wie ich. Aber aus meinem Umkreis?«

Braig spürte, dass er die Gelegenheit nutzen musste. »Herr Kessel hat Ihr Wochenendhaus zerstört.«

»Er hatte allen Grund dazu.«

»Sie geben es also zu.«

»Wenn Sie keine Ruhe lassen. Es war seine Revanche. Schwaben-Rache sozusagen.«

»Weil Sie ihn gestern Nacht entführt haben«, konstatierte Braig.

»Lassen Sie den Schwachsinn. Ich hatte eine Affäre mit seiner Frau. Deshalb.«

»Frau Gübler hat da noch einiges mehr angedeutet.«

Bofinger schnellte aus dem Sofa empor. »Die alte Schlampe! Kommen Sie mir nicht mit der! Oder stehen Sie auf Lesben?«

»Mir schien die Frau sehr vernünftig.«

»Sie haben keine Ahnung. Wenn Sie die Gübler ernst nehmen, können wir unser Gespräch beenden. Oder kennen Sie sonst einen Menschen, der aus reiner Faulheit seinen Beruf aufgibt, um als Penner zu schmarotzen? Gilt als erfolgreiche Ärztin und wirft alles hin, von einem Tag auf den anderen.«

»Ärztin?« Braig war überrascht.

Bofinger lachte gezwungen. »Aha, das haben Sie nicht gewusst, allmächtiger Herr Polizeirat, wie? Ja, diese verrückte Lesbe hat als Fachärztin für Chirurgie im Robert-Bosch-Krankenhaus in Stuttgart gearbeitet und hockt jetzt hier in diesem Kaff.« Konrad Bofinger blühte sichtbar auf. Das Bewusstsein, dem unangenehmen Schnüffler Informationen vorauszuhaben, beflügelte ihn unübersehbar. Er marschierte vor dem Sofa auf und ab und lachte Braig ins Gesicht. »Eine faule, verkommene Schlampe.«

In Bofingers Weltsicht musste Frau Gübler in der Tat ganz unten angelangt sein, wenn sie es sich erlaubte, nicht länger nach beruflichem Erfolg und höherem Einkommen zu streben. Ihre Lebenseinstellung widersprach wohl allem, was Bofinger sich zum Lebensziel gesetzt hatte. Verständnis für ihren Lebensstil war in diesem Haus daher nicht einmal in Ansätzen zu erwarten. Wozu noch länger über sie reden?

Braig fiel der Bekennerbrief der Entführer ein. »Haben Sie das Schreiben der Täter gelesen?«

»Ihr Kollege hat mir den Quatsch gezeigt.«

»Sie halten nichts davon?«

Konrad Bofinger winkte mit den Händen ab. »Lohnt sich nicht, darauf einzugehen.«

»Wer könnte dahinterstecken? Wer hat ein Interesse, gegen Sie vorzugehen? Kann es mit dem Neubau der Straße zu tun haben?«

»Natürlich traue ich den Chaoten der Initiative gegen den Neubau der Bundesstraße, allen voran diesem vorbestraften Rädelsführer Kahn, nicht über den Weg.«

Braig schaute sein Gegenüber mit großen Augen an. »Vorbestraft?«

»Oh, das wissen Sie nicht? Der Kerl hat mit seinen Kumpanen schon mehrfach Straßen blockiert und den Verkehr aufgehalten, um gegen Gott und die Welt zu demonstrieren. Ein Berufsrevoluzzer.«

»Können Sie sich vorstellen, dass Herr Kahn an Ihrer Entführung beteiligt war?«

Konrad Bofinger nahm wieder auf dem Sofa Platz, rutschte unruhig hin und her. Die Frage war ihm offensichtlich unangenehm. Hatte er seine Attacken gegen Kahn übertrieben? Braig musste sich sofort beim LKA darüber informieren, ob Bofingers Behauptungen bezüglich Kahn auch stimmten.

»Ich traue dem Fanatiker alles zu.«

»Ihm wurde von Herrn Schmidt gekündigt, Sie wissen davon?«

Bofinger nickte eifrig.

»Obwohl der Mann sehr tüchtig gewesen sein soll«, ergänzte Braig.

»So tüchtig jedenfalls, dass er sich um meine Frau gekümmert hat, als ich anderweitig beschäftigt …« Bofinger schwieg, sah an Braig vorbei zu seinem Brunnen.

»Ihre Frau?« Braig nahm den angebotenen Gesprächsfaden gerne auf. »Sie hat uns erzählt, dass es Ihnen in letzter Zeit nicht besonders gut geht. Wie kommt das?«

»Meine Frau?« Konrad Bofinger schaute überrascht.

»Sie hat uns von Ihrer außergewöhnlichen Kindheit erzählt. Und von Ihrem Leben überhaupt.«

»Ah ja«, knurrte Bofinger. Er erhob sich langsam, schlurfte zur Vitrine, entnahm ihr eine Flasche und drei Gläser. »Sie trinken einen Schluck mit?«

Im Gegensatz zu seinem Kollegen nickte Steffen Braig.

»Jajaja, ich weiß«, brummte Bofinger zu Stöhr gewandt, »Sie bleiben bei Ihrer Nougat oder Mandel oder was auch immer. Meine Frau. Sie hat Ihnen alles erzählt, wie?« Leicht zitternd schenkte er Braig und sich ein.

»Ja. Und sie hat behauptet, dass es Ihnen in den letzten Wochen schlecht gegangen sei.«

»Ist wohl kein Wunder, wenn der Mörder der eigenen Mutter vor der Tür steht und von Vergebung faselt, oder? Vergebung dafür, dass er vor bald vierzig Jahren meine Mutter abgeschlachtet hat«, donnerte Bofinger mit lauter Stimme.

»Er ist frei?«

»Begnadigt. Eine kaputte Existenz, völlig am Ende.«

»Ihre Frau weiß davon?«

»Wie denn? Die hockt doch nur bei ihren Freundinnen, um mein Geld unter die Leute zu bringen.«

Sie wird schon wissen, warum, überlegte Braig. Dann fiel ihm die Sache mit dem Fahndungsfoto ein.

»Eine letzte Frage, Herr Bofinger. Wer ist dieser Mann?« Braig hielt ihm das Blatt vors Gesicht.

»Sie suchen ihn immer noch?«

»Er könnte hinter der Entführung von Herrn Breuninger ...«

»Bananen und Paprika!« Bofinger lachte laut. »Nur ein Blinder kann Herrn Balk zur Fahndung ausschreiben. Ziemlich hohes Tier vom Daimler-Konzern, trifft sich oft mit einflussreichen Leuten bis hin zum Minister. Sind Sie des Wahnsinns?«

Braig ahnte schon, welcher Wutorkan ihn im Büro erwarten sollte.

23. Kapitel

Die Szene war filmreif. Steffen Braig, der mit seinem Kollegen Stöhr auf dem Weg zum Hause Kahns war, zog seinen kleinen Block aus der Tasche, nahm den Stift in die Hand und versuchte mitzuschreiben.

»Du ufdonnerter Pfengstochs, wann nur deine Junge net so a Kanäschte wär!«, schallte es von der linken Seite her.

Braigs Finger schmerzten vom schnellen Schreiben.

»Du dauber Siach, wenn i so a Kimmichspalter wär wie du, hätt i mir scho längst de Strick um de Hals bunde!«, kam es zurück.

Ein klobiger, vierschrötiger Mann stand mitten in einem großen Gemüsegarten, eine Hacke in der Hand, das Gesicht hochrot angelaufen. Der Hut auf seiner Glatze war nach hinten gerutscht, Schweiß tropfte von seiner Stirn. Würden seine Gesichtszüge nicht so stark von den breiten Backenknochen dominiert, hätte man ihn, dem fülligen Leib und der massigen Figur nach, für den leibhaftigen Bud Spencer halten können. Er bückte sich, säuberte die Blätter der Pflanzen und hackte die Wurzeln von größeren Erdbrocken frei.

Braig bemerkte, dass ein Teil des doppelt umzäunten Gartens Folgen einer schlimmen Verwüstung aufwies. Pflanzen waren aus der Erde gerissen, zum Teil zertrampelt worden. Ein neuer Anschlag? Wie gestern Bofingers Haus, heute der Garten hier am Rande Laubergs? Im Dorf war allerhand los.

Eine spindeldürre Frau und ihr fülliger, grauköpfiger Begleiter, den Braig dem Alter nach für ihren Vater hielt, zogen sich vom Gartenzaun zurück und kamen auf die Polizeibeamten zu.

»So a dauber Sparrefantel«, keifte die Frau, »des wäret net mir, des war der Kahn heut Nacht.«

Sie war die perfekte Ergänzung zu Stöhr, nicht ganz so groß, aber ebenso dünn wie dieser.

»Halt endlich dei Gosche, du alte Schadull«, schallte es vom Gemüsebeet her.

Steffen Braig hatte Mühe, alles zu notieren.

»Kleine Auseinandersetzung gehabt?«, fragte er freundlich, als das ungleiche Paar bei ihm angelangt war. Beide trugen Arbeitskleidung: dunkelblaue Latzhosen, ein rotes Hemd und grobe Schuhe.

»Der alte Käsbauch do drübe behauptet, mir wäret in seinem Potenzgarte gwese heut nacht und hättet seine Wunderpflanze niedertrampelt, der Bachei. Dabei hent mir genau gesehe, dass das der Kahn war heut Nacht«, schimpfte die Frau.

»Der Herr Kahn?«

»Genau der.«

»Wann war das ungefähr?«

»Oh je, was weiß i, so gege elfe vielleicht.«

Das konnte sowohl vom Weg als auch von der Zeit her passen. Bis Bofinger ins ›Wohnland‹ gebracht und Kahn wieder zurückgekehrt war, konnten gut zwei Stunden vergangen sein.

»Sie wissen genau, dass es Herr Kahn war?«

»Beide hent mir ihn gsehe«, sagten zwei Stimmen gleichzeitig, »mir alle beide. I han noch zu meinem Theo gsagt, was will denn der Kahn in dem Käsbauch seinem Potenzgarte«, fuhr die Frau fort, »des isch die neuste Erfindung von dem Halbdackel, wisset Sie. Der meint, wenn er nur genügend Meerrettich, Sellerie, Knoblauch und Zwieble anbaut und des Zeug miteinander vermischt, no könnt der des als Potenzmittel teuer unter die Leut bringe.«

»Des isch koi Sellerie«, brüllte der beleibte Mann aus seinem Garten hinaus, »des sind Potenzknolle. Die wirket Wunder!«

Die junge Frau lachte. »Bei dir bestimmt net. Do send Hopfe ond Malz verlöre!« Sie drückte ihren Begleiter an sich. »Ond mei Theo braucht des Zeug eh net, bei dem klappts prima!«

Braig dämmerte es, dass der Mann zwar sicher doppelt so alt wie die Frau, ganz bestimmt aber nicht ihr Vater war …

»So eine elende Ragall!« Bud Spencer in seinem Garten schäumte vor Wut.

Steffen Braig genoss die herzhafte Unterhaltung. Nach dem nervenbelastenden Telefonat, dem er nach dem Besuch bei Bofinger gerade entronnen war, war ihm jede Ablenkung recht. Er hatte per Handy im Landeskriminalamt Bescheid über die Identität des Mannes auf dem Fahndungsfoto geben wollen, war dabei aber dummerweise an Gübler persönlich geraten. Und gegen den folgenden Disput war die Unterhaltung hier das reinste Sommervergnügen.

»Wissen Sie, wer mich eben zu sich hat rufen lassen?«, hatte Gübler den Dialog eröffnet.

Natürlich hatte Braig es nicht gewusst, woher auch?

»Der Herr Präsident. Und wissen Sie, wer bei ihm war?«

»Nein.«

»Klar, wie immer. Nein. Herr Ministerialdirigent Orchitis. Herr Ministerialdirigent Orchitis aus dem Ministerium.«

Der Widerling in Person, dachte Braig. »Suchst du ein Paradebeispiel für ein menschliches Schwein, das sich auf Kosten seiner Kollegen nach oben geschleimt hat, schau dir Orchitis an«, hatte Neundorf ihm unlängst erklärt und hinzugefügt: »Aber tröste dich damit, was ›Orchitis‹ auf Deutsch bedeutet.«

Er hatte sich die Mühe gemacht, im Lexikon nachzublättern, war rot angelaufen vor Scham.

»Lässt sich der Kerl besser charakterisieren?«, hatte Neundorf am nächsten Tag lachend gefragt.

Braig hatte zugeben müssen, dass sie wieder einmal ins Schwarze getroffen hatte, denn im Lexikon hatte er den Eintrag ›Orchitis (lateinisch) = Hodenentzündung‹ gefunden. Wenn die Hodenentzündung persönlich Gübler vorgeladen hatte, dann gute Nacht.

»Ahnen Sie wenigstens«, hatte Gübler weiter gefragt, »wer auf Ihrem wunderbaren Fahndungsfoto zu sehen ist?«

»Ja, Herr Balk. Ein Manager der Firma Daimler-Chrysler.«

Die darauf folgende Totenstille war bald in einen wahren Orkan voller Beschimpfungen und Verwünschungen umgeschlagen. Braig hatte das Glück gehabt, ihn am Handy erleben zu dürfen. Neundorf steckte in solchen Momenten das Gerät in die Hosentasche, drehte Musik auf, wenn sie ein Radio parat hatte und gab sich den harmonischen Klängen hin.

»Diese elende Schlappergosch!« Der klobige Mann in seinem Wundergarten hatte sich immer noch nicht beruhigt, obwohl das Kontrahentenpaar längst verschwunden war. Braig trat an den doppelten Gartenzaun heran, um den eifrigen Kämpfer zu begrüßen.

»Interessante Pflanzen«, versuchte er sich einzuschmeicheln, »Sie sind Spezialist?«

Der Mann richtete sich überrascht auf und sah ihn mit grantiger Miene an. Braig glaubte, trotz des Ärgers einen Anflug von Stolz in seinen Gesichtszügen zu entdecken.

»A neue Züchtung. A Freund von mir in Fellbach hats probiert: Die wirket Wunder! Drei Jahr lang han i dran gearbeitet.«

»Ihre Nachbarn sind neidisch auf Ihren Erfolg«, schmeichelte Braig.

»Der Häfeläri mit seinere rallige Haderkatz gönnt mir des net. Deswege hent die heut Nacht meine Pflanze zertrampelt, obwohl i extra zwei Zäun um des Stückle glegt han.«

»Sie haben die beiden heute Nacht gesehen?«

»Ach was! Nachts schlaf i. Es kommet nur die zwei als Täter infrag.«

Braig sah die Fußabdrücke gleich neben dem Eingangstor, bemerkte die dunkle Färbung der Erde an dieser Stelle. Es handelte sich um das auffällig kleine Schuhprofil einer einzelnen Person, höchstens Schuhgröße siebenunddreißig, wie er ohne genauere Untersuchung feststellen konnte.

Zwei Leute schieden damit eindeutig aus dem Kreis der Verdächtigen aus: das kuriose Nachbarspaar, das Bud Spencer als Täter bezichtigte, denn weder die Frau noch ihr Begleiter hatten so winzige Füße gehabt. Doch was war mit Kahn?

Braig untersuchte die dunkel gefärbte Erde, zerbröselte sie zwischen den Fingern, roch daran. Der scharfe, stechende Geruch erklärte sofort, woher die dunkle Farbe stammte. Angeekelt ließ er die Krume fallen. Wer immer sich in diesem Wundergarten zu schaffen gemacht hatte, sein Besuch hatte einen anderen Zweck gehabt, als der vierschrötige Klotz hier behauptete.

»Dürfte ich Sie um eine kleine Hilfe bitten?«, fragte Braig, seine Nachbarin im Sinn. »Wenn Sie schon so ein berühmter Erfinder sind, können Sie mir vielleicht ein paar Worte erklären?«

Bud Spencer eilte wie ein junges Wiesel zum Zaun.

»Kanäschte«, begann Braig, »was bedeutet das?«

»Kanäschte?« Die Augen des Mannes stierten überrascht auf den seltsamen Frager. »Ha, des isch a böses streitsüchtiges Weib wie die da drübe.«

»Gibt es den Ausdruck auch in der männlichen Form?«

»In der männliche Form?« Dem Gesicht Bud Spencers war anzusehen, dass die Fragestellung seinen Horizont überstieg.

»Gibt es auch einen Mann als Kanäschte?«

»Ha, noi«, versicherte er, »des isch a Weib.«

Also nichts für Frau Ungemach, überlegte Braig. »Käsbauch?«

»Käsbauch? Hano, wollet Sie mi verarsche. Ja, Kreizdonnerwetter, i glaub, Sie verschwindet jetzt, sonst mach i Ihne Dampf!«

24. Kapitel

Kahn wirkte unausgeschlafen und übermüdet. Er saß in einem dunkelblauen Frottee-Hausmantel vor ihnen in dem kleinen Zimmer, in dem sie sich gestern schon mit ihm unterhalten hatten. Der runde Tisch samt den vier Stühlen und die Glasvitrine mit ihren vielen Gläsern standen unverändert an ihrem Platz. Nur das Aussehen des Hausherrn hatte eine andere, weniger vorteilhafte Form angenommen. Seine kurzen blonden Haare hingen in zerzausten klebrigen Strähnen herunter, die Wangen waren bleich, die Augen vom Schlaf verschleiert.

»Haben wir Sie aus dem Bett geholt?«, fragte Steffen Braig.

Walter Kahn kratzte sich am Hinterkopf, nickte schwerfällig. »Es ist spät geworden heute Nacht.«

»Sie waren außer Haus?«

Der Mann gähnte herzhaft, ging auf Braigs Frage nicht ein. »Darf ich Ihnen einen Kaffee anbieten?«

Steffen Braig nickte, beobachtete Kahn, der aus dem Raum ging. Er war nicht sehr groß, etwa einen Meter fünfundsechzig, die Größe seiner Füße schien mit der Größe der Abdrücke im Wundergarten vergleichbar. Dazu die Vorstrafe, die Braig sich telefonisch von Neundorf hatte bestätigen lassen, nachdem sie Bud Spencer verlassen hatten. Kahn war wegen gefährlichen Eingriffs in den Straßenverkehr auf Bewährung verurteilt worden. Es wurde eng für den Mann.

»Sie hatten einiges zu erledigen heute Nacht?«, fragte Braig, als Kahn mit dem Kaffee ins Zimmer trat. Der Gastgeber verteilte drei Tassen, schenkte ein.

»So kann man es nennen, ja.«

»Darf ich fragen, um was es ging?«

»Private Sache«, brummte Kahn und nippte an seiner Tasse.

»Ihre Schuhgröße interessiert mich. Zufällig sechsunddreißig oder siebenunddreißig?«

»Exakt. Sie haben Humor und hellseherische Fähigkeiten.«

»Nein, beileibe nicht. Augenzeugen haben Sie gesehen. Sie wurden beobachtet heute Nacht, am Rand des Dorfes.«

»Ah ja?« Kahns Gesicht färbte sich leicht rot. »Was haben Sie erfahren?«, fragte er unsicher.

»Wollen Sie freiwillig ein Geständnis ablegen? Sie ersparen uns viel Mühe.«

»Ein Geständnis?«

»Ja. Sie wurden schon einmal angeklagt und verurteilt. Zehn Monate auf Bewährung. Sie haben Routine.«

Kahn reagierte nicht so, wie Braig es erwartet hatte. Er nahm seine Tasse, trank ruhig den Kaffee.

»Warum wurden Sie verurteilt?«

»Das wissen Sie doch genau.«

»Ich würde es gerne von Ihnen selbst hören.«

»Trauen Sie Ihren Akten nicht?«

»Aus Ihrem Mund klingt es verständlicher.«

Kahn lachte leise, wischte sich den Schlaf aus den Augen. »Ich habe eine verdammte Abneigung gegen Leute, die auf Kosten anderer leben«, erklärte er.

»Das ehrt Sie.«

»Führt aber in unserer Gesellschaft schnell ins Abseits.«

Braig betrachtete ihn gereizt. »Ihre Logik begreife ich nicht.«

»Dann haben Sie über Ihr Leben zu wenig nachgedacht. Ich schaue nicht untätig zu, wenn ein neureicher Provinzfürst wie Otto Schmidt seine Arbeiter wie den letzten Dreck behandelt, schließlich ist er durch ihre Arbeit reich geworden.«

Braigs Blick drückte seine Skepsis deutlich aus.

»Sie können sich die alltäglichen Willkürakte in einem solchen Kleinbetrieb wohl nicht vorstellen. Sie als Beamter sind davor weitgehend gefeit.«

»Sie kennen meine Vorgesetzten nicht«, entgegnete Braig, der sich bemühte, die unangenehmen Gedanken an Napoleon und die Hodenentzündung schnell wieder zu verdrängen.

»Schikane um der Schikane willen, nur um zu zeigen, wer am längeren Hebel sitzt. Anbrüllen, sticheln, dumme, süffisante Bemerkungen, dämliches Grinsen, zweideutiges Gekeife, das ist Otto Schmidt live.«

»Was hat Schmidt mit Ihrem Prozess zu tun?«

»Nichts. Aber viel mit meiner Entlassung. Weil ich die Leute miteinander ins Gespräch gebracht habe, damit sie sich gemeinsam gegen seine Willkür wehren. Deshalb hasst mich der Mann so.«

»Sie kämpfen gegen die Ungerechtigkeit der Welt? Ein edles Unterfangen!«

Kahn schenkte ihnen Kaffee nach. »Sie können sich Ihre Frotzelei sparen. Vielleicht brauche ich meine Aufsässigkeit weniger, um anderen zu helfen, als vielmehr, um mich selbst zufriedenzustellen. Altruismus ist eine andere Form von Egoismus, das gebe ich gerne zu. Aber ich habe es satt, ständig mit ansehen zu müssen, wie die einen auf Kosten der anderen schmarotzen. Deshalb haben wir damals ein kleines Dorf aus Zelten und Holzhütten mitten in die geplante Autobahntrasse gebaut und versucht, den Bau der Straße mitten durch ein Naturschutzgebiet zu verhindern.«

»Und Ihr gefährlicher Eingriff in den Straßenverkehr?«

Kahn lachte laut. »Wir haben an mehreren Straßen Plakate aufgehängt, auf denen wir vor dem Neubau der Autobahn warnten. Harmlose Texte. Die Vertreter des großen Autoclubs fühlten sich gestört und erstatteten Anzeige. Ablenkung der Autofahrer durch unsere Parolen.«

»Das war alles?«

»Mein Gott, wissen Sie nicht mehr, wie hektisch die 80er-Jahre zeitweise waren? Die haben doch nur einen Vorwand gesucht, um unruhige Leute vor Gericht zu bringen.«

»Und heute Nacht waren Sie wieder tätig«, erklärte Braig.

»Jetzt sehen Sie in mir den Entführer?« Kahn schüttelte den Kopf, fuhr sich mit kräftigen Bewegungen durch die Haare.

»Wo waren Sie?«

»Unterwegs.«

»Das wissen wir.«

»Sie verdächtigen mich ernsthaft? Ich habe mit der Sache nichts zu tun.«

»Dann benötige ich Ihr Alibi für heute Nacht.«

»Meine Frau kann es Ihnen geben.«

»Immer Ihre Frau. Dass die Sie entlastet, ist wohl klar.«

»Rufen Sie sie an, hier ist die Nummer.«

Kahn holte das Telefon aus der Diele, hielt Braig den Hörer hin.

»Sie arbeitet?«

»In Stuttgart. Ich wähle, wenn das erlaubt ist.«

Sie war sofort am Apparat.

»Braig, vom LKA. Frau Kahn, ich habe eine wichtige Frage.«

»Sie schon wieder«, sagte die Frau.

Im Hintergrund schepperten Teller und Tassen.

»Wo war Ihr Mann heute Nacht ab etwa 20.30 Uhr?«

»Heute Nacht?«

Das Scheppern verstärkte sich, wurde von lautem Topfgeklapper ergänzt. Die Geräusche ließen auf eine Kantine schließen. Plötzlich war Ruhe.

»Heute Nacht?«, wiederholte Frau Kahn. Sie lachte lauthals. »Sie sind doch wirklich ein lustiger Polizist«, trällerte sie, »einer von der besonders begabten Truppe. Wir sollten die Presse einschalten und alle live mithören lassen.«

»Frau Kahn, es gibt keinen Grund, sich lustig zu machen«, erwiderte Braig erbost.

»Oh doch!«, rief sie. »Hat er Ihnen nicht selbst erzählt, wo er war?«

»Ich möchte von Ihnen hören, wo Ihr Mann sich aufgehalten hat. Ihr Mann steht im Verdacht ...«

»Ach, reden Sie doch nicht so einen Quatsch«, fuhr sie ihm mit kräftiger Stimme dazwischen, und dann hörte er plötzlich wieder die Hintergrundgeräusche. Nur waren es jetzt keine scheppernden Teller, Tassen und Töpfe, sondern schreiende Papageien. So sehr er sich auch wunderte, es waren wirklich schreiende Papageien, unzählige schreiende Papageien.

»Wir haben einen Sohn«, sagte die Frau.

»Rindvieh«, keifte ein Papagei immer wieder, »Rindvieh.«

»Er wird nächste Woche zwei Jahre alt.«

»Rindvieh, Rindvieh, Rindvieh.«

Braig hatte Mühe, seine Gesprächspartnerin am Telefon zu verstehen.

»Ja, was denn?«, rief er ungeduldig.

»Nach dem Eisprung ist die Wahrscheinlichkeit größer, dass es ein Junge wird.«

»Wie bitte?«

Kahn hatte sich zur Seite gedreht, damit Braig sein Gesicht nicht sehen konnte. Sein ganzer Körper vibrierte vor unterdrücktem Lachen.

»Vor dem Eisprung dagegen, dass es ein Mädle wird.«

»Hornochs«, schrie ein Papagei, »Hornochs.«

»Wir wollen diesmal lieber ein Mädle. Um acht sind wir los-gegangen, es war noch hell. Wir wollten schließlich eine wei-che Stelle im Wald finden«, erklärte Frau Kahn weiter.

»Lahmarsch«, keifte ein Papagei, »Lahmarsch.«

Genauso kam sich Braig vor, als er endlich begriff, was ihm da erzählt wurde.

25. Kapitel

M aria Gübler war noch ausgeflippter angezogen als am Tag zuvor. Ihr T-Shirt war mit vielen kleinen bunten Luftballons verziert, jeder in einer anderen grellen Farbe, die meisten aufgeblasen, andere eher in kondomähnlichem Zustand. Ihre Schlabberhosen waren heute nicht grün, dafür rot, aber in einem ebenso grellen, aggressiven Farbton wie die, die Braig zuletzt an ihr gesehen hatte und mindestens ebenso weit ausladend. Ihre langen grauen Haare lagen wie eine breite Mütze auf dem Kopf, der Schnurrbartansatz fiel heute noch intensiver aus. Alberta Einstein live, dachte Braig, als er ihr Grinsen sah.

»Aha, unsere Schnüffler«, rief sie Braig und Stöhr von ihrer sonnigen Bank aus entgegen, »Sie haben die Fährte in der Nase?«

»Und Sie meditieren über Gott und die Welt?«, konterte Braig.

»Besser als Unschuldige zu Verbrechern abzustempeln«, erwiderte sie mit einem Blick auf Kahn, der die Polizeibeamten begleitete.

»Wer sagt denn ...«

»Warum sonst schleifen Sie eine ehrliche Haut hier in die Pampa?«

Walter Kahn hatte ihnen die besagte Stelle gezeigt: am Rand des Waldes, von allen Seiten durch dichtes Unterholz geschützt.

»Lieber Herr Kommissar«, hatte er erklärt, »wir lieben es romantisch. Warum nicht wieder mal im Wald, wie früher auch?«

Steffen Braig war rot angelaufen vor Verlegenheit.

»Vor über zwei Jahren kam es hier zu unserem Sohn. Jetzt wollen wir eine Tochter. Warum nicht?«

Die leichte Senke im laubbedeckten Boden hatte deutlich gezeigt, dass er nicht log.

»Aber wieso waren Sie dann gegen elf«, Braig hatte mehr gestottert als gesprochen, »wieso gegen elf in dem Garten dort unten, Sie wissen schon, mit den angeblichen Wunderpflanzen?«

Jetzt war es an Kahn gewesen, Verlegenheit zu zeigen. »Mein Gott, wir sind nicht mehr die Allerjüngsten.«

Stöhr hatte geschluckt und gewürgt, sein ganzer Körper gebebt. Ein Stück Schokolade war ihm von den Lippen gerutscht und auf den Boden gefallen. Entgeistert hatte er die beiden angestarrt.

»Es war ein Jux«, hatte Kahn gemeint, »wir hatten uns schon etwas ausgetobt, aber wir dachten, etwas mehr könne niemandem schaden, und die Nacht war warm und lang. Da kam Sigrid die Idee mit dem Potenzkraut. Es ist natürlich Spinnerei von dem dicken May, dass das Zeug wirken soll … Wir rannten zu dem Garten, ich pflückte und …« Er hatte gestockt, verlegen auf den Boden gestarrt.

»… Sie düngten«, hatte Braig grinsend ergänzt.

»Okay, reiner Jux. Wir kicherten wie zwei Teenies. Wenn wir dem dicken May schon was von seinem Wunderkraut klauen, schenken wir seinen Pflanzen neue Kraft, damit sie besser wachsen …«

Kahn und seine Frau waren bereit, ihre Aussagen zu beeiden.

»Machen Sie sich nicht lächerlich, Herr Kommissar, so war es. Bis heute Morgen um drei. Warum bin ich wohl so müde?«

»Ihre Frau arbeitet trotzdem.«

»Es ließ sich nicht anders bewerkstelligen. Hoffentlich verwechselt sie nicht die Bänder.«

»Wie bitte?«

»Sie arbeitet im Tonstudio. Beim Südwestrundfunk.«

Das Geschirrgeklapper, die Papageien. Langsam hatte Braig die Zusammenhänge gesehen.

»Glauben Sie mir jetzt endlich?«

Nach diesem aufschlussreichen Gespräch war Braig ins Grübeln gekommen. Das Alibi, das Kahn ihnen lieferte, war keines von der gewöhnlichen Sorte. Natürlich: Amouren, Verhältnisse und Bettgeschichten dienten oft genug als fadenscheiniges Alibi. In diesem Fall aber ...

»Sie dachten wohl, Sie hätten ihn, wie?«, strahlte Frau Gübler ihn an. »Es spricht nicht für Ihre Intelligenz, ihn zu verdächtigen.«

»Mir scheint, ich bin in guter Gesellschaft«, erwiderte Braig, »der Mann, den Sie mir gestern als Täter unterjubeln wollten, wurde heute Nacht zum Opfer.«

»Behauptet er.«

»Sie wollen doch nicht wirklich ...«

»Warum nicht? Bofinger ist zu allem fähig. Helfershelfer kann man bezahlen. Oder man ist sich gegenseitig zu gewissen Hilfeleistungen verpflichtet.«

»Und die Entführungen vorher?«, fragte Braig. »Ebenfalls vorgetäuscht?«

»Absurd. Bofinger beauftragte seine Leute.«

»Sie haben viel Fantasie. Was lesen Sie gerade? Einen buddhistischen Krimi?« Braig wies auf das Buch, das sie auf ihrem Schoß liegen hatte.

»Nietzsche.« Sie streckte es ihm entgegen.

»Oh«, wunderte er sich, »*Zarathustra*.« Die Frau war wirklich ein Phänomen. Nietzsche, heute, an diesem warmen

Sommertag. Der Philosoph der Zerstörung in dieser blühenden Umgebung. »Zur Beruhigung, ja?«, spottete er.

Maria Gübler war nicht gewillt, seine Provokation hinzunehmen. »Der Übermensch als Spiegelbild unserer Gesellschaft«, dozierte sie.

»Sie lieben es zu übertreiben.«

»Sie kennen Nietzsches Übermensch?«

»Ich habe zwei Philosophie-Kurse vor dem Abitur belegt. Freiwillig«, betonte er, »der Bulle ist nicht ganz so dumm, wie Sie vermuten.«

»Oh.« Sie war sichtlich überrascht. »Und dann diese Laufbahn.«

»Da müsste ich viel erzählen. Keine normale Erziehung vielleicht. Es war ein langer Prozess«, erklärte Braig mit ruhiger Stimme.

»Jederzeit bereit. Ich würde mich freuen«, bot sie an.

Walter Kahn lachte. »Frau Gübler würde Ihnen beweisen, wie richtig sie mit Nietzsche liegt.«

»Unser Kommissar weiß, dass der Übermensch regiert. Er hat nur noch nicht darüber nachgedacht«, meinte sie und deutete auf die ferne Straße, »die Schwachen sollen zugrunde gehen. Je skrupelloser ich für mein eigenes Lebensglück kämpfe, je mehr Unterlegene dabei auf der Strecke bleiben, desto größer wird meine Lust. Wer unter die Räder kommt, hat es nicht anders verdient, er taugt nicht zum Leben. Versager wollen unterdrückt werden. Gehen Sie an die Bundesstraße, versuchen Sie, als Fußgänger heil durch die Stadt zu kommen: Nietzsche wird Ihnen überall begegnen. Autofahren ist die brutalste Realisierung seines Übermenschen: Ich bewege mich bequem fort, die anderen atmen meine Abgase ein, leiden unter meinem Lärm, sterben unter meinen Rädern.«

Braig starrte die Frau an, betrachtete ihr wallendes Haar, ihre dunklen, ausdrucksvollen Augen. Ihr spöttischer Gesichtsausdruck, der ihn sofort an Albert Einstein hatte denken lassen, war verschwunden. Das war keine Spinnerei, kein hohles Gefasel, es war die Lebenserfahrung einer außergewöhnlichen Person.

»Sie hat recht, leider. Vollkommen. Die meisten Leute sind nur zu einfältig, es zu begreifen ...«

Walter Kahn unterbrach seine Worte, weil sich ihnen eine Frau näherte. Katrin Neundorf trug ein gelbes T-Shirt, dunkelgrüne Jeans und auf dem Rücken einen kleinen, grellroten Rucksack. Eine dünne Sommerjacke hing lässig über ihrer Schulter.

»Hallo. Das ganze Dorf weiß Bescheid. Die sind do naufgange zum Waldrand beim Bofinger seinere zerstörte Hütte«, ahmte sie die Sprache der Einheimischen nach.

»Die Richtung stimmt«, begann Braig ohne Umschweife, seine Kollegin über den Stand der Dinge aufzuklären, »doch leider ohne Erfolg.«

»Keinerlei Anhaltspunkte?«, fragte Neundorf.

Braig schüttelte den Kopf. »Wie es scheint, waren wir auf der falschen Spur. Mal wieder.« Er wies auf Kahn, der sich lächelnd entschuldigte. »Tut mir leid, aber ich habe mit der Sache nichts zu tun.«

Neundorf ließ sich die neuesten Entwicklungen erklären, betrachtete Kahn, nickte mit dem Kopf.

»Jaja, unser Berufsrisiko.«

»Vielleicht kann ich Ihnen dafür ein anderes Opfer liefern«, erklärte Walter Kahn. »Ich hoffe es zumindest. Wenn es klappt, erteile ich Ihnen die Exklusivrechte, den Kerl zu schnappen.«

Steffen Braig sah ihn irritiert an. »Von wem reden Sie?«

»Otto Schmidt. Sie erinnern sich, was ich gestern angedeutet habe?«

Braig versuchte, ihr Gespräch vom Vortag zu rekapitulieren. »Sie behaupten, über illegale Geschäfte informiert zu sein, die Herr Schmidt betreibt, richtig?«

»Genau.«

»Aber Sie wollten darüber noch nichts sagen, weil Ihr eigener Prozess dadurch beeinflusst werden könnte.«

»Ich habe es mir anders überlegt, gestern, nach unserem Gespräch. Heute Mittag erhalte ich Bescheid. Wenn Sie im Verlauf des Tages erreichbar sind, könnte ich Ihnen vielleicht konkrete Beweise vorlegen, wie dieser erfolgreiche Herr Schmidt zu so viel Geld kommt. Interessiert?«

»Ich habe Sie gestern schon darauf hingewiesen, dass Sie verpflichtet sind, der Polizei Mitteilung …«

»Natürlich sind wir interessiert«, unterbrach Neundorf ihren Kollegen, »wir melden uns bei Ihnen. Um wie viel Uhr?«

Braig schaute sie überrascht an.

»Nicht vor drei.«

»Okay«, erklärte sie, »hoffentlich legt das Huhn auch Eier, wenn es vorher so laut gackert.« Sie nickte Kahn zu, wandte sich an Braig. »Entschuldige, aber vielleicht kommen wir wenigstens auf diesem Weg dazu, Napoleon Erfolgsmeldungen vorzulegen.« Neundorf sah sich um, betrachtete die Landschaft.

»Schade, dass die Damen und Herren Fahnder sich nicht einig sind«, spottete Frau Gübler. Sie lehnte mit grinsender Miene an einem Baum, strich sich die Haare aus der Stirn. »Den Machenschaften dieses Schmidt nachzugehen, lohnt sich garantiert mehr, als harmlose Menschen zu jagen, die rücksichtslose Gewalttäter für ein paar Stunden frische Luft schnuppern lassen. Versteifen Sie sich bei Ihrer anstrengen-

den Suche doch nicht so sehr auf dieses kleine Dorf«, empfahl sie.

Katrin Neundorf warf ihr einen kurzen Blick zu, stutzte.
»Oh, sehe ich recht?« Sie starrte Maria Gübler mit großen Augen an, trat auf sie zu. »Frau Gübler, meine Ärztin?«

26. Kapitel

Braig, Stöhr und Neundorf hatten sich von Frau Gübler und Kahn verabschiedet und waren ins Dorf gefahren, wo sie Ziegenfuß aufsuchen wollten. Maria Gübler hatte sie für den Abend des nächsten Tages privat zu sich eingeladen.

»Sie hat dich behandelt?«, fragte Braig.

Neundorf nickte.

Es war fast drei Jahre her. Katrin hatte nur schnell einkaufen wollen, in einem kleinen Tante-Emma-Laden, war jedoch beim Überqueren der Straße von einem Auto erfasst und auf den Gehweg geschleudert worden. Der Aufenthalt in der Klinik, die zufällig direkt auf der anderen Straßenseite lag, hatte sich Woche um Woche verlängert, bis Katrin sich wieder einigermaßen bewegen konnte.

»Frau Gübler war die engagierteste Ärztin auf der Station. Ob ich ohne ihre Bemühungen heute wieder so fit wäre? Keine Ahnung.« Neundorf krempelte ihr rechtes Hosenbein hoch, zeigte auf ihren Oberschenkel. Eine dunkle, fein gezackte Narbe zog sich quer über die Haut. »Ich kann mich bewegen, ohne jeden Schmerz. Fast so reaktionsschnell wie früher.«

»Sie hat sich viel mit dir beschäftigt?«, wollte Braig wissen.

»Es klingt altmodisch und übertrieben«, bestätigte sie, »aber sie war so etwas wie die gute Seele der Station. Die Mutter aller Unfallgeschädigten. Sie versteht ihre Aufgabe.«

»Sie verstand sie«, korrigierte er.

»Wie bitte?«

»Frau Gübler praktiziert nicht mehr.«

»Hm?« Neundorf blickte ihren Kollegen fragend an. »Schon so alt?«

»Wohl kaum. Dieser Bofinger, der heute Nacht entführt wurde, behauptet, sie habe sich aus reiner Faulheit zurückgezogen.«

»Absurd«, erwiderte Neundorf, »Frau Gübler war keine Mühe zu viel. Sie tröstete alle, die gerade einen Durchhänger hatten, mit ihrer Bauchrednerei. Das waren eine Menge Leute. Ihre Medizin gegen depressive Anfälle. Kindern gab sie manchmal regelrechte Theatervorstellungen mit ihrem zweiten Ich.«

»Aber sie selbst liest Nietzsche und philosophiert über den Übermenschen.«

»Hinter einer heiteren Maske steckt oft ein nachdenklicher Mensch.«

»Mhm, ich will nicht stören ...«, meldete Kriminalmeister Stöhr sich vorsichtig zu Wort. Braig und Neundorf drehten sich zu ihm um.

»Es ist so, haben Sie die Untersuchungen schon ausgewertet?«

»Welche Untersuchungen?«, fragte Neundorf.

»Ob der Bekennerbrief von heute Nacht, mhm, und die Schnur ...«

»Sie sind identisch«, erklärte Neundorf, »entschuldigt, das hatte ich völlig vergessen. Dasselbe Papier, Schrifttypen von derselben Maschine, gleiche Schnur wie gestern. Hinter den Lauberger Entführungen stecken dieselben Täter.«

»War wohl zu erwarten, oder?«

»Auch die Texte wurden von derselben Person verfasst, meint der Psychologe. Ich gab ihm das Bekennerschreiben und bat ihn um seine Bewertung. Seiner Meinung nach handelt es sich um Profis.«

»Profis?«

»Die Leute wüssten, wovon sie schreiben. Die seien selbst betroffen. Unfallopfer wahrscheinlich.«

»Also doch«, stellte Steffen Braig fest, »dann hätte Gübler recht.«

»Der Psychologe meint, dass das Schreiben kein Ablenkungsmanöver ist. Die Ausdrucksweise verrate, dass es den Entführern ernst sei«, fuhr Neundorf fort. »Der Unfall, den sie schilderten, sei garantiert keine Erfindung. Vielleicht nicht unbedingt so abgelaufen, sondern etwas retuschiert, um sich nicht zu verraten, aber real geschehen. Obwohl: Hausmann, der Psychologe, wollte nicht mal ausschließen, dass sich der Unfall genau so ereignet haben könnte, mit all seinen Folgen, wie die Täter es beschreiben. Er traue ihnen zu, alles korrekt wiederzugeben, auch auf das Risiko hin, dadurch entlarvt zu werden. Und dann wies er mich auf einen interessanten Sachverhalt hin.«

»Ja?«

»Hausmann legte die verschiedenen Bekennerbriefe nebeneinander. Die beiden aus Lauberg und den aus dem Wagenburgtunnel, den wir bei Breuninger fanden. Ursprünglich sei es reine Spekulation gewesen, erklärte er, aber je länger er sich damit beschäftigt habe … Sein Urteil sei eindeutig, er sei sich recht sicher. Inwieweit wir diese Argumentation für die weitere Fahndung verwenden wollten, sei natürlich unsere Sache.«

Neundorf holte tief Luft.

»Die Bekennerschreiben aus Lauberg seien echt, dafür lege er seine Hand ins Feuer. Aber der Brief aus dem Wagenburgtunnel sei nichts anderes als ein primitives Pamphlet.«

»Wie kommt er darauf?«, fragte Stöhr.

»Die gesamte Ausdrucksweise, der komplette Text sei künstlich, gestelzt. Von Leuten, die nichts von der Sache verstünden, zusammengepfuscht. Von wirklicher Betroffenheit, so wie sie in den Lauberger Schreiben zu spüren sei, keine

Spur. Der Text sei schlicht und einfach getürkt – von Leuten, die völlig andere Ziele hätten, als sie das Schreiben darlege. Und dann offenbarte er mir eine verblüffende Spekulation.«

»Nämlich?«

»Er wollte zuerst nicht mit der Sprache herausrücken. Wenn es nicht um eine Persönlichkeit mit einem solchen Renommee ginge, käme er direkt auf krumme Gedanken. Das Schreiben aus dem Wagenburgtunnel erinnere ihn an die Diktion von Briefen aus Nazi-Archiven: von Nazi-Schergen verfasste, als Originalschreiben von Opfern deklarierte Texte, die Wissenschaftler denunzieren sollten. Oft fielen sie durch eine gestelzte, künstliche Ausdrucksweise oder abnormalen Satzbau auf. Kurz: Breuningers Entführer müssen keine Autohasser gewesen sein, auch wenn sie diesen Anschein zu erwecken suchten.«

»Warum so kompliziert?«, fragte Steffen Braig. »Vielleicht konnten sich die Leute, die den Text schrieben, nicht so gut ausdrücken?«

»Hausmann schließt das aus. Mit Unvermögen allein sei das nicht zu erklären.«

»Aber das würde doch bedeuten …«

»Ja, ich weiß, es ist absurd«, bestätigte Neundorf, »er wollte diese Gedanken auch nicht öffentlich äußern. Ich werde diesem Breuninger auf jeden Fall noch mal auf den Zahn fühlen. Heute Abend gehe ich ins *Excelsior*. Privat. Vielleicht weiß der Wirt noch mehr. Ich habe nämlich die Akten durchgesehen. Es gibt kein Kind, das beim *Excelsior* verunglückte, die letzten fünfzehn Jahre nicht. Aber ich fand den Fall eines Mädchens, das an einem Sommerabend vor drei Jahren im oberen Schlossgarten gefunden wurde – als Unfallopfer. Unfallverursacher: unbekannt. Das Kind wohnte zufällig in der Reinsburgstraße. Kennt ihr die?«

Braig nickte.

»Mhm, sie läuft parallel zur Rotebühlstraße«, meinte Stöhr.

»Genau. Ich war dort und habe mir das Haus angesehen. Der Hinterhof, in dem das Kind laut protokollarischer Aussage seiner Eltern oft gespielt hat, und zwar auch am Abend des Unfalls, stößt genau auf …«

Vier Augen waren voller Neugier auf Neundorf gerichtet. Braig zuckte mit den Schultern. »Ich muss passen.«

»… auf einen schmalen Schleichpfad, der in den Parkplatz des *Excelsior* mündet.«

»Oh mein Gott«, rief Braig, »das darf nicht wahr sein!«

Stöhr schüttelte aufgeregt den Kopf. »Mhm, es ist so, die Spuren. Gibt es keine Unfallspuren?«

»Aus den Unterlagen geht nur hervor, dass es schwierig war, Spuren zu finden, weil in besagter Nacht noch vor Mitternacht ein starkes, lang andauerndes Gewitter niederging. Allerdings wies alles darauf hin, dass das Kind nicht in der Nähe des Fundortes der Leiche ums Leben gekommen sein konnte, weil sich nicht der geringste Anhaltspunkt dafür fand.«

Steffen Braig schüttelte den Kopf. »Hast du wirklich alles genau durchgecheckt?«

»Wie gut kennen wir uns?«

»Wenn Breuninger wirklich in irgendeiner Form mit diesem Unfall zu tun hat – ich glaube es nicht, mir ist zu viel Spekulation im Spiel –, wie um alles in der Welt hätte er es dann verheimlichen können?«

»Das ist die einzige Frage in diesem Zusammenhang, die mir problematisch scheint«, gab Neundorf zu.

27. Kapitel

Vera Sommer sah genauso bezaubernd aus wie am Tag zuvor. Ihre großen Augen leuchteten, und die dunkelbraunen, im Licht der Sonne rötlich glänzenden Haare vibrierten leicht, als sie ihnen die Hände schüttelte. Sie trug eine weite weiße Bluse zu einem hellen langen Rock und hatte die Schultern mit einer feinen Seidenjacke bedeckt.

Steffen Braig hätte es vorgezogen, sie allein zu besuchen, den dienstlichen Termin zu einem privaten Rendezvous umzufunktionieren. Neundorfs Anwesenheit allerdings vereitelte diesen Plan. Kriminalmeister Stöhr bewegte sich durchs Dorf, beauftragt, Frau Brüderle zu suchen, um sie über Ziegenfuß, Bofinger und Schmidt auszuhorchen.

»Wir wollten zu Herrn Ziegenfuß«, erklärte Steffen Braig, »doch leider war er nicht zu erreichen.«

»Er wird noch arbeiten, um diese Zeit«, entgegnete Frau Sommer.

»Wie gut kennen Sie ihn? Würden Sie ihm die drei Entführungen zutrauen?«

Vera Sommer riss die Augen auf. »Sie verdächtigen ihn?«

»Unser LKA-Psychologe ist fest davon überzeugt, dass es sich um Täter handelt, die einen Autounfall erlitten haben. Herr Ziegenfuß und sein Sohn sind betroffen, wie Sie wissen.«

»Ich verstehe nicht, warum Sie sich so um unser Dorf bemühen. Wieso muss der Täter unbedingt in Lauberg wohnen?«

»Die Opfer stammen fast alle aus dem Ort.«

»Das spricht doch eher gegen Ihre These. Niemand wäre so dumm, dort anzugreifen, wo man ihn kennt.«

»Verbrecher arbeiten nicht nach rationalen Mustern«, beharrte Braig, »manchmal vielleicht, meistens aber nicht.«

»Mag sein. Ich wüsste dennoch niemanden, dem ich diese Aktionen zutrauen würde.«

»Es ist Ihr Recht als Pfarrerin, die Sünder in Schutz zu nehmen.«

Vera Sommer hatte sie in das Erkerzimmer geführt, das Braig bereits sehr vertraut vorkam. Auf dem Tisch standen Gläser mit Mineralwasser sowie salzige und süße Leckereien, von freundlichen Gemeindemitgliedern gebacken, wie Frau Sommer betonte.

»Obwohl Sie Herrn Schmidt als reumütigem Sünder gestern nicht gerade große Gnade zuteil werden ließen«, versuchte Braig, sie zu provozieren.

»Seit wann ist er reumütig?«, konterte Frau Sommer.

»Er scheint nicht besonders viele Freunde zu haben.«

»Oh, das sehen Sie falsch.« Sie reichte ihnen den Korb mit Backwerk, wartete, bis sie sich bedient hatten. »Sie bewegen sich in den falschen Kreisen«, behauptete sie dann, »weiter oben, wo man mit größeren Geldbeträgen jongliert, werden Sie nur Gutes über diesen Herrn hören. Sie müssen die Niederungen der Minderwertigen verlassen, wenn Sie ihn von einer anderen Seite kennenlernen wollen.«

»Können Sie uns erklären, warum auch Herr Ziegenfuß diesen Schmidt so hasst?«

»Tut er das?«

»Er hat Kessel und Schmidt als zwei der drei größten Miststücke hier in Lauberg bezeichnet.«

»Bofinger fehlt noch in der Reihe.« Frau Sommer winkte ab. »Sehen Sie es ihm nach. Auch wenn Sie Polizeibeamter sind, sollten Sie nicht jede Aussage eines Menschen auf die Goldwaage legen.«

»Dann kann ich meinen Beruf an den Nagel hängen«, meinte Braig.

»Oder Sie lernen, menschlicher mit Ihren Opfern umzugehen.«

»Opfer? Meistens haben wir es mit den Tätern zu tun.«

»Täter sind genauso Opfer, das wissen Sie so gut wie ich. Opfer ihrer eigenen Unbeherrschtheit, Opfer eines unglückseligen Zusammentreffens ungünstiger Faktoren. Wir alle sind Opfer und Täter zugleich.«

Braig fühlte, wie ihm mulmig wurde, denn das Gespräch drohte einen ungünstigen Verlauf zu nehmen. Alles, nur nicht diese Frau ungnädig stimmen, dachte er.

»Sie mit Ihrem Beruf müssen so reden, oder?« Neundorf blickte die Pfarrerin fragend an. Bisher hatte sie sich aus dem Gespräch herausgehalten, was Braig nicht einmal so unrecht gewesen war. Jetzt erschien sie ihm wie eine Retterin in höchster Not.

»Sie täuschen sich. Ich versuche, ehrlich vor meinem Gewissen zu bleiben, nicht zu schmeicheln, nur weil die Pfarrerin immer und überall ausgleichend wirken soll. Was Herrn Ziegenfuß betrifft: Der Mann wurde zusammen mit seinem Sohn von einem rücksichtslosen Raser angefahren, sein Kind dabei schwer verletzt. Sie sollten sich in seinen Zustand versetzen, dann könnten Sie seine Worte besser verstehen.«

Neundorf nickte nur, verzichtete auf eine Antwort.

»Und was sein Verhältnis zu Herrn Schmidt angeht: Herr Ziegenfuß war, so berichtete man mir, vor wenigen Jahren gezwungen, seinen Beruf als selbständiger Landwirt aufzugeben. Von Schmidts schönen Worten angelockt, arbeitete er zunächst in dessen Betrieb. Wie es dort zugeht, kann Ihnen Herr Kahn erzählen. Wenn Ihnen ein Rest Selbstachtung bleibt, werden Sie es dort nicht lange aushalten. Willkür, Kriecherei und Schleimerei sind nicht jedermanns Sache, zum Glück nicht.«

»Ich verstehe«, meinte Neundorf. »Hat Herr Ziegenfuß reagiert?«

»Er hat am Anfang wohl alles geschluckt. Aber das führt nur zur Ansammlung von Aggressionen. Um den drohenden Ausbruch zu vermeiden, hat er gekündigt und wurde arbeitslos. Ohne Arbeitslosengeld natürlich, denn er hatte ja aus eigenem Verschulden seinen Job verloren.«

»Hat er wieder Arbeit gefunden?«

»Monate später, in Stuttgart. Er pendelt mit der Bahn. Der Hass steckt noch in ihm. Eine typisch menschliche Entwicklung. Niemand von uns kann sich dieser Erfahrung entziehen.«

»Sie sind sehr verständnisvoll.«

»Mein Beruf«, erklärte Vera Sommer lächelnd, »manchmal muss ich mich dazu zwingen, meine allzu menschlichen Gefühle unter Kontrolle zu halten, um meinem Beruf wenigstens in Ansätzen gerecht zu werden.«

»Also doch!«

Die Frauen lachten, nickten sich freundlich zu. Braig spürte instinktiv, dass die beiden sich gut verstanden.

»Aber irgendwo hier oder in der Umgebung gibt es Leute, die für das, was auf den Straßen läuft, kein Verständnis aufbringen«, sagte Neundorf.

»Sie jagen immer noch Ihre grünen Terroristen?«

»Ich denke, wir sind uns darin einig, dass diese Wortwahl primitivster Boulevard-Stil ist.«

Steffen Braig fühlte sich wie ein ertappter Schuljunge. Niemand brauchte es zu erwähnen: Er war hier so überflüssig wie der Lärm, der von der Bundesstraße ab und an in den Raum brandete.

»Vielleicht können Sie unsere Vorgehensweise besser verstehen, wenn Sie das Schreiben der Entführer lesen.« Neundorf kramte in ihrem Rucksack, um dann zwei Blätter daraus hervorzuholen, die sie der Pfarrerin reichte.

»Die Leute meinen es ernst«, bestätigte Frau Sommer, nachdem sie die Zeilen gelesen hatte, »es wirft ein anderes Licht auf die Entführer.« Sie betonte das letzte Wort. »Aber Sie verfolgen diese Leute immer noch?«

Neundorf lachte gequält. »Ich denke, wir sind einer Meinung. Nur unsere Berufe trennen uns.«

»Wie schaffen Sie es, Ihren Job auszuüben?«

»Ich wollte die Männerwelt der Polizei aufbrechen. Fragen Sie nicht, was ich erreicht habe.«

»Immerhin einer der wenigen akzeptablen Vorsätze. Die Strukturen in der Kirche sind kaum weniger verhärtet. Obwohl ich garantiert das einfachere Los von uns beiden gezogen habe.«

»Glauben Sie?«

Vera Sommer schaute nachdenklich in die Ferne. »Ich darf die von Ihnen verfolgten Entführer in Schutz nehmen, sogar offen Partei für sie ergreifen.«

»Warum auch nicht? Diese persönliche Entscheidung behalte ich mir ebenfalls vor.«

»Aber dennoch jagen Sie sie.«

»Wenn wir es nicht tun, wird bald das halbe Land damit beschäftigt sein. Die Bonzen in ihren heiligen Gefilden fühlen sich bedroht von einer neuen, unbekannten Gefahr.«

»Hauptsache, Schmidt, Bofinger und Konsorten haben auch in Zukunft freie Bahn. Unsere Polizei jagt harmlose Leute, damit die Drahtzieher des Wahnsinns nicht behindert werden in ihrem skrupellosen Spiel.«

»Können Sie handfeste Argumente liefern?«

Frau Sommer holte tief Luft. »Der eine betoniert unsere Landschaft zu, um möglichst hohe Gewinne in seine private Tasche zu schieben, der andere sorgt im Gemeinderat für die politischen Beschlüsse, die die Betonorgien finanzieren. Beide sind Mitglieder derselben Partei. Eine Hand wäscht die andere. Aber Lobbyismus und Bananenwirtschaft sind in Afrika und bei uns nicht strafbar.«

28. Kapitel

Ziegenfuß war spurlos verschwunden, so sehr sich Neundorf und Braig nach ihrem Besuch bei Frau Sommer auch bemühten, ihn aufzutreiben. An seinem Arbeitsplatz war er nicht erschienen, hatte kurzfristig für die restliche Woche Urlaub genommen, wie ihnen der Abteilungsleiter am Telefon erklärt hatte.

Ausgerechnet in dem Moment, in dem sich der Verdacht gegen ihn erhärtete, war der Mann unauffindbar. Es blieb ihnen nichts anderes übrig: Ziegenfuß wurde zur Fahndung ausgeschrieben. Die Aussagen des Psychologen waren zu eindeutig.

Ziegenfuß also. Wer sonst kannte die drei Entführungsopfer näher und war zudem unmittelbar betroffen?

Neundorf und Braig wollten gerade nach Stuttgart zurückfahren, als sie auf Walter Kahn trafen.

»Der nächste Transport müsste, wenn nichts dazwischenkommt, morgen gegen Mittag eintreffen. Etwa sechs bis sieben Lastwagen«, teilte er ihnen mit, »wenn Schmidt nicht gewarnt wird, sollten Sie ihn überraschen können.«

Kahn fuhr sich mit der Hand über die große Wunde an seinem linken Arm, wobei er die rot gefleckte Hautpartie polierte.

»Sind Sie sich absolut sicher?«, fragte Steffen Braig.

»Mein Informant arbeitet seit Jahren bei Schmidt. Ich konnte ihn überreden auszupacken. Meine Karriere hat ihm die Augen geöffnet. Er ahnt wohl, dass ihm dasselbe Schicksal droht, wenn er nicht weiterhin alles einsteckt und kuscht. Lebenslänglich.«

»Wo kommen die Transporte her?«

»Immer vom selben Absender. Aus England. Sperrige Ladung, völlig unökonomisch verpackt.«

»Und Sie haben keine Ahnung, was geschmuggelt wird?«, fragte Neundorf.

»Tut mir leid. Das müssen Sie selbst herausfinden.«

Sein Arm war über und über mit Stichen und Schrammen übersät. Einige Hautpartien leuchteten grellrot, andere in feinstem Hellrosa, wieder andere waren dunkel verfärbt.

»Hatten Sie einen Unfall?«, fragte Braig.

Kahn schüttelte verlegen den Kopf. Er polierte eine intensiv dunkelrot glänzende Fläche, biss sich auf die Zähne.

»Sie sollten zum Arzt gehen«, empfahl Braig, doch Kahn winkte ab, das Gesicht deutlich von Verlegenheit gezeichnet.

»Ist nicht der Rede wert, stammt von heute Nacht. Mein Gott, es war dunkel, der Boden im Wald voller Gestrüpp, und im Eifer des Gefechts ...«

Steffen Braig lachte laut, zum ersten Mal an diesem Tag.

29. Kapitel

Das ganze Dorf wusste Bescheid. »Der hat's dem gebe nach Strich und Fade. Wie der's verdient hat.«

Kommissar Braig hatte den Dienstwagen am nächsten Morgen in Lauberg noch nicht verlassen, als Frau Brüderle schon mit einer geballten Ladung Informationen über ihn herfiel.

»Wer? Wem?«, erkundigte er sich schwerfällig.

»Oh je, Sie sind en Dackel! Kapieret Sie überhaupt nix?«

Gerhard Kessel wagte sich nicht mehr aus dem Haus, weil alle Lauberger Ziegenfuß' Aktion guthießen und Kessels Augen kaum mehr aus seinem geschwollenen Gesicht zu blicken vermochten. Ziegenfuß hatte ihn grün und blau geschlagen, es gab keine Stelle in Kessels Gesicht, an seinen dickwülstigen Armen oder Beinen, soweit sie Braigs Blicken zugänglich waren, die keine Verletzungen aufwiesen.

»Wann war das?«, fragte Braig, als er Kessel in dessen Haus gegenübersaß.

Kessel schüttelte müde den Kopf, ohne zu antworten.

»Herr Kessel, wir wissen genau Bescheid. Es war die Rache für den Unfall am Wasserturm. Ganz Lauberg redet darüber. Ziegenfuß wollte Revanche für seinen Sohn.«

Gerhard Kessel drehte den Kopf zur Seite, wandte sich von Braig vollends ab.

»Sie sind nicht gerade hilfsbereit.«

Helmut Ziegenfuß war am frühen Morgen sturzbetrunken in seinem Stall aufgegriffen und nach Stuttgart ins Landeskriminalamt gebracht worden. Den vorläufigen Untersuchungen zufolge hatte er Gerhard Kessel in der vorletzten Nacht vor dessen Haus aufgelauert, ihn in einem Rausch von

Hass und Rachegelüsten mit einer Stange verprügelt, sich dann irgendwohin zurückgezogen und die ganze Nacht und den nächsten halben Tag hindurch gesoffen. Dieser Sachverhalt sprach den Mann nicht von einer eventuellen Beteiligung an der Entführung Bofingers frei, wäre ihm doch nach den Berechnungen genügend Zeit geblieben, nach dem Attentat auf den Bauunternehmer auch noch den Überfall auf Kessel durchzuführen.

»Ziegenfuß steht zu seiner Prügelei mit Kessel, weist aber jeden Zusammenhang mit den Entführungen von sich«, erklärte Neundorf, die des Verhörs wegen im Amt geblieben war, am Telefon, »wir behalten ihn aber noch hier und setzen ihm weiter zu, bis sich der Alkoholpegel in seinem Blut etwas reduziert hat.«

»Hat er noch viel?«, fragte Braig.

»Drei Flaschen Hochprozentiges, schätzt der Arzt, alles gestern, mit kurzen Unterbrechungen.«

»Ein neuer Rekord, wie? Meinen Trip hierher kannst du vergessen. Aus Kessel ist nichts herauszukriegen. Zu keinerlei Kooperation bereit. Ein widerlicher Kerl.«

»Du meinst, er hat die Prügel verdient«, kommentierte Neundorf.

»Schwaben-Rache als Therapie.«

»Ich kenne einen, dem gönne ich noch viel mehr.«

»Napoleon oder die Hodenentzündung.«

»Die sowieso. Laufen aber außer Konkurrenz. Ich meine Breuninger.«

»Warst du wieder dort?«, fragte Braig überrascht.

»Verdammt knappe Sache«, gestand Neundorf, »wäre beinahe schiefgegangen.«

»In offizieller Funktion?«

»Du bist verrückt. Was sollte das bringen?«

»Wenn Napoleon dahinterkommt ...«

»Mach dir in die Hosen«, schimpfte sie, »ich weiß jetzt genug. Breuninger ist ein übler Drahtzieher. Der Kerl gehört hinter Gitter.«

»Du warst im *Excelsior*?«

»Ja, und zwar ähnlich aufgedonnert wie vorgestern. Ich möchte meinen Vater mit einem besonderen Geschenk überraschen, erklärte ich dem Wirt. Ob wir denn nicht ein kleines Fest im privaten Kreis, also sehr einfach und intim, mit höchstens fünfzig Leuten, bei ihm feiern könnten, nächste Woche, in einem separaten Raum, wirklich nur mit geladenen Gästen? Mein Vater sei sehr erregt und besorgt, weil die Polizei einfach keine Ruhe gebe und ständig neue Nachforschungen über den Unfall von damals in die Wege leite. Der Mann war sehr verständnisvoll und versprach, alles zu tun, um meinen Vater abzulenken von der schlimmen Sache. Dann dürften an unserem Festabend aber keine unerwünschten Personen im Lokal sein, das mindere die Freude, also etwa Grüne oder andere Kritiker, erklärte ich. Und weißt du, was der Typ darauf antwortete?«

»Nun sag schon!«, rief Braig ins Telefon.

»Um Gottes willen, aber logo, er kenne doch meines Vaters und seiner Freunde größten Wunsch, diesen Zurück-in-die-Steinzeit-Spinnern endlich eine solche Bombe reinzuwürgen, dass die für immer indiskutabel würden. Sie hätten in den letzten Wochen mehrmals beraten, was man unternehmen könne, um den immer stärker zunehmenden Einfluss der Grünen in der Politik endgültig einzudämmen. Ich habe nur noch gestaunt, als ich das hörte. Verstehst du, was das bedeutet?«

»Du glaubst, die planen eine Aktion seitens der Autolobby gegen ...«

»Planen?«, schrie Neundorf. »Kapierst du nichts?«

Braig gab keine Antwort.

»Also: Ich habe dem Wirt gesagt, dass ich meinem Vater bei diesen Bemühungen zu gerne helfen würde, wenn ich ihn dadurch aufmuntern könnte, dass ich aber nicht wisse wie. Das sei nicht nötig, erklärte mir der Wirt dann, soweit er es mitbekommen habe, würde da bald einiges in der Richtung unternommen, schließlich sei es ein hochkarätiger Kreis von Industrievertretern und sogar Ministerialbeamten, das funktioniere garantiert.«

»Du glaubst, da läuft ein politisches Komplott?«

»Du hast es erfasst«, betonte Neundorf. »Ich weiß aber noch mehr.«

»Ja?«

»Ich wette, dass Breuninger das Mädchen vor drei Jahren im Suff überfuhr und der Wirt ihm dabei half, alles zu vertuschen.«

»Das ist doch dubios.«

»Überhaupt nicht. Ich habe indirekt erfahren, dass Breuninger dem Wirt in einer ziemlich üblen Situation half und dass er ›meinem Vater‹ dann ›in dieser Sache mit dem Mädchen‹, na ja, ich wisse schon, selbstverständlich auch beistand. Es muss einige Zeit vor dem tödlichen Unfall gewesen sein. Soweit ich verstand, kutschierte der Wirt einen hochrangigen Bonzen in dessen Luxuskarosse nach Hause, weil der bei ihm ordentlich gesoffen hatte. Dummerweise hatte der Wirt damals auch schon einiges intus. Na ja, und dann eine Polizeikontrolle. Irgendwie muss Breuninger ihm da geholfen haben, schließlich ging es um die Lizenz für das teure Lokal, die er sonst verloren hätte. Und Breuninger kämpfe ja mit seinem Club für die Rechte der Autofahrer ... Leider passierte genau in dem Moment, in dem sich der Wirt seine

Seele erleichtern wollte und locker flockig daherredete, ein grandioser Kack.«

»Nämlich?« Braig hatte die Umgebung vergessen, hörte nur noch auf Neundorfs Worte.

»Drei Typen betraten den Schuppen, und mein freundlicher Gastgeber dreht sich um und meint: ›Ah, da kommt der Herr Papa.‹ Ich doofe Kuh gerate in Panik und renne aus dem Lokal, vier gaffende Kerle im Rücken. Ich könnte mich jetzt noch ohrfeigen.«

»Damit ist das Katz-und-Maus-Spiel beendet.«

»Leider. Jetzt muss ich anders an die Beweise ran«, brummte Neundorf.

»Wir machen das legal«, munterte Braig seine Kollegin auf, »irgendwie kriegen wir das hin.«

»Glaubst du? Ich bin da skeptisch. Der Kerl hat über seinen Autoclub seine Hände überall drin. Aber ich werde keine Ruhe geben, bis die Sache definitiv geklärt ist.«

30. Kapitel

Der Ort lag keine zwanzig Kilometer von Lauberg entfernt. Es handelte sich um eine typische Kleinstadt im Randbereich des Ballungsraumes Stuttgart. Ein alter Ortskern mit frisch restaurierter Fachwerkarchitektur umgeben von Neubauvierteln, die in den letzten Jahren wie Pilze aus dem Boden geschossen waren. Das Gewerbegebiet zeigte die für diese Bezirke typische eintönig-abstoßende Bauweise: niedrige Flachdachhallen mit großen Parkplätzen, würfelförmigen, sterilen Verwaltungsbunkern und breiten, gradlinig verlaufenden Straßen.

Das Gebäude, das sie suchten, war leicht zu finden, denn es lag direkt an der Zufahrtsstraße. Es war von einem hohen Maschendrahtzaun umgeben und mit breiten Laderampen für die Anlieferung per LKW ausgestattet. Schmucklos, nüchtern, kalt. Ein dunkler Schriftzug markierte die Eingangstür der Halle: »Fa. Schmidt«.

Sie waren in Zivilfahrzeugen gekommen, hatten sich unauffällig im weiten Areal des Gewerbegebietes verteilt: Braig, Neundorf, Stöhr sowie drei Beamte des Einsatzkommandos.

Die Lastwagen ließen sich Zeit. Um kurz vor vierzehn Uhr tauchten die ersten drei in kurzen Abständen vor dem überwachten Gelände auf. Das Tor wurde geöffnet, bis das jeweilige Fahrzeug die Einfahrt passiert hatte, danach sofort wieder verschlossen. Der Lastwagen rangierte im Hof, fuhr rückwärts an die Rampe. Das Entladen besorgten tüchtige Kräfte. Gabelstapler griffen sich kleine Container aus dem Inneren, die sie anschließend in die Halle karrten.

Neundorf und Braig warteten, bis der dritte LKW an der Rampe stand, um dann blitzschnell zuzugreifen. Von drei Seiten über den Zaun, durch den Hof und auf die Rampe. Neundorf und zwei Einsatzbeamte hielten die verdutzten Arbeiter in Schach, bis die Kollegen ebenfalls in der Halle standen. Braig präsentierte ihnen den Durchsuchungsbefehl.

Die Überraschung der Männer war nicht gespielt, sie konnten sich den Polizeieinsatz nicht erklären.

»Was laden Sie aus?«, fragte Neundorf.

»Maschinenteile, was sonst?«

»Das wollen wir sehen.«

Es dauerte fünfzehn Minuten, bis der erste Container endlich geöffnet war. Er enthielt ein Sammelsurium von Metallstreben, Stahlstützen und Plastikringen.

»Metallteile«, erklärte ein Arbeiter, »wie ich Ihnen erklärt habe.«

»Warum verschließen Sie dann das Eingangstor, sobald ein LKW auf Ihrem Gelände angekommen ist? Sie wissen doch, dass weitere Wagen unterwegs sind.«

»Strenge Anweisung vom Chef. Seit hier im Gewerbegebiet ein Nachbarlager ausgeraubt wurde, ist er sehr vorsichtig.«

»Wer ist Ihr Chef?«, fragte Neundorf.

»Herr Schmidt«, antwortete der Mann.

»Menschenskind, wenn das wieder ein Reinfall wird«, knurrte Braig, zu seiner Kollegin gewandt, »Napoleon wirft uns eigenhändig aus dem Amt.«

»Das wird kein Reinfall«, beharrte Katrin Neundorf, »warum sollte Kahn uns falsche Informationen liefern?«

Eine Stunde später hatten sie tatsächlich den Beweis vor Augen.

»Mhm, es ist so, wenn ich Sie stören darf. Wir haben keine Maschinenteile«, meldete sich Kriminalmeister Stöhr, als sie stichprobenartig die Container des inzwischen eingetroffenen vierten Lastwagens untersuchten.

»Was dann?«, rief Neundorf.

»Mhm, also Dosen.«

»Wie bitte?«

»Dosen mit Fleisch.«

Neundorf, Braig und die übrigen Beamten stürzten zum betreffenden Container, starrten ins Innere des Behälters.

»Ein Kasten voller Fleischdosen.«

Kurz nach siebzehn Uhr waren alle Lastwagen in Empfang genommen, ihre Ladung kontrolliert: zweiundzwanzig Container mit Maschinenteilen, direkt aus England, vierunddreißig Behälter mit Rindfleisch in Dosen, ebenfalls aus England.

»Und was soll das mit dem Fleisch?«, fragte Steffen Braig.

»Rindfleischimporte aus Großbritannien sind untersagt, Kollege«, erklärte Neundorf, »Rinderwahnsinn, BSE, schon was davon gehört? Die Wissenschaftler sind sich nicht einig, aber vielleicht kann das Zeug das menschliche Gehirn tatsächlich zersetzen.«

Zwei Stunden später stellte sich Kriminalrat Gotthold Gübler vom Stuttgarter Landeskriminalamt mit stolzgeschwellter Brust den Journalisten, ertrug mit strahlender Miene das Blitzlichtgewitter der Fotografen und die gleißenden Scheinwerfer der Kameraleute und erläuterte allen Anwesenden sein angeblich ausgefeiltes, wohlüberlegtes taktisches Konzept, das die Entlarvung und Verhaftung des Unternehmers Otto Schmidt überhaupt erst ermöglicht habe.

31. Kapitel

Am Abend dieses für die beiden erfolgreichen Tages folgten Braig und Neundorf der Einladung von Frau Gübler. Es war kurz vor neun, als sie im Pfarrhaus – Frau Gübler hatte diesen Ort als Treffpunkt vorgeschlagen – eintrafen. Sie wurden von zwei strahlenden Frauen empfangen.

»Herzlich willkommen«, empfing sie Frau Gübler, »ganz Lauberg spricht davon: der Herr Unternehmer verhaftet – ein Schlag gegen Anstand und Moral! Endlich haben Sie mal den Richtigen erwischt.«

»Das freut Sie, wie?«, stellte Braig fest.

»Sagen wir so: Schmidt hat es verdient. Nicht nur wegen dieses Verbrechens mit dem Fleisch.«

»Wenn sich jemals herausstellt, dass der Erreger, der die Rinder befällt, auch das menschliche Gehirn schädigt, ist Schmidt schuld an der Krankheit und dem frühen Tod von unzähligen Menschen«, meinte Neundorf, »wir wissen nicht, seit wann die Transporte schon laufen.«

»Hat er viel damit verdient?«

»Die Schätzungen der Staatsanwaltschaft liegen im Millionenbereich, vorausgesetzt, der Schmuggel existiert schon länger. Die bekommen das Fleisch in England fast geschenkt, weil sie dort riesige Überschüsse haben. Wer will es schon noch? Und hier bei uns: Die Dosen wurden neutral deklariert, mit bundesdeutscher Herkunft versehen. Die Lagerhalle hat einen direkten Zugang zu einem Fleischmarkt, der in der Parallelstraße liegt. Dessen Besitzer wurde ebenfalls in Untersuchungshaft genommen.«

»Dann haben Sie Ihren Chef endlich zufriedenstellen können«, vermutete Frau Gübler.

»Teilweise«, meinte Braig, »der brennt darauf, die Entführer präsentiert zu bekommen. Die oberen Etagen haben kein anderes Thema mehr.«

»Sie glauben immer noch, hier in Lauberg suchen zu müssen?«

Steffen Braig zuckte mit den Schultern. »Ziegenfuß hat kein Alibi für die betreffenden Tatabende. Aber wer war sein Komplize?«

»Sie denken, er war an den Entführungen beteiligt?«

»Wir wissen es nicht. Er ist noch nicht vernehmungsfähig. Bisher hat er alles abgestritten.«

»Woher nehmen Sie eigentlich die Gewissheit, dass hinter allen Entführungen dieselben Leute stecken?«, fragte Frau Gübler. »Vielleicht jagen Sie einem Phantom nach.«

»Bis auf die erste Entführung in Stuttgart handelt es sich um dieselben Täter. Papier, Schriftbild, Schnüre: Alles stimmt überein. Außerdem kündigen die Täter jetzt sogar die Fortsetzung ihrer Aktionen an. Nur dieser Autoclub-Manager Breuninger, der im Wagenburgtunnel festgehalten wurde, der passt nicht.«

»Wieso?«

»Das Schreiben, das wir dort fanden, klingt völlig anders. Auch das Material stammt aus anderen Quellen.«

Vera Sommer erhob sich und verschwand für einen kurzen Augenblick, um dann mit einem großen Blech duftender Pizza zurückzukehren. »Ausnahmsweise von uns selbst gebacken, nicht aus der Gemeinde.«

In diesem Moment erst spürten Neundorf und Braig, wie groß ihr Hunger war.

»Sie erwähnten zwei Kurse Philosophie vor dem Abitur«, erinnerte Frau Gübler an ihr Gespräch vom Vortag, »und dann dieser Beruf?«

Steffen Braig lachte, nahm sich ein Stück Pizza, ließ sich von Vera Sommer ein Glas Mineralwasser einschenken. »Totaler Abstieg, direkt in die Gosse, wie?«, frotzelte er.

»Vom Saulus zum Paulus«, spottete Maria Gübler, »was war Ihr Bekehrungserlebnis?«

Braig genoss den kräftigen Geschmack des gut gewürzten Backwerks, wobei er die beiden Gastgeberinnen betrachtete. Frau Sommer in blauen Jeans und dezent grauem Sweatshirt, Frau Gübler in dunklen Hosen und einem weiten Schlabberhemd.

»Meine Mutter«, antwortete er, »oder besser: ihre ständigen Erniedrigungen, die ich jahrelang ertragen musste. Als Kind litt ich unter ihrer Abwesenheit, weil ich sie nur wenige Minuten am Tag zu Gesicht bekam. Ich begriff nicht, dass sie von Arbeitsstelle zu Arbeitsstelle hastete, um das nötige Geld für meine Schwester und mich zu verdienen. Später dann, als Heranwachsender, musste ich ohnmächtig mit ansehen, wie sie ausgebeutet und wie der letzte Dreck behandelt wurde.«

»Hat sie Sie alleine erzogen?«

Braig nickte. »Ich war noch ein Kind, als sie meinen Vater mit unserem Kindermädchen erwischte. Zu Hause, in der eigenen Wohnung. Sie packte meine Schwester und mich und kam mit uns nach Deutschland. Kuschen lag ihr nicht. Sie war es gewohnt zu bestimmen. Fünf Jahre lang unterwegs mit einer Fußballmannschaft, quer durch ganz Europa, das prägt. Sie hatte die Startruppe bekocht, mit spezieller leistungsfördernder Kost – fünf Jahre lang mit großem Erfolg. Da fällt es schwer, hinzunehmen, dass der eigene Mann fremdgeht.«

Maria Gübler hatte ihren spöttischen Gesichtsausdruck verloren. »Darf ich fragen, um welches Team es sich handelt?«

»Roter Stern Belgrad. Der Club war damals wohl die Elitetruppe des Landes.«

»Ihre Mutter stammt aus Jugoslawien?«

»Ja. Sie kam Hals über Kopf nach Deutschland, ohne ein Wort Deutsch zu sprechen, mit zwei kleinen Kindern an der Hand. Beste Voraussetzung, Ausbeutern und Kriminellen in die Hände zu fallen. Sie schuftete wie ein Tier, drei Berufe gleichzeitig, erkämpfte ihren Kindern eine gute Schulausbildung in diesem ihr fremden Land. Von vier Uhr morgens an Zeitungen austragen, ab sieben die Kleinen versorgen und in die Schule schicken, von acht bis vierzehn Uhr als Küchenhilfe in einer Firmenkantine, anschließend Mittagessen für die eigene Familie, von sechzehn Uhr bis Mitternacht Geschirrspülerin, Putzfrau, Mädchen für alles in einer gutbürgerlichen Wirtschaft. Dreißig Jahre lang für einen Hungerlohn. So gut bezahlt, dass es heute gerade zu einer Rente am Rand des Existenzminimums reicht. Nach fünfzehn Jahren Schufterei erfuhr sie, dass ihr gutbürgerlicher Arbeitgeber vergessen hatte, Rentenbeiträge für sie zu bezahlen. Vergessen. Sie gab nicht klein bei, stellte Nachforderungen. Daraufhin meldete der Mann Konkurs an. Nachzahlung: null. Sechs Monate später übernahm er wieder dasselbe Lokal, unter dem Namen seiner Frau. Meine Mutter wechselte zu einer anderen Wirtschaft. Soll ich Ihnen noch erzählen, wie sie betrogen wurde, als sie trotz ihres niedrigen Einkommens eine kleine Wohnung kaufte? Kaufpreis: knapp über einhunderttausend. Wie viel Zinsen ihr die Verträge abnötigen würden, die der schwerreiche Makler und der ehrwürdige Vertreter der großen Bausparkasse sie unterschreiben ließen, konnte sie damals nicht überblicken. Meine Schwester und ich mussten erst erwachsen werden, um es zu begreifen. Mehr als vierhunderttausend Mark. Reine Zinslasten. Wir zahlen noch heute ab.«

Steffen Braig beugte sich zu der roten Katze, die lautlos durch den Türspalt ins Zimmer gehuscht war und die Anwesenden mit prüfenden Blicken betrachtete. Er streichelte ihr sanft über den Rücken.

»Wollen Sie weitere Beispiele hören, wie Menschen behandelt werden, die der deutschen Sprache nur bruchstückhaft mächtig sind, noch dazu als alleinstehende Frau? Freiwild für skrupellose Geschäftemacher. Deshalb ging ich zur Kripo.«

»Mein Respekt«, erklärte Maria Gübler, »mir scheint, ein Überzeugungstäter sitzt vor uns. Aber glauben Sie, Kriminellen vom Schlag dieser Bankenvertreter das Handwerk legen zu können?«

Braig streichelte die Katze, verzichtete auf eine Antwort.

»Die Herren mit der weißen Weste sind für Sie unerreichbar, geben Sie sich keinen Illusionen hin. Das ist strukturelle Kriminalität, die ist gesetzlich legitimiert. Bofinger, Schmidt und Konsorten praktizieren sie täglich. Wir sind keine gewaltfreie Gesellschaft, unsere Strukturen sind nicht so human, wie wir immer tun. Sie haben keine Chance mit Ihrem Beruf.«

Das Schnurren der Katze übertönte die Stille der Gesprächspause.

»Verzeihen Sie meine Neugier«, schaltete sich nun Frau Sommer ein, »Ihre Mutter kommt aus Jugoslawien. Ihr Name aber ...« Sie stockte mitten im Satz, schien sich ihrer Worte zu schämen.

»Ich bin deutscher Staatsbürger«, antwortete Braig, »seit Jahren. Mit dem Land, aus dem meine Mutter kam, verbindet mich nur wenig. Einzelne Ferienerlebnisse in ferner Kindheit, sonst nichts. Mein Name? Ich ließ einen Buchstaben entfernen, einen anderen umstellen. Aus Resignation. ›Was will der Kanake von uns? Abhauen! Kanaken haben in Deutschland nichts verloren. Können Sie sich vorstellen, was es bedeutet, bei jeder dritten, vierten Ermittlung diese Worte hören zu müssen? Nur weil ich mich namentlich vorstelle?«

Braig schwieg einen Moment, betrachtete die Pfarrerin.

»Ich beantragte eine geringfügige Namensänderung: von Bragic zu Braig. Die Standesbeamtin zeigte Verständnis. Und Steffen klingt auch nicht viel anders als Stijepan, oder?«

Sie unterhielten sich noch über die alltäglichen Frustrationen seines Berufs, über die Notwendigkeit, Gesellschaftsstrukturen zu schaffen, die Verbrechen verhindern können, und vertieften sich später in ein Buch, das die historische Entwicklung der Region nachzeichnete und einen Einblick in die Tradition Laubergs und der Nachbargemeinden gab.

Die beiden Gastgeberinnen entschuldigten sich anschließend kurz, weil sie einer alten Frau wie jeden Abend ins Bett helfen wollten. Es dauerte, bis sie wiederkamen.

»Ich bitte um Entschuldigung. Sie hatte alles vollgemacht, wir mussten die Küche und die Stube säubern.« Vera Sommers Gesicht zeigte deutliche Spuren von Anstrengung.

»Tun Sie das jeden Abend?«, fragte Katrin Neundorf.

»Im Wechsel mit anderen Leuten. Von der Kirchengemeinde organisiert. Sie hat keine Verwandten mehr, will aber nicht ins Altenheim. Solange es gut geht, versuchen wir zu helfen.«

»Herr Schmidt fällt jetzt aus.«

Maria Gübler lachte, strich sich ihr strähniges Haar aus dem Gesicht. »Nur seine Unterschrift wird uns fehlen. Außer Anweisungen und Repräsentation kam von dem nichts, oder?«

Sie wandte sich Vera Sommer zu, die ihre Aussage bestätigte.

»Die einen arbeiten, die anderen geben ihren Namen dafür her.«

»Und Herr Bofinger, was ist mit dem?«, fragte Braig.

»Sie liegen richtig«, meinte die Pfarrerin, die Augen von Müdigkeit gezeichnet, »der erfolgreiche Herr kauft sich mit finanziellen Zuwendungen von solchen Verpflichtungen frei.«

Braig entdeckte Schmutz an ihren Hosen, der von Gras und Erde stammte.

»Was war der Auslöser für Herrn Kessels Amoklauf gegen Bofinger? Dessen Verhältnis mit seiner Frau?«

Maria Gübler schüttelte den Kopf. »Da steckt mehr dahinter. Es geht um den Neubau der Bundesstraße. Nachdem sich immer mehr Leute in einer Bürgerinitiative gegen den Bau dieser autobahnähnlichen Trasse zusammengeschlossen hatten, reagierten Bofinger und seine Lobby-Freunde mit einer Gegen-Initiative. Zu ihrem Pech fanden sie außer den berufsmäßigen Schreiern aus Industrie, Handel und den konservativen Parteien kaum Leute, die sich engagieren wollten. Also wurde geschmiert, mit finanziellen Zuwendungen gearbeitet. Bofinger verteilte Geld, und seine Initiative wuchs. Er ist einfach ein cleverer Geschäftsmann. Er investierte schätzungsweise zehn Prozent von dem Gewinn, dessen er sich durch den Bau der neuen Trasse sicher war, und schon fand er breite Unterstützung. Die Presse brachte alle Erklärungen der Initiative, stellte sie groß ins Rampenlicht der Öffentlichkeit. Damit nicht gleich auf den ersten Blick deutlich wurde, dass diese ›Bürgerbewegung‹ nur zwei Ziele hatte, nämlich die Landschaft zuzuasphaltieren und Bofingers Gewinn zu mehren, hielt er sich von offiziellen Positionen innerhalb der Initiative fern und lancierte stattdessen einen Strohmann an ihre Spitze. Niemand eignete sich besser zu dieser Marionettentätigkeit als Kessel, der brave Schoßhund. Der gute Mann war zugleich Garant für die Steuerbefreiung, die der Initiative bald zugesprochen wurde: Schließlich diente sie offiziell gemeinnützigen und in keiner Weise eigennützigen Zwecken. Alle Spenden, die Bofinger leistete, reduzierten somit seine Steuerlast. Verstehen Sie, wie das funktioniert?«

Neundorf pfiff durch die Zähne. »Früher nannten wir so jemanden einen Geldscheißer.«

»Vollkommen richtig. Bofinger gründet die Initiative zum Bau der neuen Straße, investiert einige tausend Mark als gemeinnützige Spenden, die ihm zugleich seine Steuerlast um mehrere tausend Mark mindern, und verdient am Schluss am Bau der Straße mehrere Millionen. Unterstützung findet er fast täglich durch Parteifreunde in der Umgebung, die ebenfalls lauthals den Neubau der vierspurigen Trasse fordern. Eine Hand wäscht schließlich die andere.«

»Kessel machte mit?«

»Logisch. Garantiert wurde ihm sein Entgegenkommen finanziell versüßt. Bis zu dem Zeitpunkt, als das ganze Dorf darüber tratschte, dass Bofinger ein Verhältnis mit seiner Frau hatte. Kessel war wohl der Einzige, der nichts davon wusste.«

»Er reagierte?«

»Allerdings. Hätte ihm kein Mensch zugetraut. Aber die Sache mit seiner Frau ging ihm wohl doch an die Nieren. Er schrieb einen kleinen, aber feinen Leserbrief an die Lokalzeitung. Als die das Schreiben aus Rücksicht auf den lieben Herrn Bofinger nicht veröffentlichte, schickte er noch einen, diesmal an die überregionale. Jetzt kam er, und wie!«

Neundorf konnte ihre Müdigkeit nicht länger verbergen. Sie gähnte laut.

»Er machte mit einfachen Worten klar, dass die Initiative eine Scheinorganisation ist, die einzig und allein der Gewinnvermehrung Bofingers dient, und trat von seinem Amt zurück.«

»Oh, jetzt verstehe ich«, meinte Steffen Braig, »als Kessel entführt wurde, hielt er Bofinger für den Drahtzieher und zerstörte deshalb dessen Wochenendhaus.«

»Sie haben begriffen, wie es lief.«

»Ein interessantes Dorf mit außergewöhnlichen Leuten«, meinte Neundorf. Gähnend zeigte sie auf die Uhr. »Wir könnten die ganze Nacht noch reden, bis wir die Lauberger endlich kennengelernt haben.«

Dazu waren sie aber viel zu müde. Schließlich hatte sich der alte Tag längst schon verabschiedet.

32. Kapitel

Der Trick war einfach und alt. Man musste nur über die Angewohnheiten des Mannes Bescheid wissen, telefonisch das Ende der Abendveranstaltung erfragen und den Schutz der Dunkelheit nutzen.

Sie überraschten ihn, als er eine Zigarette rauchend gedankenverloren zwischen den Reben des Weinbergs umherspazierte, keine zweihundert Meter vom Hotel entfernt. Bis er begriff, was sich da abspielte, war es bereits geschehen. Die Pistole im Rücken, marschierte er vor ihnen her, den holprigen Pfad zwischen den Rebstöcken abwärts bis zu dem asphaltierten Weg, wo die Täter Fahrräder stehen hatten. Sie zwangen ihn, sich auf den Sattel zu setzen und vor ihnen her zu fahren.

Sein Verbannungsort war so raffiniert gewählt, dass er wohl erst nach Tagen entdeckt worden wäre, hätte dem Funkhaus des Südwestdeutschen Rundfunks nicht am frühen Nachmittag des nächsten Tages eine anonyme Stimme seinen Aufenthaltsort bekannt gegeben.

33. Kapitel

Wo?«, rief Kriminalkommissar Steffen Braig überrascht ins Telefon.

»Unter dem großen Viadukt der Bundesstraße 14«, antwortete der Beamte des Backnanger Polizeireviers.

Steffen Braig kannte die Brücke, da er sie auf der Fahrt in den Schwäbischen Wald schon oft passiert hatte. Es handelte sich um eine mächtige, weit gespannte Konstruktion aus Stein, vielleicht vierhundert Meter lang, die sich in kühner Höhe über das Tal der Murr schwang. Unter der Brücke befanden sich Häuser, alte Fabrikanlagen, ein Sportplatz, Gastwirtschaften. Auf der Straße herrschte reger Verkehr – unter ihr zu leben, musste die Hölle sein.

»Wie lange war der Mann dort?«

»Seit gestern Abend, etwa 22.30 Uhr, meint er. Nackt, vollkommen entkleidet wie der andere am ›Wohnland‹. Und dann noch gebrandmarkt.«

»Gebrandmarkt? Was verstehen Sie darunter?«

»Die prägten ihm ein Zeichen auf die Stirn. Eine ...«

»Ein Zeichen?« Steffen Braig klammerte sich an seinem Schreibtisch fest.

»Eine Art Tätowierung«, fuhr der Backnanger Kollege am Telefon fort, »mit einem speziellen, wie soll ich sagen, Stempel. Mit Messerspitzen oder Nadeln oder so ähnlich. Der Arzt konnte im ersten Moment nicht sagen, ob es sich wieder entfernen lässt.«

»Mein Gott«, murmelte Braig, »was ist es für ein Zeichen?«

»Ein Mercedesstern«, erklärte der Polizist.

»Ein Mercedesstern? Mitten auf der Stirn?«

»Genau.«

»Und wer ist der Mann?«

»Standfest. Er ist Inhaber mehrerer Autohäuser, steinreich, außerdem politisch aktiv. Im Kreistag, Gemeinderat, seiner Partei, der Industrie- und Handels...«

»Nein!«

»Sie brachten ihn mit dem Fahrrad zum Tatort«, erklärte der Backnanger Beamte.

»Wie bitte? Mit dem Fahrrad?«, schrie Braig ins Telefon.

»Erzählt er, ja. Können Sie sofort kommen?«

»Wir sind schon unterwegs.«

Stöhr hatte sein Proviant bereits gepackt. »Mhm, es ist so, man weiß nie, was kommt«, meinte er mit Blick auf die Tüte.

»Stollwerck Mandel, wie?«

»Mhm, es ist so, Stollwerck Alpia. Vier verschiedene Sorten. Nougat, Marzipan ...«

»Jaja, ich weiß, ich weiß!« Steffen Braig war jetzt schon geladen.

Schon wieder eine Entführung. Dabei hatte alles so gut ausgesehen. Zwar hatten sie Ziegenfuß gestern Abend wieder auf freien Fuß setzen müssen, weil der Haftrichter die vorliegenden Fakten als nicht ausreichend erachtete, doch waren, so schien es jedenfalls, immerhin zwei Nächte lang keine neuen Aktionen der unbekannten Täter erfolgt, und Schmidts überraschende Festnahme hatte Gübler doch mehr Meriten von oben und der Öffentlichkeit eingebracht, als er anfangs hatte zugeben wollen. Und jetzt dieser Unheil verheißende Anruf!

»Entführt aus dem *Weinberg-Stern*?«, fragte Kriminalmeister Stöhr.

»Zweihundert Meter davon entfernt. Er wollte frische Luft schnappen.«

»Sie kennen die Geschichte des Hotels?«

Steffen Braig nickte.

Weinberg-Stern, das war in der Region um Stuttgart längst zum Symbol für allzu schnellen Aufstieg und Reichtum mit all seinen Erfolgen und Verfehlungen geworden. Sparsamkeit und Fleiß, zwei urschwäbische Tugenden, gepaart mit Geschäftstüchtigkeit und Glück, hatten zu einem Unternehmen geführt, dessen Erfolg von seinen Betreibern inzwischen – völlig unschwäbisch – offen zur Schau gestellt wurde.

Die Besitzer des Hotels, eine fleißige Bäckerfamilie, hatten – so behauptete es der Volksmund – ihr Einkommen in den prüden 50er- und 60er-Jahren auch dadurch vermehrt, dass sie Zimmer an unverheiratete Paare vermieteten, was in dieser frommen fundamentalistisch-pietistischen Region als unüberbietbar sündenvolles Verhalten galt. Der Hotelkomplex, den sie daraufhin mit dem schmutzigen Geld in die Landschaft klotzten, beherbergte bald die Reichsten und Großkotzigsten des wilden Südens: Manager, Anwälte, ganze Bundesliga-Fußballmannschaften.

Gekrönt wurde der materielle Aufstieg der reichen Hoteliersfamilie durch eine eigene Fußballmannschaft. Der FC Weinberg-Stern köderte die besten Spieler der Region, wodurch er Jahr für Jahr höhere Klassifikationen erklomm. Zur größten Attraktion wurden bald die Weinproben im eigenen Wingert, die der Besitzer mit viel Pomp inszenierte: Sein Jeep karrte zwei Anhänger, vollbesetzt mit erwartungsvollen Urlaubern, durch die Rebenhänge zur Weinberghütte, wo die Schätze präsentiert wurden.

So viel Protz, so viel Pomp waren im Schwäbischen bei vielen immer noch unerwünscht. Traditionellerweise arbeitete fleißig, lebte zurückgezogen und bescheiden, suchte sein Glück im Stillen, wer sich hier dem Sinn des Lebens nähern wollte. Dort, wo diese Tugenden noch in Ehren gehalten wurden – wie in der ländlichen Region um den *Weinberg-Stern* – drohte Zuwiderhandelnden bis in unsere Tage vieler Schwaben Rache. Neid und Missgunst der Nachbarn, Gerüchte über das böse, sittlich verkommene Treiben von Gästen wie Besitzern innerhalb des Hotelkomplexes jagten einander, juristische Auseinandersetzungen folgten. Der *Weinberg-Stern* war – zumindest dem Volksmund nach – zu einem schwäbischen Dallas mutiert.

Kommissar Braig und Kriminalmeister Stöhr kamen an Lauberg vorbei, passierten dann den Viadukt. Um den Tatort erreichen zu können, mussten sie ein kurzes Stück den Abhang hinunterklettern. Polizeiobermeister Busch wartete an einer der breiten Stützmauern der Brücke.

Steffen Braig sah es auf den ersten Blick: dasselbe Papier, dieselben Schrifttypen, die gleiche Schnur.

»Eigentlich könnten wir uns die Spurensicherung sparen.«

Sie mussten einander anschreien, um sich verständigen zu können, denn oben auf der Brücke donnerten pausenlos Autos über das Verbindungsstück. Jedes Fahrzeug ein verheerender Schlag. Die Gebäude unten sahen verkommen aus. Bestenfalls Unterkünfte für Gastarbeiter oder Asylbewerber. Wer sonst ließ sich das antun, hier leben zu müssen? Lärm und Abgase Tag und Nacht. Geschepper und Geheule die ganze Zeit. Mein Gott, was für ein Leben. Die reine Hölle.

»Irgendwelche Zeugen?«, brüllte Braig.

Busch zuckte mit den Schultern. Sie mussten sich auf eine Art Gebärdensprache einigen, wenn sie miteinander kommunizieren wollten.

»In der Umgebung?«, antwortete Busch. Seine Stimme überschlug sich. »Scheiße, ist doch alles Scheiße.«

Er hatte die Sache offensichtlich satt. Wahrscheinlich stand er schon seit Stunden hier, den Lärm über sich, die Abgase in den Lungen. Und jetzt die Schnüffelei der Stuttgarter Kollegen, die schon seit Tagen nach den Entführern suchten und nur Misserfolge verbuchten.

»Das Bekennerschreiben?«

Busch verstand ihn nicht.

»Bekennerschreiben?«, brüllte Braig, Wut im Bauch.

Der Polizeiobermeister nickte. Er zog sich die Plastikhandschuhe über, lief zu seiner Tasche und reichte ihm zwei Blätter, die in einer Cellophanhülle steckten.

»*Erste Fortsetzung*«, las Braig und darunter, kleiner gedruckt: »*die erste von vielen, die noch folgen.*«

Er spürte das Zittern seiner Hand. Mein Gott, wollten die immer noch keine Ruhe geben?

»Sie lesen es hier?« Buschs Stimme kreischte wie eine Motorsäge.

»Ich will es nur überfliegen«, schrie Braig.

Der Text schilderte das Schicksal der von einem Autounfall betroffenen Familie, von der schon bei Bofingers Entführung die Rede gewesen war. Die Mutter hatte ihr Erinnerungsvermögen vollständig verloren, weder die eigenen kleinen Kinder noch den Ehemann wiedererkannt. Ihr Körper war gelähmt geblieben, trotz aller medizinischen Maßnahmen. Als sich die sechsjährige Tochter geweigert hatte, weiterhin die ›kaputte‹ Mama in der Klinik zu besuchen, hatte der Vater einen Nervenzusammenbruch erlitten. Er hatte seine Arbeit verloren, sich selbst in ärztliche Behandlung begeben müssen. Es war ein Teufelskreis gewesen, dessen erzählte Fortsetzung für die nächste Entführung angekündigt wurde. Kommissar Braig schauderte.

34. Kapitel

Das Gespräch mit Till Standfest, dem Besitzer der gleichnamigen Autohäuser, hatte keine besonderen Hinweise auf die Identität der Täter erbracht. Er zeigte sich völlig überrascht, konnte sich den Überfall und die Entführung nicht erklären, hatte vor Schreck überhaupt nicht wahrgenommen, wie die Täter aussahen, wie sie angezogen waren, wie sie sich verständigten.

»Aber Sie müssen uns doch irgendeinen Hinweis auf das Aussehen der Täter geben können, auf ihre Größe, ihre Haare vielleicht, ihre Stimmen?«, hatte Braig verzweifelt insistiert – vergeblich.

Till Standfest war keine große Hilfe. Der Mann saß seit Jahren in der Geschäftsführung seiner Autohäuser, bekleidete nebenbei wichtige Funktionen in verschiedenen politischen Gremien und engagierte sich seit Monaten für den vierspurigen Neubau der Bundesstraße.

Er hatte an einem Seminar seiner Partei über die Zusammenarbeit von Politik und Wirtschaft im *Weinberg-Stern* teilgenommen und war – wie gewohnt – anschließend zu einem kleinen Abendspaziergang aufgebrochen.

»Plötzlich waren die Verführer da. Entschuldigen Sie, Entführer wollte ich sagen.«

Er hatte sich auf ein Fahrrad setzen müssen, »ja, doch, eine Gangschaltung war vorhanden, aber fragen Sie mich bitte nicht, welches Fabrikat, ich habe von Fahrrädern überhaupt keine Ahnung!«

Wackelnd und schwankend war er den Feldweg entlanggefahren, gefolgt von den Tätern, wobei ihnen seiner Aussage zufolge niemand begegnet war.

Er hatte keine Ahnung, wie viele Entführer es gewesen waren, wie sie sich hinter ihm her bewegt hatten, nichts.

Schließlich waren sie an der Brücke angelangt, unten im Tal, wo die Entführer ihn gezwungen hatten, das Fahrrad liegen zu lassen, den Hang hochzuklettern und sich – trotz heftiger Gegenwehr seinerseits – splitterfasernackt auszuziehen. Dann hatten sie ihn festgebunden, ihm irgendein Gerät und eine stechend riechende Flüssigkeit auf die Stirn gedrückt und ihn mit brennenden Schmerzen allein zurückgelassen.

Herr Standfest konnte sich nicht einmal erinnern, ob zwischen den Entführern Worte gewechselt worden waren. Braigs missmutige Stimmung erreichte ihren Tiefpunkt, als Standfest sich nicht entscheiden konnte, ob es zwei oder drei Täter gewesen waren.

»Mindestens zwei«, mehr war ihm nicht zu entlocken.

Er trug einen grauen Zweireiher, ein weißes, mit schwarzen Streifen verziertes Hemd, eine dunkle, grau-gelb gepunktete Seidenkrawatte und eine große Brille. Sein schütteres Haar war in feinen Streifen quer über den Schädel gekämmt, wohl zu dem Zweck, den Ansatz zur Glatze hinter dem dünnen Schleier zu verbergen. Sein schmales, spitz zulaufendes Gesicht erinnerte Braig an die Wohlstandsvisagen von Schauspielern, die in billigen Fernsehfilmen erfolgreiche Nachkriegsemporkömmlinge mimten.

Was das vornehme Aussehen des Mannes störte, war das unübersehbare Mal mitten auf seiner Stirn. Ein großer, vom Haaransatz bis zur Nasenwurzel reichender Mercedesstern inmitten eines auf der linken Seite leicht eingebeulten Kreises erstrahlte dort in dunklem Rot. Erst als Standfest sein Gesicht für einen Moment dem von der Sonne beschienenen Fenster zuwandte, erkannte Braig die vielen kleinen Wunden, durch die das Zeichen auf der Haut verewigt worden war: Einstiche unzähliger Nadelspitzen, die die Täter bewusst zu diesem Symbol angeordnet hatten, besaß ihr Opfer doch mehrere Autohäuser dieser Marke.

Der Arzt hatte sie beruhigt: Nach medizinischem Ermessen würde ein normal verlaufender Heilungsprozess die Einstiche im Verlauf weniger Wochen langsam verschwinden lassen. Die gesunde Haut könnte sich dann neu bilden und Standfest sei es möglich, in etwa zwei Monaten wieder ohne äußerlich sichtbare Verletzung aufzutreten. Es sei wohl kaum angebracht, die Täter zu loben, hatte der Mediziner erklärt, er könne aber nicht umhin, darauf hinzuweisen, dass nach seinen gegenwärtigen Erkenntnissen sowie nach den Schilderungen des Opfers die Täter sauber gearbeitet hätten, da die Wunde sofort nach ihrem Entstehen desinfiziert worden war.

Braig setzte die Befragung von Herrn Standfest fort. »Kennen Sie Herrn Breuninger vom Automobilclub in Stuttgart?«

Till Standfest erwähnte gelegentliche geschäftliche Treffen, ebenso mit dem Straßenbauunternehmer Bofinger aus Lauberg. Die Herren Schmidt und Kessel, Entführungsopfer wie er, waren ihm dagegen nur aus der Zeitung bekannt.

»Um wie viel Uhr wurden Sie entführt?«

»Etwas vor elf«, erklärte Standfest, »genauer kann ich es nicht sagen.«

Gegen achtzehn Uhr war Ziegenfuß freigekommen, viereinhalb Stunden später das neue Verbrechen erfolgt. Ziegenfuß?

Im Fall Kessel und Schmidt kam er als Täter durchaus infrage, vielleicht auch noch bei Bofinger. Aber jetzt bei Standfest?

»Kennen Sie zufällig einen Herrn Ziegenfuß aus Lauberg?«

»Ziegenfuß?« Der Blick Standfests verdüsterte sich augenblicklich. »Der ehemalige Mann meiner Schwester?«

Steffen Braig kippte beinahe vom Stuhl. »Wie bitte? Herr Ziegenfuß ist der ehemalige ...«

»Da gibt es nur einen in Lauberg. Aber erwähnen Sie den Namen dieses Mannes in meiner Gegenwart nicht mehr, einverstanden?«

Braig sah Standfest mit großen Augen an. »Sie haben, verstehe ich das richtig, kein besonders gutes Verhältnis zu Herrn Ziegenfuß?«

»Wenn Sie jahrelang zusehen müssten, wie sich Ihre Schwester von einem Mann schikanieren und wie der letzte Putzlappen behandeln lässt, wären Sie dann darauf erpicht, ein inniges Verhältnis zu dieser Person zu pflegen?«

Steffen Braig schüttelte den Kopf.

»Wenigstens über meinen Rechtsanwalt konnte ich ihr helfen. Der beste Advokat, den ich auftreiben konnte. Ziegenfuß wird sein Leben lang bluten für sein unverschämtes Verhalten. Dem bleibt nicht viel von seinem Besitz.«

»Dann ist nicht anzunehmen, dass Herr Ziegenfuß Sie als seinen Ex-Schwager besonders schätzt?«

»Hass«, erklärte Till Standfest, »blanker Hass.« Der Mercedesstern auf seiner Stirn leuchtete in kräftigem Rot. »Der Mann würde mich lieber heute als morgen in die Hölle schicken, wenn er könnte. Er weiß genau, dass meine Schwester ihm ohne meine nachdrückliche Hilfe nie entronnen wäre.«

35. Kapitel

Das war das letzte Glied in der Kette. Ziegenfuß' Hass auf Kessel resultierte aus dem Unfall, bei dem sein Sohn Kessels Raserei zum Opfer gefallen war. Die jahrelange Schikane, die er in Schmidts Betrieb über sich ergehen lassen musste, machte Schmidt zu seinem Feind. Beides durchaus verständliche Reaktionen. Es schien Braig zutiefst menschlich, Aggressionen gegen die beiden Männer zu entwickeln, wenn nicht sogar vollkommen berechtigt, zumindest soweit er die Sache korrekt nachvollziehen konnte.

Auch für Ziegenfuß' Aversionen gegen Bofinger hatten sich bei der Vernehmung Anhaltspunkte ermitteln lassen. Seinen Andeutungen zufolge hatte der rasch aufgestiegene Bauunternehmer wie viele andere auch Ziegenfuß' Frau mit Aufmerksamkeit bedacht, und zwar soweit, dass es zu einem zeitweiligen Techtelmechtel gekommen war.

Kessel, Schmidt, Bofinger: Alle drei waren den Entführern zum Opfer gefallen, einer nach dem anderen, ohne dass die Fahnder zunächst auf Ziegenfuß getippt hatten. Und jetzt noch Till Standfest.

Lauberg lag etwa acht Kilometer vom *Weinberg-Stern* entfernt, war also mit dem Auto innerhalb weniger Minuten erreichbar. Berücksichtigte man die seltsame Tatsache, dass das Opfer diesmal per Fahrrad zu seiner Folterstätte gebracht worden war, bedeutete das naturgemäß einen größeren Zeitaufwand, der aber ebenfalls in Minuten zu messen war. Acht Kilometer überwand man mit dem Fahrrad spielend in zwanzig, vielleicht sogar fünfzehn Minuten, vorausgesetzt, man war gesund.

»Wissen Sie noch, womit Ziegenfuß unterwegs war, als wir neulich zu seinem Haus kamen?«, fragte Braig.

Kriminalmeister Stöhr überlegte. »Er kam mit seinem Fahrrad in den Hof.«

»Und welches Verkehrsmittel benutzte er, als sein Sohn von Kessel angefahren wurde?«

»Mhm, Fahrräder.«

Und jetzt die Entführung Standfests per Fahrrad! Es konnte nur noch darum gehen, das Alibi des Mannes zu überprüfen.

Sie trafen Ziegenfuß in seiner Wohnung, keine fünfzehn Minuten, nachdem sie Till Standfest verlassen hatten.

»Sie schon wieder«, brummte der Mann.

»Sie haben uns nicht erwartet nach Ihrem neuen Unternehmen?«

»Nach meinem neuen ...« Ziegenfuß lachte hysterisch. Die Anwesenheit der Polizeibeamten machte ihn unsicher, das war nicht zu übersehen. Sein schmächtiger Kinnbart wirkte noch dünner, die Wangen hatten an Volumen verloren. Dem Mann ging es offensichtlich nicht gut.

»Warum geht es Ihnen so schlecht?«

»Mir? Wieso soll es mir schlecht gehen?«

»Das sieht man Ihnen doch an.«

»Sie sind vielleicht gut. Erst schikaniert mich die halbe Polizei von ganz Stuttgart, und dann fragen Sie noch dämlich.«

»Wer ist Ihr Komplize?«

»Mein Komplize?«

Ziegenfuß' Erstaunen wirkte total überdreht. »Er spielt«, fuhr es Braig durch den Kopf, »hat aber nicht das Zeug dazu. Er ist kein Schauspieler, ihm fehlt das Talent, das hat er vergessen.«

Als Braig die Gestalt des Mannes betrachtete, spürte er auf einmal, dass alles passte. Ziegenfuß war klein, höchstens einen Meter fünfundsechzig groß. Seine Stimme klang tief, ausgeprägt männlich.

»Jetzt geben Sie es doch endlich zu! Wo waren Sie gestern Abend gegen 22.30 Uhr?«

Ziegenfuß sprang aus seinem Sessel, rannte zu der gegenüberliegenden Wand, an der das Gemälde Manets mit dem reizvollen Mädchen hing. Er fuchtelte wild mit den Händen, griff sich in seine spärlichen Haare.

»Wo soll ich jetzt schon wieder gewesen sein? Auf dem Mond oder auf dem Mars? Ich lag im Bett, nach all den beknackten Verhören!«

»Wie viele Fahrräder haben Sie?«, fragte Braig.

»Fahrräder? Eines natürlich, mein eigenes.«

»Können wir es sehen?«

»Wenn es Sie befriedigt.«

Ziegenfuß starrte ihn wütend an, lief zur Tür. »Unten, im Stall.«

Sie überquerten den Hof, ließen sich das Fahrrad zeigen. Es war ein älteres Modell mit Dreigangschaltung, die Räder leicht beschmutzt, die Profile voller Erde.

»Oh, das sieht frisch aus. Haben Sie es heute Nacht benutzt?«

»Heute Nacht lag ich im Bett, Sie Vollidiot«, erwiderte Ziegenfuß.

Steffen Braig bemerkte andere Fahrräder, die hinter zwei großen Autoreifen an der gegenüberliegenden Wand lehnten, beide im Schatten, vom Eingang her fast nicht zu erkennen.

»Oh, was ist das? Sie erklärten uns doch, Sie hätten nur ein einziges Fahrrad?«

Helmut Ziegenfuß wusste nicht mehr, was er antworten sollte. »Aber das sind doch, mein Gott, Sie wollten doch nur mein eigenes …«

Braig hörte das Gestammel nicht mehr, weil ihn die Räder völlig in Beschlag nahmen. Zwei Entführer und ein Opfer benötigten drei Fahrräder. Hier standen sie vor ihm.

»Stöhr, wir rufen die Spurensicherung. Und Sie, Herr Ziegenfuß, sollten freiwillig mitkommen. Der Haftbefehl macht keine Schwierigkeiten. Das ist in diesem Fall eine Sache von wenigen Minuten. Sie sollten auspacken, endgültig. Und uns Ihren Komplizen verraten, damit Sie nicht alles allein ausbaden müssen. Das wollen Sie doch nicht, oder?«

Ziegenfuß starrte ihn an. Er schien vollends weggetreten. Höchste Zeit, ihn jetzt endgültig ranzunehmen, dachte Braig. Gemeinsam im LKA würden sie es schaffen. Das Einzige, was ihn ärgerte, als sie fünfundvierzig Minuten später in Stuttgart ankamen, war die Tatsache, dass Neundorf das Amt bereits verlassen hatte. Sie hätte mithelfen können, den Mann in die Zange zu nehmen. Aber immerhin war es bereits neunzehn Uhr, und die Dämmerung verschlang an diesem Abend mit dicken, von Westen her aufziehenden Wolken die letzten Lichtstrahlen.

36. Kapitel

Ins Haus zu kommen, war keine Schwierigkeit. Katrin Neundorf hatte einen Bund Generalschlüssel mitgenommen, sodass es keine dreißig Sekunden dauerte, bis die Tür geöffnet war. Der Eingang lag im Schatten, von dichtem Buschwerk umgeben. Um diese Zeit, kurz vor neun, verirrten sich keine Passanten mehr ins Degerlocher Villenviertel. Die Anwohner, die ihre Hunde ausführten, kamen erst später, und selbst der inzwischen wolkenbedeckte Himmel trug seinen Teil dazu bei, Neundorfs Plan zu erleichtern. Schon bald nach acht war die dämmrige Nacht hereingebrochen – recht früh für diesen Sommertag.

Neundorf hatte sich im Vorfeld der geplanten Aktion davon überzeugt, dass er zurzeit allein in dem Haus lebte. Seine geschiedene Frau war vor einem Jahr weggezogen, eine jüngere Lebensgefährtin erst vor wenigen Wochen Hals über Kopf abgehauen. Blieb nur der Besitzer des Anwesens: Dass er an diesem Abend nicht zu Hause sein würde, hatte Neundorf der Ankündigung einer Diskussionsveranstaltung entnommen, bei der Breuninger als Teilnehmer aufgeführt war.

Neundorf schloss die Tür hinter sich wieder ab, um jede Spur ihres illegalen Eindringens vergessen zu machen, und ließ ihre Taschenlampe kurz aufflackern. Das Haus würde keine großen Schwierigkeiten bereiten. Informationen über die Inneneinrichtung hatte sie durch Braigs Bericht erhalten, der Breuninger hier nach dessen Entführung aufgesucht hatte. Außerdem war sie in den letzten Tagen mehrfach mit einem Zivilfahrzeug des LKA langsam am Grundstück entlanggefahren, um sich ein Bild über Lage und Verwendung der Wohnräume zu machen.

Im Erdgeschoss lag das große Wohnzimmer, in dem Braig empfangen worden war: eine Sofagarnitur, ein marmorierter Tisch, ein wuchtiger teurer Wandschrank.

Es war kaum anzunehmen, dass Breuninger hier irgendwelche wertvollen Dokumente aufbewahrte, aber wissen konnte man es nie. Neundorf schlich sich leise zu dem mächtigen Schrank, öffnete ihn vorsichtig. Das Krächzen des Schlüssels ließ ihr eine Gänsehaut über den Rücken kriechen. Sie hielt inne, lauschte, ob irgendwo im Haus Geräusche zu hören waren.

Ruhe. Kein Ton.

Sie konzentrierte sich wieder auf den Schrank: Gläser, Schüsseln, Besteck, Servietten. Sie schob eine weitere Tür zur Seite: Tischdecken, Tücher, noch mal Servietten. Sinnlos. Sie schloss den Schrank, ließ ihre Augen über den Rest des großen Raumes gleiten: Der riesige Wandteppich mit seinem wirren Farbmuster schien sie drohend anzublicken.

Neben dem Wohnzimmer befanden sich eine geräumige Küche, ein großes WC und ein weiterer Raum. Vorsichtig betrat sie diesen Raum, sah ein Bett, einen Schrank, eine ausziehbare Couch und einen Nachttisch vor sich. Eine Art Gästezimmer für Besucher des Hauses. Hier war bestimmt nicht zu finden, was sie suchte. Sie verließ den Raum, schlich über die Diele zurück zur Treppe, die nach oben führte. Da ihre Handschuhe an beiden Händen spannten, bewegte sie die Finger, um das Material zu dehnen.

Als sie den ersten Stock erreichte, erblickte Neundorf zu ihrer Linken den Gang hinunter drei, zu ihrer Rechten zwei Türen.

Sie wandte sich zuerst nach rechts, drückte die Klinke des ersten Zimmers. Über einem breiten französischen Bett, das den Mittelpunkt bildete, hing ein riesiger, am oberen Rand circa dreißig Zentimeter abstehender, stark geneigter Spiegel, der das Geschehen auf der Matratze darunter wohl versüßen sollte. Die Bettwäsche duftete nach irgendeinem penetranten Weichspülmittel, sie zeigte eine nackte, sportliche Blondine, die sich an einen gewaltigen Tiger schmiegte. Auf der Teppichumrandung verfolgten derweil Jäger mit angelegten Gewehren mitten im Wald dahinrasende Wildschweine. Hinter der Tür befand sich ein breiter Spiegelschrank.

Neundorf ließ das Licht ihrer Taschenlampe nur für Sekunden aufleuchten, da sie sofort von mehreren Seiten her geblendet wurde. Die Spiegel des Schrankes und der Wand über dem Bett warfen sich das Gleißen gegenseitig zu und multiplizierten es unendlich oft. Ein gefährliches Spiel, wie Neundorf aus beruflicher Erfahrung wusste: Oft genug hatten solche Lichtreflexe die Arbeit von Einbrechern verraten und deren Verfolgung und Festnahme ermöglicht.

Sie schlich sich zu dem Schrank, versuchte, ihn zu öffnen. Die Tür klemmte. Entweder gab es einen kleinen Trick, der es ermöglichte, sie zu bewegen, oder Neundorf musste kurz Gewalt anwenden. Sie drückte die Tür hoch, dann zur Seite, nach links, nach rechts, nach unten, dann nach innen, doch nichts bewegte sich. Auch bei stärkerer Kraftaufwendung spürte sie kein Nachgeben. Wollte sie ihn öffnen, musste sie die Fassade genauer in Augenschein nehmen und dafür ihre Lampe benutzen. Sollte sie das Risiko eingehen?

Sie blickte hoch, sah ihren schattenhaften Umriss mehrfach im Spiegel. Wahrscheinlich enthielt der Schrank nur Bettwäsche, Kleidung und kleinere Utensilien. Die Gefahr, durch das Anschalten der Lampe plötzlich im Rampenlicht zu stehen und dabei von irgendeinem unverhofften Spaziergänger bemerkt zu werden, schien ihr zu groß.

Sie verließ den Raum, schlich sich auf Zehenspitzen ins nächste Zimmer. Es roch intensiv nach teurem Damenparfüm. An der Fensterseite stand ein geräumiges Sofa, mit drei großen Kissen bestückt, gegenüber eine Vitrine mit Gläsern und Geschirr, daneben eine Fernseh-Video-Kombination, in der Mitte ein runder massiver Tisch. Offenbar ein kleines zusätzliches Wohnzimmer. Vielleicht der private Raum seiner Lebensgefährtin, die ihm gerade durchgebrannt war.

Die erste Tür rechts war verschlossen. Sein privater Arbeitsraum? Verschlossene Türen waren immer besonders vielversprechend. Neundorf tastete das Schloss ab, spürte, dass sie derlei Schlüssel nicht zur Verfügung hatte. Blieb nur Gewalt. Sie überlegte, beschloss, sich erst noch den beiden anderen Zimmern zuzuwenden.

Drei Meter weiter folgte die nächste Tür. Sie war offen und führte in eine Art Arbeitsraum. Schreibtisch, Computer, Telefax, ein Bücherregal, noch ein Schreibtisch, dahinter ein verschlossener Rollschrank, ein weiterer Computer. Zum Fenster hin ein breiter Unterschrank, vollgestopft mit Aktenordnern, darauf ein Fernsehgerät mit zwei Videorekordern. Entweder war einer der Apparate kaputt oder Breuninger benutzte die Anlage, um Videobänder zu kopieren. An der Rückwand ein großes Regalsystem mit Büchern, Ordnern, Zeitschriften, Videos und …

Sie stutzte, lachte dann leise. Schnapsflaschen in allen Variationen. Hochprozentiges aus der ganzen Welt, von russischem Wodka über schottischen Whisky bis hin zu mexikanischem Tequila. Die kleinen Seelentröster, ein ganzer Jahresvorrat, selbst bei starkem Konsum in ausreichender Menge vorhanden.

Sie befand sich hier ganz offensichtlich in Breuningers Arbeitszimmer. Ob zu finden war, was sie suchte?

Sie nahm wahllos einen Aktenordner aus dem Regal, knipste ihre Lampe an, blätterte die Papiere durch. Briefe seines Autoclubs an Gott und die Welt, Politiker, Wirtschaftsführer, Gewerkschaftler. Die Namen der Adressaten waren täglich in den Hauptnachrichten zu hören. Daneben ein weiterer Ordner, sechs, sieben, acht, neun Stück, alle prall gefüllt mit Briefen an den »*Herrn Bundesminister für Verkehr*«.

Neundorf wähnte sich nahe der Quelle. Ob sie einen Teil der Ordner einfach mitnehmen und zu Hause in Ruhe studieren sollte?

Sie räumte die Ordner aus dem Regal, legte sie auf den Schreibtisch neben den Computer, wandte sich dem Unterschrank unter dem Fenster zu. Auch hier lauter geschäftliche Mitteilungen, diesmal Korrespondenz mit Journalisten. Schreiben über Schreiben an sämtliche Zeitungen, Zeitschriften, Fernseh- und Radiosender der Republik, meist direkt an die Chefredaktion adressiert bzw. von den jeweiligen Herren dort unterschrieben. Neundorf begriff langsam, in welchem Einflussbereich dieser Mann und sein Automobilclub sich bewegten.

Als sie den nächsten Ordner durchblätterte, erinnerte sie sich an den Raum mit der verschlossenen Tür. Sie musste sich vergewissern, dass ihr jenseits der Wand nichts Wesentliches entgangen war.

Sie schlich sich aus dem Raum, untersuchte das gegenüberliegende Zimmer. Toilette mit separatem Baderaum.

Dann zu der verschlossenen Tür. Kein Schlüssel passte. Es gab nur eine Möglichkeit. Neundorf blieb einen Augenblick lauschend stehen, stieß dann ihren rechten Fuß mit aller Kraft vor. Die Tür schien zu explodieren, das Holz zersplitterte, und ein ohrenbetäubender Knall erscholl. Wenn nur kein dem Hausherrn vertrauter Nachbar zufällig in der Nähe war.

Sie senkte ihr Bein, blieb auf der Stelle stehen. Das Echo des Schlags hing noch in allen Räumen. Ihr Herz hämmerte, die Handflächen in den Handschuhen waren feucht. Trotz mehrjähriger Polizeiroutine spürte sie die Belastung der außergewöhnlichen Situation. Bei allen Geistern dieser Welt, sie war illegal hier, schlicht und einfach illegal wie ein stinknormaler Einbrecher.

Ihr Fuß schmerzte, in ihrem Bein hämmerten tausend Pressluftbohrer. Das Haus war still, absolut ruhig. Sie drehte sich vorsichtig um, wobei sie den dämmrigen Hintergrund mit den Augen abtastete: Die rund um die Klinke zersplitterte Tür, die seltsam gebogen in den Angeln hing, die eine Hälfte des Raumes, der offen vor ihr lag. Ein Schrank, gewaltiger als alle anderen Möbel in diesem Haus, vom Fußboden bis fast unmittelbar an die Decke reichend. Sie schlich vorsichtig in das Zimmer, fühlte sich auf einmal klein und schwach. Der Schrank war aus schwerem Holz, massiv und dunkel, mit unzähligen Schnitzereien und kleinen Vorsprüngen verziert – ein teures, wahrscheinlich seit Generationen vererbtes Stück, das den Raum weitgehend ausfüllte. Nur mehrere Kartons und Kisten lehnten an der gegenüberliegenden Wand.

Sie suchte die zentrale Tür des Monstrums, machte sich daran zu schaffen. Der Schlüssel drehte sich schwerfällig, sägte und kreischte wie eine lange Jahre nicht geölte Motorsäge. Langsam, unglaublich langsam, gab das Schloss nach.

Sie packte die Tür, zog sie vor. Neugierig starrte sie ins Innere: Bettwäsche, Kleidungsstücke, Handtücher. Überall, in sämtlichen Regalen. Sie öffnete die Nachbartür: dasselbe Bild. Nichts als Wäsche. Überrascht ließ sie die Lampe aufleuchten, tastete den ganzen Schrankinnenraum damit ab. Wäsche, wohin sie auch blickte. Und dafür hatte sie die Tür demoliert.

Kopfschüttelnd schloss sie die schwere Holztür wieder. Der geheimnisvolle Raum hatte sie völlig aus dem Konzept gebracht. Was wollte Breuninger mit so viel Wäsche? Und warum verschlossen? Wenn der mächtige Schrank hier mit Kleidungsstücken und Bettwäsche gefüllt war, was verwahrte er dann in dem riesigen Spiegelungetüm im Schlafzimmer? Ebenfalls Wäsche? Oder interessantere Dinge?

Sie verharrte einen Moment in völliger Ruhe, lauschte. Kein Ton, absolute Stille. Als sie den Schrank genauer betrachtete, merkte sie, dass sie sich hatte täuschen lassen. Die Wäsche füllte nicht den gesamten Innenraum des Monstrums. Im Sockelbereich fehlten auf der ganzen Länge des Schrankes mehr als dreißig Zentimeter, die von einer zusätzlichen Holzwand verschlossen waren. Da ließ sich allerhand verstauen, was man nicht sofort offenlegen wollte. Sie öffnete die Tür erneut, machte sich am unteren Schrankbereich zu schaffen. Der Trick war nicht einfach, aber wirkungsvoll. Man musste die beiden Bretter unten fest auf den Boden drücken, bis sie aus der Sperre ausrasteten, damit sie sich hochziehen ließen. Neugierig leuchtete sie den Sockelinhalt ab. Papiere, Stoffreste, eine alte Schreibmaschine. Ein billiges, altes Modell, Marke Kaufhaus. Sie konnte es eigentlich nicht wert sein, besonders sicher verwahrt zu werden. Warum also verbarg Breuninger sie hier im Schrank?

Routinemäßig nahm Neundorf ein Blatt Papier, um darauf einige Buchstaben mit der Schreibmaschine zu tippen. Der Lärm hallte durch den Raum. Sie hielt inne, drehte den Kopf zur Seite, um auf Geräusche zu achten, zog dann das Blatt aus der Maschine. Sie betrachtete die Buchstaben im Licht ihrer Taschenlampe.

Das ›h‹ war deutlich ausgeprägt, das ›s‹ ebenso. Alle anderen Typen waren leicht verschmiert, wobei beim ›u‹ nur ein einziger schwarzer Fleck zu sehen war. Der Innenraum dieses Buchstabens war völlig von Druckerschwärze verwischt. Das ›o‹ war leicht nach oben, das ›r‹ leicht nach unten verrutscht.

Irgendwie kam ihr das verschmutzte und leicht verrutschte Schriftbild bekannt vor. Sie hatten noch darüber gespottet, dass die Idioten wenigstens die Buchstabentypen hätten reinigen sollen, bevor sie ...

Die Erinnerung traf sie wie ein Schlag. Das verrutschte ›o‹ und ›r‹ sowie die verschmierte Gesamterscheinung des Textes. Und ein Großbuchstabe, das ›Z‹: In einem Bekennerschreiben hatte ihm der gesamte mittlere Bereich gefehlt, so dass nur die obere und die untere Querlinie zu erkennen waren.

Neundorf spannte das Papier noch einmal in die Maschine ein, tippte ein ›o‹, ein ›r‹, irgendwelche weiteren Typen, dann ein Wort, das mit dem ›Z‹ begann. ›Zustände‹: Mehrfach hatten sie es geschrieben, dauernd wiederholt. »*Wir kämpfen dafür, die alten Zustände wiederherzustellen.*«

Die Maschine gab einen komischen Ton von sich, als sie am Ende der Zeile angekommen war – einen Ton, der alles Mögliche sein konnte, nur nicht das übliche »Pling«, das den Benutzer dazu aufforderte, den Handhebel zu bedienen. Es war eher ein »Plup« oder ein »Pluff« – und dann war da noch ein Geräusch.

Gerade als sie der Maschine das Blatt wieder entrissen hatte und im Schein der Lampe die verblüffend genaue Übereinstimmung erkannte, hörte sie in unmittelbarer Nähe des Hauses Stimmen.

Kein Zweifel, es handelte sich um dieselbe Maschine, jenes alte, billige Modell, mit dem das Bekennerschreiben vom Wagenburgtunnel in Stuttgart aufgesetzt worden war. Gerade diese auffälligen Merkmale hatten es ihnen sehr erleichtert, die folgenden Briefe als aus einer anderen Quelle stammend zu identifizieren. Wenn hier in diesem Schrank, in einem verbarrikadierten Geheimfach, hinter einer streng verschlossenen Tür, diese Maschine lagerte, dann bedeutete das – vorausgesetzt, kriminaltechnische Untersuchungen würden ergeben, dass jener Bekennerbrief aus dieser Quelle stammte ...

Plötzlich spürte sie ein Zittern in ihren Armen, ihren Beinen, ihrem ganzen Körper. Breuninger selbst hatte die Bekennerbriefe der Leute geschrieben, die ihn – angeblich – entführt hatten. Das Schreiben sei in sich nicht stimmig, hatte der Psychologe des LKA beharrt, ihm fehle die innere Logik. Dazu die Aussagen des Gastwirts im *Excelsior*: Sie wollen groß zuschlagen, hatte er ihr erklärt, ihr ›Vater‹ und seine Freunde seien gerade dabei zu überlegen, wie sie den Autokritikern endlich so eins überbraten könnten, dass die sich für immer aus der öffentlichen Diskussion würden zurückziehen müssen. Die Grünen, Leute, die es wagten, am Autowahn des Autoclubs und der Industrie Kritik zu üben, mundtot zu machen, sie endgültig als Verbrecher zu brandmarken, deren Argumente nicht ernst genommen werden durften, das war ihr Ziel.

Immer deutlicher dämmerte Neundorf, was all das zu bedeuten hatte. Es gab nur eine Erklärung: Breuninger hatte seine eigene Entführung vorgetäuscht, wobei ihm irgendwelche dunklen Freunde behilflich gewesen waren. Die Öffentlichkeit sollte glauben, grüne Terroristen hätten die Tat inszeniert und ihm, dem unschuldigen Vorkämpfer automobiler Freiheit, Gewalt angetan. Breuninger hatte die Ziele, die der Wirt des *Excelsior* erwähnt hatte, nicht nur theoretisch entfaltet, er hatte sie, darüber war Neundorf sich jetzt im Klaren, eiskalt ausgeführt. Der Mann war gefährlich, verdammt gefährlich.

Stimmen schreckten sie aus ihren Gedanken. Es mussten sich Männer unmittelbar vor dem Haus befinden, vielleicht sogar schon im Eingangsbereich. Sie stritten, wechselten zumindest einige deutliche Worte miteinander.

Neundorf nahm das Blatt, faltete es hastig zusammen, steckte es in ihre Tasche. Ihre Uhr zeigte an, dass es auf zehn zuging.

Sollte Breuninger so früh nach Hause zurückgekommen sein?

Sie musste die Schreibmaschine unbedingt als Beweismaterial sicherstellen. Warum hatte sie ihre Pistole nicht mitgenommen? Sie war aus reiner Vorsicht unbewaffnet ins Haus eingedrungen: Sollte das Unternehmen schiefgehen und sie des Einbruchs bezichtigt werden, konnte man ihr wenigstens nicht das Mitführen einer Waffe zum Vorwurf machen. Dummheit, unverzeihliche Dummheit.

Die Eingangstür unten knarrte. Das Licht im Erdgeschoss ging an. Irgendjemand war schon im Haus. Sie musste verschwinden, so schnell es ging, und dann einen Durchsuchungsbefehl beantragen. Fragte sich nur wie.

Momentan blieb ihr allerdings keine Zeit, sich darüber Gedanken zu machen. Die beiden Stimmen waren bereits zu nahe, als dass sie länger in dem Raum mit der zerstörten Tür verweilen durfte.

Sie schlich auf den Gang hinaus, wo sie das Gezeter der Männer hören konnte.

»Das Zeug muss aus dem Haus, zum Teufel noch mal, keine Diskussion!«

»Wir versenken die Maschine im Neckar. Nur kannst du dann keinen Brief mehr tippen, wenn du verstehst, was ich meine.«

»Leck mich doch am Arsch!«, brüllte der Erste wieder. »Die Sache wird mir zu brenzlig. Wir inszenieren keine zweite Aktion, macht ihr das doch von München aus, ich lasse mich nicht länger einspannen. Wer weiß, wer hinter diesem Weib steckt, das mich ausspioniert.«

Sie hantierten zunächst noch im Erdgeschoss, kamen dann aber zur Treppe. Die Stufen erstrahlten in grellem Licht. Neundorf huschte ohne langes Überlegen durch den Gang, öffnete hastig die Tür zu dem kleinen Wohnzimmer, in dem sie sich am sichersten glaubte.

Einer der beiden Männer stieg die Stufen hoch. Es konnte sich nur noch um Sekunden handeln, bis er die zerstörte Tür des ehemals verschlossenen Raumes bemerken würde.

Sie schloss die Tür, lehnte sich gegen das Holz, um zu lauschen.

Durch den Spalt, in dem der Schlüssel steckte, sah sie das Aufflammen der Flurbeleuchtung. Zugleich ertönte ein markerschütternder Schrei.

»Himmeldonnerwetter! Scheiße, Scheiße, Scheiße!«

Tumult draußen, Schritte auf der Treppe.

»Was ist los?«

Beide Stimmen kamen jetzt aus dem Obergeschoss. So leise wie irgend möglich drehte Neundorf den Schlüssel, der zu ihrem Glück im Inneren der Tür steckte, sah sich gehetzt im Raum um.

Das Fenster bestand aus zwei jeweils etwa sechzig Zentimeter breiten Flügeln. Es musste reichen. Von der Fensterbank waren es höchstens dreieinhalb Meter bis auf den Boden. Sie musste jetzt an sich selbst denken. Ihre eigene Sicherheit hatte absoluten Vorrang vor allen Beweisstücken. Mit einem Typen wie Breuninger war nicht zu spaßen. Sie traute ihm alles zu, vor allem jetzt, wo er sich in der Gefahr sehen musste, entlarvt zu werden.

Die Schreie im Gang hatten tierische Ausmaße angenommen.

»Sie haben alles entdeckt«, brüllte einer der beiden, »sie wissen Bescheid!«

Schritte jagten hin und her, das Schreien hörte nicht auf.

»Es ist doch alles da, oder?«, kreischte der andere.

»Alles? Aber ...«

Plötzlich herrschte Totenstille. Neundorf hatte das Fenster erreicht, schob den Vorhang zur Seite. Der Stoff blieb hängen, erfasste eine kleine Figur, warf sie zu Boden.

Der Schlag fuhr ihr durch Mark und Bein. Sie zitterte am ganzen Körper. Jetzt wussten die Männer, wo sie sich aufhielt.

»Im Schlafzimmer«, brüllte einer.

Schritte trabten über den Gang. Die Tür gegenüber wurde aufgerissen, knallte laut gegen die Wand. Möbel flogen zur Seite, Stühle knallten auf den Boden.

Neundorf ergriff die Fensterklinke und versuchte, sie zu öffnen. Das harte Metallstück gab nicht nach. Ungläubig starrte sie das Fenster an, rüttelte an der Klinke.

Draußen erbitterte Wutschreie. »Drüben in Silvias Zimmer!«

Einer rannte auf die Diele, warf sich gegen die Tür.

Neundorf hatte nur eine Chance. Sie musste sie aufhalten, bis das Fenster offen war. Der Tisch. Sie warf sich auf ihn, drückte ihn vor die Tür. Draußen wutentbrannte Schreie.

»Er ist hier drin. Das Zimmer ist sonst immer offen.«

Sie rüttelte wieder an der Klinke des Fensters. Es machte einen Höllenlärm, als sie sie aus der Verankerung riss und mit ihr in die Scheibe prallte. Glassplitter schnitten ihr in die Hand.

»Die Knarre«, brüllte einer der beiden, »wo ist deine Knarre?«

»Unten im Wagen!«

Neundorf griff sich einen Blumenstock, donnerte ihn vollends ins Glas. Ein Scherbenregen prasselte in den Vorgarten hinunter.

»Er will raus. Hol ihn dir. Vorsichtig, vielleicht hat er eine Waffe. Er darf nicht entkommen, er weiß Bescheid!«

Wütende Tritte prasselten gegen die Tür. Es war nur noch eine Frage von Sekunden, bis er sie zertrümmert haben würde.

Neundorf schwang sich aufs Fenstersims, checkte den Boden mit den Augen ab, versuchte, einen günstigen Landeplatz auszumachen. In diesem Moment hechtete der Mann aus der Eingangstür. Sie sah mit einem Blick, dass er jung, kräftig, athletisch gebaut war. Einer von Breuningers freundlichen Helfern vielleicht, einer der Autoclub-Mitglieder für besondere Fälle. Wenn es mit Lobby-Arbeit nicht ging, dann eben so.

Der Mann bemerkte sie, stürzte unter das Fenster, ballte die Fäuste. Hinter ihr im Zimmer knallten weiter Tritte gegen die Tür. Plötzlich splitterte das Holz rings um die Tischplatte.

Sie wusste, sie war gefangen. Es war vorbei.

37. Kapitel

Herr Ziegenfuß, Ihr Komplize. Nur den Namen, sonst nichts. Spielen Sie nicht den einsamen Helden. Für wen denn? Nennen Sie uns seinen Namen. Dann haben Sie Ihre Ruhe.« Braig wiederholte die Aufforderung nunmehr zum zwanzigsten, vielleicht sogar fünfundzwanzigsten Mal. »Es hat keinen Sinn mehr! Geben Sie endlich auf. Es ist vorbei.«

Es war nicht vorbei. Ziegenfuß schwieg beharrlich, reagierte kaum noch. Er war offensichtlich müde und hatte das Verhör satt.

»Verschwenden Sie doch nicht unnötig unsere Kraft. Unsere und Ihre. Schluss jetzt, Herr Ziegenfuß.«

Keine Reaktion.

»Es gibt keinen Komplizen«, war sein Standardsatz gewesen, den halben Abend lang, »ich kann keinen Namen nennen.«

»Sie können es, wollen ihn aber schützen. Wozu? Er lacht sich krumm, während Sie hier schwitzen. Das ist er nicht wert. Packen Sie aus, machen Sie Schluss. Die Sache ist gelaufen.«

Sie war nicht gelaufen, Braig spürte es immer deutlicher. Das Verhör war mühsam, allein mit Stöhr, der ohnehin nur schweigend dabeisaß und an seinen Fingernägeln kaute, weil sich sein Schokoladenvorrat in nichts aufgelöst hatte. Ziegenfuß schaltete auf stur. Ihm war nicht beizukommen. Nicht heute Abend, nicht in dem müden Zustand, in dem auch Braig sich inzwischen befand. Selbst wenn er jetzt noch auspackte, den Namen seines Kompagnons nannte: Der hatte sich inzwischen garantiert längst verkrümelt, auf und davon gemacht. Bis sie ihn aufspüren konnten, war der längst ausgeflogen.

Steffen Braig fühlte sich schlapp und verbraucht. Sein Kopf dröhnte und schmerzte. Presslufthämmer schienen wieder einmal am Werk zu sein.

Am Abend zuvor war es wieder so weit gewesen. Seine Mutter hatte ihm die übliche Szene gemacht. Er hatte angerufen, freundlich und interessiert, aber sie hatte nur ein Thema gehabt: den Geburtstag seiner Schwester. Braig hatte ihn vergessen im Trubel der Ermittlungen.

»Ich werde dich besuchen, am nächsten Wochenende«, hatte er sie beschwichtigt. »Wir gehen zusammen auf den Friedhof und bringen ihr einen großen Strauß Blumen.«

»Das macht sie auch nicht mehr lebendig«, war ihre Antwort gewesen, »du hast sie genauso vergessen wie deine Mutter. Beide existieren für dich nicht mehr. Warum auch, ohne mich ist es doch viel bequemer.«

»Mama«, hatte er gefleht, »bitte lass das.«

Doch seine Mutter hatte nicht aufhören können mit ihren endlosen Vorwürfen.

Irgendwann hatte er aufgelegt, wieder mitten in ihren inzwischen serbokroatisch vorgetragenen Beschimpfungen, war jedoch nur mit Mühe eingeschlafen, weil er sich selbst über sein Versäumnis ärgerte. Er hatte seine Schwester geliebt, innig und über alle Maßen, war sie zeitweise doch eine Art Mutterersatz für ihn gewesen, auch wenn sie nur drei Jahre vor ihm geboren worden war. Sie hatte ihm bei den Schularbeiten geholfen, seine Hefte kontrolliert, die Kleidung überprüft und gewaschen, ihn vor allzu aggressiven Mitschülern beschützt, ja, sogar als Ersatz für die des Deutschen damals kaum mächtige Mutter seine Lehrer befragt und wiederholt deren strenge Notengebung kritisiert. Durch die lange, arbeitsbedingte Abwesenheit der Mutter war Braigs Schwester früh gezwungen gewesen, auf eigenen Beinen zu stehen, und trotzdem hatte sie sich rührend um ihren jüngeren Bruder gekümmert. Streit hatte es selten gegeben: Sie hatte sich um alle wichtigen Angelegenheiten gekümmert, er dagegen ohne jede Gegenwehr die wenigen Arbeiten übernommen, die sie ihm auferlegte: Geschirr spülen etwa, Schuhe putzen oder den Boden kehren.

Sie waren zusammen aufgewachsen, in einer kleinen Wohnung im Erdgeschoss an einer vielbefahrenen Straße. Zwei kleine Zimmer, eine winzige Küche, Bad und Toilette auf dem Flur. Der Besuch des Gymnasiums war seiner Schwester erspart geblieben, weil sie darauf gedrängt hatte, möglichst bald Geld zu verdienen, damit die Familie in ein besseres Viertel würde umziehen können.

Sie hatte in einem Salon in der Nähe des Mannheimer Wasserturms eine Ausbildung zur Friseurin gemacht, war geduldig und fleißig und bald so beliebt gewesen, dass ihr eines Tages die Übernahme des Geschäfts angeboten worden war. Innerhalb weniger Jahre hatte sie den Meisterbrief erworben, war selbständige Unternehmerin geworden und hatte doch wenig Glück in ihrem kurzen Leben gehabt: ständig wechselnde Männerbeziehungen, finanzielle Sorgen durch unseriöse Berater und dann die Krankheit, die zu spät entdeckt und von verschiedenen Ärzten nie richtig behandelt worden war: Lungenkrebs, der längst Metastasen gebildet und im ganzen Körper verteilt hatte. Zwei Jahre lang war sie von Klinik zu Klinik geirrt, jede Methode, die irgendwo als letzte Hoffnung angepriesen wurde, auf ihre angebliche Wunderwirkung überprüfend, für Tage neu aufblühend, scheinbar tatsächlich geheilt, Wochen später jedoch umso kränker, schließlich vollkommen ermattet und vom Krebs zerfressen.

Die letzten Monate hatte die Sterbende zu Hause verbracht, in der kleinen Eigentumswohnung, die sich die Familie hatte leisten können, gehegt und gepflegt von Mutter und Bruder, vor sich hin dämmernd, nur mit Schmerzmitteln die Schmerzen ertragend, dann meist ohne Bewusstsein, zuletzt nur noch sterbende Hülle, zerfressener Körper. Steffen Braig wusste, dass er diese Wochen nie vergessen, seine Schwester niemals aus seinem Gedächtnis verbannen würde. Deswegen schmerzten ihn die Vorwürfe seiner Mutter umso mehr.

Er hatte den Geburtstag im Trubel der Ermittlungen vergessen – ein Fehler, den wiedergutzumachen er sich bemühen würde. In seinem Herzen blieb sie lebendig, das war das Einzige, was wirklich zählte, so schwülstig dieser Gedanke vordergründig auch klang. Braig nahm sich vor, seine Mutter am Wochenende zu besuchen, zwei große Blumensträuße mitzubringen und allen Groll auf sie zu Hause zu lassen, auch wenn es ihn Überwindung kosten würde. Sie hatte ein hartes Leben hinter sich und konnte vielleicht nicht anders reagieren. Braig fühlte sich als ihr einziger Sohn verpflichtet, ihr Verhalten zu akzeptieren und es ihr nachzusehen.

Steffen Braig fuhr sich mit den Fingerspitzen über die Stirn und massierte seine Schläfen, um sich von den Schmerzen in seinem Kopf zu befreien. Wieder einmal überkamen ihn Zweifel: Vielleicht hatte seine Mutter recht, vielleicht war es wirklich seine Pflicht, zu ihr zurückzukehren, sich mehr um sie zu kümmern, so wie sie sich jahrelang um ihn gekümmert hatte. Er konnte sich wieder nach Mannheim versetzen lassen, immerhin hatte er gute Arbeit dort geleistet und war jederzeit willkommen, wie ihm sein ehemaliger Chef versichert hatte. Er musste eine Entscheidung treffen – möglichst bald.

Jetzt aber war es an der Zeit, sich wieder auf die derzeitigen Ermittlungen zu besinnen. Er musste sich voll und ganz auf das Verhör von diesem Ziegenfuß konzentrieren, die Überlegungen, die sein privates Leben betrafen, zurückstellen.

Die ganze Zeit hatte er sich bemüht, die Wahrheit aus dem Mann herauszuholen, und doch nichts erreicht. Verdammter Mist, mit Neundorf wäre das nicht passiert. Sie hätte garantiert irgendeinen Trick aus dem Ärmel gezaubert und den Mann weich gekocht. Vielleicht nicht ganz auf legalem Weg, sondern mehr nach eigener Intuition. Aber ihr wäre es gelungen, davon war Braig überzeugt. Dass sie ausgerechnet heute so früh hatte gehen müssen!

38. Kapitel

Sie sprang trotzdem. Unten im Vorgarten hatte sie größe-
re Chancen, Hilfe zu finden. Die Tür hielt ohnehin nicht
mehr lange durch, rund um das Schloss knackte und ächzte
das Holz bereits in seinen letzten Zügen.

Neundorf stieß sich von der Kante ab und sprang direkt auf
den Mann zu. Er starrte mit aggressiver Miene hoch, geduckt
wie ein Boxer. Mitten im Sprung begann er zu schreien.

»Das ist eine Frau! Breuninger, du Arschloch, was soll …«

Sie erwischte ihn mit dem linken Fuß. Ihre kräftige Ferse
traf ihn mit voller Wucht an der Schläfe. Er verstummte, ging
benebelt zu Boden. Neundorf kam direkt neben ihm auf. Das
Gras federte wie eine Matte beim Judo, milderte den Aufprall
leicht ab. Sie rollte sich zur Seite, von dem Mann weg, rutschte in die Büsche. Als sie wieder auf den Füßen war, schnellte
der Kerl hoch, keuchend, wild schnaufend.

»Du verdammte Dreck…«, kreischte er.

Mehr konnte sie vor Panik nicht verstehen. Er hatte ihr den
Weg zur Straße abgeschnitten. Wohin jetzt? Sie musste sich in
Bruchteilen von Sekunden entscheiden.

Rein ins Haus, es gab keine Alternative.

Neundorf spurtete zur Tür, verfolgt von der laut fluchen-
den Gestalt, riss das schwere Portal hinter sich zu. Der Schlag
hallte laut durchs Haus. Draußen bestialisches Kreischen.
Die Finger des Mannes in der Tür.

Wohin jetzt?

Sie starrte zur Treppe, wusste nicht, ob der andere Typ noch
oben in der Diele war. Ob die Tür schon nachgegeben hatte?
Hoffentlich. Vielleicht sprang er sogar aus dem Fenster.

Neundorf blieb im Erdgeschoss, spurtete in den großen Raum. Gedämpft vernahm sie die beiden Stimmen.

»Nicht so laut, du Idiot«, kam es von oben, »willst du uns die Polizei auf den Hals hetzen?«

»Sie ist im Haus. Das ist ein Weib. Die Drecksau hat mich angegriffen.«

»Im Haus?«

Telefon. Sollte sie den Notruf wählen? Ach was, bis die so weit waren ...

»Verdammt! Wo?«

Sie saß in der Falle. Der wutentbrannte junge Büffel draußen, der andere Typ, wahrscheinlich Breuninger, oben. Ob sie den Besitz einer Schusswaffe vortäuschen sollte, um die beiden einzuschüchtern?

Wie nur, wie?

Sie musste das Zimmer verbarrikadieren. Womit? Der wuchtige Wandschrank war zwar ideal, aber viel zu schwer. Der marmorierte Tisch? Sie packte das Ungetüm, riss es zur Seite. Das Monstrum kippte, knallte auf den Boden. Es ließ sich nur mit äußerster Anstrengung durchs Zimmer zerren. Neundorf drückte die Tischplatte vor die Tür, atmete tief durch.

Was jetzt?

Draußen war alles dunkel, nichts zu erkennen. Sie musste den Kerl in die falsche Richtung locken und dann durch das andere Fenster abhauen. Vorausgesetzt, es ließ sich öffnen ...

Sie schlich sich zum Fenster gleich neben der Tür, griff sich einen Blumenstock. Es war verdammt riskant, den Raum zu verlassen. Draußen war sie dem bärenstarken Kerl ausgeliefert. Wenn der sie erwischte, dann gute Nacht. Sie musste mit dem Schlimmsten rechnen.

Der Fensterflügel schwang zur Seite, die Pflanze flog durch die Luft. Als sie auf dem Boden aufschlug, sah sie seinen

Schatten. Es schien, als würde er auf ihr Täuschungsmanöver hereinfallen.

Neundorf rannte quer durch den Raum, riss das Fenster auf der anderen Seite auf, starrte nach unten. Nichts zu sehen. Dann hoch auf das Sims und in den Garten.

Der Mann war mindestens zehn Meter entfernt. Bis er das Knacken der Zweige bemerkte, hatte sie die Büsche schon durchbrochen. Neundorf schwang sich über den Zaun und spurtete auf den Gehweg.

Die Straße war einsam und bis auf einige wenige Autos, die links und rechts geparkt waren, völlig leer. Etwa alle dreißig Meter eine Laterne, deren Licht nur den Umkreis erhellte. Hilfe war nirgends zu erwarten, sie musste sich ganz alleine durchkämpfen. Ihre Beine schmerzten, ihr linkes Knie knackte, offensichtlich war es von dem Sturz beschädigt. Sie hatte keine Zeit, darauf zu achten. Die beiden Bestien waren hinter ihr her. Neundorf hatte die erste Straßenlaterne gerade erreicht, als der Mann um die Ecke bog.

»Dort vorne«, brüllte er, »nimm den Wagen!«

Sie rannte, so schnell sie konnte, merkte jedoch, dass sich der Abstand zu ihren Verfolgern rapide verringerte. Die letzten Minuten hatten zu viel Kraft gekostet. Wenn ihr jetzt niemand begegnete, hatte sie verspielt. Die Häuser links und rechts lagen in tiefem Dunkel. Niemand schaute auf die Straße, keine Menschenseele ging spazieren, ausgerechnet an diesem Abend animierte der wolkenverhangene Himmel nur zum Stubenhocken.

Neundorf spürte das Stechen in ihren Lungenflügeln, schnappte nach Luft. Drei- bis vierhundert Meter weiter befand sich die Haltestelle der Zahnradbahn, drei- bis vierhundert Meter, die sie im bisherigen Tempo auf keinen Fall mehr schaffen würde.

Der Motor eines Wagens jaulte auf. Sie hörte das Quietschen von Bremsen, versuchte, dem Wunsch ihres Körpers, stehen zu bleiben und sich auf den Boden zu werfen, zu widerstehen. Sie hatte es weit gebracht, sich sehr teuer verkauft, immerhin.

Die Männer wechselten einige Worte, dann kam das Auto näher. Ihre Kraft war am Ende.

39. Kapitel

Irgendwann auf dem Weg nach Hause war es Braig eingefallen. Neundorfs beiläufige Worte, nachts auf dem Rück-
weg von Lauberg: »Heute Abend werde ich dem Kerl genauer
auf die Finger sehen.«

»Heute Abend? Wie meinst du das?«, hatte er gefragt.

»Mitternacht ist vorbei, deswegen heute Abend. Breuninger
ist verhindert, sein Haus leer.«

Steffen Braig hatte eine Weile gebraucht, bis er begriffen
hatte. »Mein Gott, mach bloß keine Dummheiten!«

»Ich will wissen, ob der Kerl wirklich unsere Politik mani-
puliert mit seinem Club, verstehst du? Und außerdem, ob es
Beweise gibt für den Mord an dem Kind.«

»Du willst doch nicht in sein Haus?«

»Es ist völlig harmlos«, hatte Neundorf ihn abgewimmelt.
»Ich melde mich anschließend bei dir und erzähle dir, was
ich entdeckt habe.« Nach einer Weile hatte sie noch hinzugefügt: »Wenn du nichts von mir hörst, hat er mich erwischt.
Dann musst du mich retten vor dem bösen Mann.« Sie hatte
gelacht und ihm auf die Schulter geklopft.

Neundorf war zu allem fähig, das war Braig klar. Auch,
dass sie in Breuningers Haus einbrechen würde, nur um Genaueres über das Treiben dieses Mannes zu erfahren. Ihr
Draufgängertum hatte ihr bisher immer Erfolge gebracht, beruflich jedenfalls. War sie an einem ›Fall‹ interessiert, konnte sie eine Hartnäckigkeit an den Tag legen, die zeitweise
beängstigende Ausmaße annahm. Schwäbische Sturheit vielleicht. Wenn sie sich heute Abend nur nicht zu etwas hinrei-
ßen ließ, das sie später bereuen musste.

Als Braig sich wie üblich mit der Stadtbahn auf den Heimweg machte, fiel ihm die Anzeige der Zielrichtung ins Auge: »Degerloch«.

Degerloch. Breuninger.

Er lachte leise vor sich hin, schüttelte den Kopf. Warum er dennoch sitzen blieb und nicht wie gewohnt umstieg, konnte er später nicht mehr sagen. Er war müde, ausgelaugt, sehnte sich nach seinem Bett und gab trotzdem dem Wunsch nicht nach, die S-Bahn zu wechseln. War es die Befürchtung, in einem nach Knoblauch, Bier oder Schnaps stinkenden Treppenhaus der keifenden Gestalt Göckeles zu begegnen?

Braig verließ die Stadtbahn mit zwei, drei anderen Fahrgästen und marschierte schnurstracks in die Richtung, in der er Breuningers Haus wusste. Am Zigarettenautomaten stand ein Mann in Ledermontur, den Helm auf dem Kopf, die Maschine mit laufendem Motor auf der Straße. Der Typ rüttelte an dem Automaten und hämmerte schimpfend mit seinen Fäusten dagegen. Braig grinste in sich hinein, verkniff sich aber einen dummen Spruch wie »na, heute gibt's kein Gift«, als eine völlig ausgelaugte Gestalt um die Ecke kam. Neundorf.

Sie riss überrascht die Augen auf, sah Braig, das Motorrad, und dann ging alles blitzschnell. Sie zog ihn mit, sprang auf die Maschine, er hinterdrein, und raste los. Hiner ihnen bremste ein Auto wild, dann hörten sie das Gebrüll männlicher Stimmen, das vom Höllenfeuer des Motorrads jedoch augenblicklich geschluckt wurde.

Neundorf jagte wie eine Verrückte durch die nächtlichen Vorstadtstraßen. Braig verstand überhaupt nichts, klammerte sich nur an ihr fest, weil er um sein Leben fürchtete.

Das Auto verfolgte sie unablässig. Kaum hatten sie ein Stück gerader Straße erreicht, waren sie im gleißenden Kegel seiner Scheinwerfer.

Braig wusste nicht, was hier gespielt wurde, er verstand nur, dass die Verfolger gefährlich waren. Wenn Neundorf nur noch die Flucht als Ausweg kannte, gab es nichts zu spaßen. Offensichtlich hatte sie ebenso wie er keine Waffe dabei, mit der sie sich gegen die Männer hätte wehren können. Die Straßen waren leer und ins Dunkel der Nacht getaucht.

Als es passierte, wusste Braig nicht einmal genau, wo sie sich befanden. Neundorf dagegen schien die Ecke zu kennen wie ihre Westentasche, anders war es nicht zu erklären. Sie raste mit irrsinnigem Tempo eine kleine holprige Straße entlang, bog dann blitzschnell nach rechts ab. Braig riss die Augen vor Entsetzen weit auf, als er sah, worauf sie zujagten: eine wuchtige breite Betonmauer mit einem schmalen Durchlass für Fußgänger und Radfahrer. Neundorf nahm das Risiko auf sich, raste einfach hindurch, Zentimeter von den Kanten der Betonwand entfernt.

Als sie das schwere Vehikel Sekunden später auf einem schmalen Waldweg stoppte, schien hinter ihnen die halbe Welt zu explodieren: Der Wagen ihrer Verfolger raste mit irrsinnigem Tempo gegen die Mauer und zerbarst in unzählige Teile, Feuer flammte auf.

40. Kapitel

Irgendwo in der Stadt hatten sie die Maschine stehen lassen. Als Neundorf und Braig im LKA eintrafen, war es kurz vor elf. Der Polizeifunk meldete den Unfalltod zweier Männer an einer Mauer am Waldrand bei Sillenbuch.

»Wir müssen nach Lauberg«, drängte Neundorf, als sie wieder fähig war sich zu äußern, »jetzt sofort.«

»Wieso hast du Blut an den Händen? Was ist passiert?«

»Später. Gib mir etwas Zeit.«

Neundorf telefonierte mit irgendjemandem, schrie kurz in den Apparat, verschwand dann in der Toilette, um sich das verkrustete Blut von den Händen und aus dem Gesicht zu waschen.

»Das muss ins Labor. Vergleich mit dem Bekennerschreiben aus dem Wagenburgtunnel.«

Braig nahm das Blatt Papier, das Neundorf ihm in die Hand gedrückt hatte, und gab es beim Nachtdienst ab.

Keine dreißig Minuten später kamen sie in Lauberg an. Sie hatten kaum ein Wort geredet, er wusste nicht, wohin sie wollte.

»Ich nehme an, du weißt, was du tust.«

Neundorf nickte nur. »Hat der Besitzer des Motorrads dich gesehen?«

»Unmöglich. Er wandte mir den Rücken zu, war mit dem Zigarettenautomaten beschäftigt.«

»Sonst jemand?«

»Nein. Niemand.«

Es sei denn ein Zufall. Wie in so vielen Kriminalfällen. Alles war genau geplant, doch ein Zufall brachte alles ins Wanken.

»Im Notfall streiten wir alles ab, klar?«

Er nickte schwerfällig.

Neundorf steuerte direkt auf das weitläufige Anwesen von Ziegenfuß zu.

»Willst du seine Gebäude auf den Kopf stellen?«

»Ziegenfuß?«

»Hinweise auf seinen Komplizen?«

Sie lachte nur, fuhr an dem Bauerngehöft vorbei. Das Scheinwerferlicht erfasste das freie Feld, dann die Kirche. Bis Braig begriff, wohin die Fahrt ging, waren sie bereits da.

Frau Sommer stand in der Tür.

»Haben Sie auf uns gewartet?«, fragte er ungläubig.

»Je später der Abend, desto netter die Gäste«, antwortete ihm eine Stimme aus dem Pfarrhaus.

Überrascht nahm er Frau Gübler wahr. »Tut mir leid, ich verstehe überhaupt nichts mehr.«

Neundorf schob ihn ins Innere. Braig drückte den beiden Frauen die Hand, stolperte in das kleine wohlbekannte Erkerzimmer. Selbst die rote Katze fehlte nicht. Sie schlief eingerollt auf einem Kissen der Eckbank, blinzelte nur kurz, als sie die Geräusche hörte.

»Sie ist schon wieder da«, erklärte die Pfarrerin mit seltsamer Stimme, »draußen war es ihr zu nass und zu kalt.«

Es klang gezwungen fröhlich, als wollte sie ablenken von dem, um was es hier eigentlich ging.

»Schön, dass Sie gekommen sind«, meinte Neundorf, Frau Gübler im Blick.

»Nach Ihren barschen Worten am Telefon blieb ihr wohl nichts anderes übrig«, entgegnete Frau Sommer.

Braig sah ratlos von einer Frau zur anderen. »Darf ich vielleicht mal wissen, um was …«

»Um es kurz zu machen«, unterbrach ihn Neundorf, »ich denke, wir gehören zusammen. Ich glaube, wir sind uns sympathisch. Alle. Aber wir haben ein Problem zu lösen. Gemeinsam.«

»Sie sind Beamtin. Im Dienst«, erwiderte Frau Gübler nach einem kurzen Blickwechsel mit der Pfarrerin.

»Wir sind privat hier. Steffen und ich. Privat, klar?«

Braig begriff nichts. »Privat?«

»Privat. Klar?«

Braig zuckte mit den Schultern. Natürlich kam er gerne privat her, in dieses Haus. Aber jetzt, um Mitternacht?

Neundorf schenkte ihm keine Zeit zum Nachdenken. Sie setzte sich auf die Eckbank und fing unvermittelt an. »Folgendes ist geschehen: Der Autoclubprovinzboss Breuninger überfährt in betrunkenem Zustand ein spielendes Kind und vertuscht den Mord gemeinsam mit dem einzigen Zeugen, dem Wirt des Lokals, dem eine ähnliche ›Lappalie‹«, sie betonte das Wort spitzzüngig, »auch schon passiert ist. Breuninger hat ihm damals geholfen, jetzt revanchiert er sich. Eine Hand wäscht die andere. Männerfreundschaft.« Neundorf schwieg, schaute sich erschöpft um. Die späte Stunde und die Anstrengungen des Abends waren ihr ins Gesicht geschrieben.

Frau Sommer holte einen Krug aus der Küche, schenkte Saft ein.

»Weil Breuninger und seine Leute den zunehmenden Einfluss umweltpolitisch engagierter Menschen immer stärker als Bedrohung ihrer Auto- und Betonpolitik erkennen, plant er einen aufsehenerregenden Coup gegen alle grünen Kritiker: Er fühlt instinktiv, wie sich die Öko-Bewegung für immer ins Abseits stellen lässt, nämlich indem man sie als eine gewalttätige, von aggressiven Spinnern durchsetzte Gruppierung diffamiert. Ob er dies im Alleingang oder mit Wissen oder gar im Auftrag seines Clubs und seiner Lobby-Freunde unternimmt, vermag ich nicht zu beurteilen. Auf jeden Fall lässt er sich scheinbar entführen …«

»Oh mein Gott!« Braig stellte sein Glas, das er an den Mund geführt hatte, zurück und schlug sich mit der flachen Hand an die Stirn. »Du hast Beweise?«

Neundorf nickte. »Breuninger schiebt dieses angebliche Verbrechen publicitywirksam begleitet von einem wirren Bekennerbrief grünen Autokritikern in die Schuhe, um allen Leuten klarzumachen: Seht ihr, die grünen Teufel wollen euch sogar noch euer letztes Vergnügen rauben und schrecken nicht davor zurück, unschuldigen Menschen Gewalt anzutun.«

Neundorf nippte an ihrem Glas.

»Vielleicht wollten sie noch weitere Personen – scheinbar oder real – entführen, um den Effekt zu verstärken, jedenfalls hielten sie die Schreibmaschine, mit der sie den Bekennerbrief tippten, in Reserve. Womit sie aber nicht rechnen konnten, ist, dass Nachahmer auftreten, die zwei Männer entführen und sie eine Nacht lang frische Abgase schnuppern lassen: Kessel, weil er seit Jahren mit seiner Raserei Menschenleben gefährdet und die Gesundheit eines Kindes ruiniert hat, Schmidt, weil er seine Mitarbeiter schikaniert und für den Neubau der vierspurigen Bundesstraße hetzt. Kurz darauf wird der Bauunternehmer Bofinger entführt und einige Stunden nackt – ich nehme an, weil er einer der Hauptdrahtzieher ständig neuer Straßenbauten ist – dem nächtlichen Autolärm ausgesetzt. Sind es schlimme Verbrechen, deren Urheber wir hier suchen?«

Neundorf schüttelte den Kopf.

»Gegenüber dem, was ihre ›Opfer‹«, sie betonte das Wort auf eigentümliche Weise, »zu verantworten haben, ist es kaum der Rede wert.«

»Du urteilst sehr großzügig«, meinte Braig.

Neundorf sah ihm scharf in die Augen. »Du stimmst mir nicht zu?«

Steffen Braig wog den Kopf hin und her. »Prinzipiell hast du recht.«

»Also«, sagte Neundorf, »dann sind wir ja einer Meinung.« Sie trank von dem Saft, betrachtete die Frauen. »Ich hätte es früher begreifen müssen«, erklärte sie, »spätestens in dem Moment, als unser Psychologe darauf hinwies, dass der in dem späteren Bekennerschreiben geschilderte Fall einer durch einen Autounfall zerstörten Familie authentisch sei. Immerhin wurde mir klar, dass nur äußerst sensible Leute den Mut aufbringen können, so viel zu riskieren, um dieses Tabu zu brechen und die Öffentlichkeit wachzurütteln.« Sie machte eine Pause, sah sich um.

»Ich glaube, wir gehören wirklich zusammen«, meinte Frau Gübler. Müde wischte sie sich die Haare aus dem Gesicht.

»Ich habe schnell begriffen, dass so viel sensitives Bewusstsein, so viel Mitgefühl mit unterdrückten Menschen und solch großer Mut keine Männersache sein können«, fuhr Neundorf fort. »Meine gesamte Erfahrung spricht dagegen. Männer denken – von erfreulichen Ausnahmen abgesehen – ans Durchführen, an die Machbarkeit und die Sachzwänge, denen man einiges opfern muss. Die Folgen, die Nebenwirkungen, die Verantwortung – alles Nebensache. Und dann lerne ich die Ärztin kennen, die ich selbst in ihrem unermüdlichen Kampf gegen die Zerstörung von Menschen erlebt habe.«

»Haben Sie es sofort gewusst?«, fragte Frau Gübler.

Braig schaute die Frauen kopfschüttelnd mit großen Augen an. »Ich kann es nicht fassen«, murmelte er.

»Nein. Nicht von Anfang an. Aber als wir dann miteinander sprachen und ich noch Frau Sommer kennenlernte. Ihr

Auftreten, Ihre Worte, Ihr Selbstverständnis als Christin. Die Schilderung der Familie in dem Bekennerbrief. Ich muss zugeben, ich habe darüber noch nie nachgedacht, es ist ja so selbstverständlich. Man fährt fast täglich Auto und kümmert sich nicht um die Folgen. Wenn es jemanden trifft, hat er Pech gehabt. Mehr als zwanzig Tote jeden Tag und Hunderte von Verletzten. Und wir nehmen dieses Morden hin, als gehöre es zum Leben. Das Schreiben hat mich sehr beeindruckt.«

Frau Sommer nickte, ihr Gesicht hatte an Farbe gewonnen.

»Das Einzige, was ich Ihnen übelnehmen könnte, ist, dass Sie ausgerechnet uns beide als Alibi für eine weitere Entführung benutzt haben.« Neundorf zeigte auf ihren Kollegen und sich. Braig schüttelte noch immer den Kopf.

»Aber ich gebe zu, es war clever arrangiert. Und dass dieser Luxuskarossenvertreter eine Nacht lang frische Luft schnappte und jetzt seine eigene Propaganda offen auf der Stirn trägt – ich glaube nicht, dass Sie ihm großen Schaden zugefügt haben.«

»Sie haben es gestern Abend schon bemerkt?«

»Ehrlich gesagt, nein. Ich wunderte mich zwar, dass Sie beide so sportlich angezogen waren, und bei der Verabschiedung fielen mir auch noch die Fahrräder ins Auge oder vielmehr, wie abgenutzt und voller Dreck beide waren. Nietzsche hat mich zum Nachdenken gebracht. Ihre Bemerkung, der Übermensch sei lebendig als Idol unserer Gesellschaft. Mein Kollege berichtete mir davon. Gestern Abend wollte ich Sie danach fragen, aber wir waren zu müde. Weil Sie so spät erst zurückgekommen sind …«

»Wir hatten den Weg unterschätzt. Mit den Fahrrädern dauerte es länger, weil wir so viel Gegenwind hatten. Ich fürchtete schon, Sie seien gegangen.«

»Und die alte Frau aus der Gemeinde?«

»Keine Lüge. Wir hatten sie bereits versorgt, bevor Sie kamen.«

»Die Stimme«, wandte Braig ein, »alle Opfer sprachen von einer sehr tiefen Stimme.«

»Ich selbst habe die Bauchrednerin erlebt. Sie munterte damit im Krankenhaus die Kinder auf«, erwiderte Neundorf.

Frau Gübler nickte zustimmend. »Wir haben nicht einmal eine Waffe benutzt. Es war eine kleine Spielzeugpistole.«

»Das ist ganz schön viel auf einmal«, meinte Braig.

»Sie haben recht«, tröstete Frau Gübler ihn, »aber uns beiden ging es ähnlich wie Ihnen. Sie haben die jahrelange Ausbeutung und Erniedrigung Ihrer Mutter mit ansehen müssen und wollten aktiv helfen, dagegen vorzugehen. Mir ging es nicht anders. Ich konnte es nicht länger ertragen. Meine Arbeit war sinnvoll und doch sinnlos. Wie viele Opfer ich auch zusammenflickte, täglich lieferten sie reichlich Nachschub von den Straßen. Haben Sie eine Ahnung, was da draußen los ist?«

»Haben Sie deswegen Ihren Beruf aufgegeben?«

»Ich konnte nicht mehr. Sisyphos. Ich war nicht länger bereit, ständig den Stein hochzurollen und ihn dann wieder den Abhang hinabrutschen zu sehen. Wenn ich verhindern will, dass Menschen krank werden, reicht es nicht, schmerzstillende Mittel zu verschreiben. Ich muss dafür sorgen, dass die krankmachenden Ursachen beseitigt werden.«

»Es ist nicht der böse Gott, der das Blutbad auf den Straßen anrichtet, wir Menschen tragen die Verantwortung«, sagte Frau Sommer, »wir wollten als Betroffene ein Zeichen setzen. Und dann hörten wir von der Entführung Breuningers in Stuttgart und wussten, so können wir einige der Drahtzieher packen und die Öffentlichkeit aufmerksam machen.«

Neundorf richtete sich auf, blickte sich um. »Eins ist klar: Ich habe den Fall geklärt, ich allein. Ich bestimme daher, was jetzt läuft.«

Braig nickte zustimmend.

»Sehen wir es realistisch«, fuhr Neundorf fort, »was bringt es, Frau Gübler und Frau Sommer zu verhaften? Die Volksseele kocht, die Meute schreit nach dem Henker, und die Drahtzieher treiben weiter ihr schmutziges Spiel. Was haben sie wirklich getan? Vier Männer, einer so rücksichtslos wie der andere, alle vier schuldig am Leid unzähliger Menschen, haben wider ihren Willen einige Stunden an einer stark befahrenen Straße verbracht. Natürlich hatten sie Angst, aber diese Angst steht in keinem Verhältnis zu dem Leid, das ihre Opfer teilweise lebenslang zu erdulden haben. Ich bewundere den Mut der beiden Frauen hier. Ich frage mich nur, wieso nicht mehr Ärzte, nicht mehr Pfarrer und Christen aufgestanden sind, sich gegen das unmenschliche Geschehen auf den Straßen zu wehren. Wer diese beiden Frauen verhaften will, kann es tun – aber nur über meine Leiche.« Sie blickte Braig auffordernd an. »Ich weiß, was ich von dir verlange. Verdammt viel.«

»Dein Vorschlag?«, fragte er.

Neundorf stand auf und lief zu der Katze, um sie zu streicheln.

»Breuninger war ein Schwein, Verzeihung. Ich denke, ich kann beweisen, dass er das Kind getötet und seine eigene Entführung inszeniert hat. Die Hetze seines Autoclubs nach freier Fahrt hat bestimmt das Leben vieler Unschuldiger gekostet oder zumindest gefährdet. Was mit ihm geschah, haben wir vorhin im Polizeifunk gehört. Tun wir ihm posthum noch einen großen Gefallen: Zeigen wir ihn der Öffentlichkeit nicht als den, der er wirklich war, sondern als einen Menschen, der die Fähigkeit entwickelt hat, sein eigenes Tun infrage zu stellen.«

Neundorf setzte sich wieder, trank von dem Saft.

»Wir lösen den Fall gemeinsam. Herr Breuninger und sein ebenfalls verunglückter Helfer waren die Entführer aller Opfer. Sie hatten die Propaganda ihres eigenen Clubs endgültig satt. Ihr schlechtes Gewissen wegen der alltäglichen Katastrophen auf unseren Straßen veranlasste sie, die Öffentlichkeit auf dieses vielfache Leid aufmerksam zu machen. Logisch, dass sie es nur heimlich tun konnten, bei dem Beruf!«

Steffen Braig verfolgte ihre Worte mit kritischer Miene.

»Wieso haben sie zwei verschiedene Schreibmaschinen benutzt und völlig unterschiedliche Bekennerschreiben hinterlassen?«

»Um die Fahndung zu erschweren und die Polizei auf eine falsche Fährte zu locken. Alle sollten glauben, dass es sich um zwei verschiedene Entführergruppen handelt.«

»Wo sind deine Beweise?«

»Wir werden beide Schreibmaschinen in seinem Haus finden – und die Fortsetzung des letzten Bekennerbriefs, wenn möglich.« Sie drehte sich zu Frau Gübler.

»Dann sollten wir uns beeilen«, erklärte die Ärztin. »Sie haben beides parat?«

»Ich führe Sie hin.«

Keine Stunde später hatten sie das Material in Breuningers Haus deponiert.

41. Kapitel

Jetzt habe ich direkt Achtung vor diesem Breuninger«, bekannte Elisabeth Ungemach, »obwohl ich ihn bisher für ein widerliches Schwein gehalten habe.«

Sie ordnete gerade die Blätter ihrer Schimpfwortsammlung, reichte eines davon Steffen Braig.

»Jahrelang freies Rasen für freie Bürger, aber dann doch noch Gewissensbisse und der Versuch, die schlimme Vergangenheit durch couragiertes Handeln wiedergutzumachen. Dass er zuerst seine eigene Entführung vortäuscht und dann auch noch Leute, die es verdient haben, den Abgasmief live erleben lässt, hätte ich ihm nicht zugetraut. Man soll die Hoffnung nie aufgeben. Schade, dass er gestorben ist. Hätte mich gefreut, wenn er sich noch einige Typen aus dieser Auto-Mafia vorgeknöpft hätte. Alle Achtung, der Name Breuninger steht bei mir von nun an in hohem Ansehen.«

Steffen Braig nahm das Blatt entgegen, setzte sich an den Tisch.

»Ich verstehe aber nicht«, fuhr Elisabeth Ungemach fort, »was der Hubschrauberabsturz des Ministers Kering mit Breuningers Aktionen zu tun hat. Erwähnten Sie da nicht einen Zusammenhang?«

Braig schüttelte den Kopf. »Wir wissen es nicht. Wahrscheinlich war das nur eine verrückte Hypothese meines Chefs. Aber den plagen jetzt andere Sorgen. Er jagt hinter den Erpresserbriefen her, die damals beim Tod der kleinen Anna in Tamm Lebensmittelfirmen mit der Vergiftung ihrer Produkte drohten. Wenn wir die Verfasser dieser Schreiben entlarven, stoßen wir vielleicht auf den Mörder des Mädchens, der das vergiftete Eis in den Laden brachte. Gübler jedenfalls ist total im Stress.«

»Sie genießen jetzt aber Ihr freies Wochenende«, ermahnte sie ihn und deutete auf das Papier, »können Sie sich irgendwo wiederfinden?«

Steffen Braig überflog lachend die neuen Aufzeichnungen.

»*ALBACHENER FURZ: ein langweiliger, ewig gestriger TYP-ALLMACHTSDACKEL, auch BAURADACKEL oder GRANATEDACKEL: dummer Kerl, der sich blöd anstellt.*

HALBDACKEL: größtmögliche Steigerung des ALLMACHTSDACKELS; noch dämlicher kann sich ein Mann wirklich nicht anstellen. Vorsicht: gilt als sehr schlimmes Wort, der Gebrauch dieses Ausdrucks kann sogar beim ruhigsten, zurückhaltendsten Schwaben unkontrollierbare Reaktionen hervorrufen.

ARSCHBACKAGSICHT: Kerl, dessen ungesunder Lebensstil (viel fressen, wenig für andere übrig haben) sich schon in seinem Äußeren manifestiert.

BETTBRONZER: besoffener Kerl, der so über den Durst getrunken hat, dass er nicht mehr merkt, was er anstellt.

LAUSBALGSCHENDER: (das Kind einer Laus ist nichts wert) ebenso wie der ENTAKLEMMER (einer, der bei der Ente nachprüft, ob sie ein Ei trägt) ein totaler Geizhals.

SCHNÄBBÄBBERER: Vielschwätzer, typischer Politiker.

SCHNÄPPERLESJOCKEL: ein männliches Wesen, das sich von seinem kleinsten, dennoch nicht immer unauffälligsten Körperglied getrieben fühlt, Frauen hinterherzurennen. Ein wichtiges Problem vieler vor allem älterer Schwaben.«

»Ihr Männerbild ist nach wie vor völlig vorurteilsfrei«, kommentierte Braig, »stimmt's?«

»Wieso?« Elisabeth Ungemach schleppte Teller, Schüsseln und Schalen ins Zimmer, verteilte alles auf dem Tisch.

»Schnäpperlesjockel«, sagte Steffen Braig, »wenn ich an den Göckele denke ...«

»Pfui Deifel!« Elisabeth Ungemach donnerte eine Schüssel mit Brokkoli laut auf die Platte. »Der besitzt doch ein solches Körperteil überhaupt nicht.«

Sie verteilte die letzten Teller und Schalen, hatte Mühe, einen Platz zu finden. Der Tisch war übervoll mit duftenden Überraschungen. Brokkoli, Lauch, Blumenkohl, Weißkrautsalat, in Schinken eingerollter Chicorée, Kartoffelgratin, Reisauflauf, Kroketten. Dazu zwei Flaschen echt schwäbischer Aspacher Alter Berg, den Braig beigesteuert hatte.

»Wir haben es beide verdient«, erklärte sie, wobei sie mit ihrer Rechten über den Tisch wies. »Sie haben Ihren Fall erfolgreich abgeschlossen und ich meinen vorerst auch.«

Steffen Braig betrachtete den vollen Tisch, schüttelte den Kopf. »Sie? Von welchem Fall sprechen Sie?«

»Göckele«, sagte sie nur kurz, setzte sich auf einen Stuhl, hielt Braig ihr leeres Weinglas vor die Nase, »der ist in nächster Zeit beschäftigt. Lets putz!«

Braig ergriff eine Weinflasche, entfernte den Korken und schenkte ihr ein.

»So schnell wird der uns nicht mehr belästigen«, fügte sie mit zufriedener Miene hinzu.

Elisabeth Ungemach nahm das Glas, sog das Aroma des Weines ein, wartete auf Braig, um dann gemeinsam mit ihm zu trinken.

Steffen Braig genoss den Aspacher Alter Berg, versuchte zu verstehen. Langsam begriff er die Zusammenhänge.

Es hatte ihn vorhin nicht überrascht, dass der nervige Nachbar auf der Straße vor dem Haus stand und aus Leibeskräften sein Auto polierte und wienerte, als er nach Hause gekommen war. Göckeles Lieblingsbeschäftigung, wenn er nicht gerade mit dem Säubern des Bürgersteigs oder des Treppenhauses beschäftigt war. Braig hatte sich dem Wagen genähert, dessen Tür offenstand und weit über den schmalen Gehweg fast bis zur Hauswand ragte. Es hatte erbärmlich gestunken.

»Mei Mercedes«, hatte Göckele gekreischt, »mei wunderbarer scheener Mercedes!«

Steffen Braig war unwillkürlich stehen geblieben, weil er an der Autotür nicht vorbeikam. Der Gestank aus dem Wageninneren war fast nicht zu ertragen gewesen.

»Mei scheener Mercedes.« Die Stimme des Mannes hatte so schrill geklungen, dass sich auf Braigs Rücken augenblicklich eine Gänsehaut ausbreitete. Nur Gübler vermochte so schnell ähnliche Reaktionen auszulösen.

Braig hatte nur kurz gegrüßt.

»Verbrecher müasst mr sei«, war es zurückgekommen, »no hätt mrs gut. No wär mr im Paradies. Oder wie sagt mr heut dazu? Stammheim. Do werdet die ganze Tagdieb durchgefüttert uf unsere Koste. I, wann i was zu sage hätt!«

Göckele hatte einen Besen in die Hand genommen, ihn drohend vor Braig in der Luft geschwenkt und dann voller Wucht auf den Boden gedonnert. »No aber!«

»Ja?«

Der allwissende Nörgler hatte seinen stoppelhaarigen Kopf direkt vor Braigs Gesicht aufgebaut. »I däts dem Lumpepack zeige! No aber! Des gsamte Gschmeiß aus der ganze Welt treibt sich bei uns rum, vergewaltigt unsere Fraue und verführt unsere Kinder. Mr traut sich net amal mehr uf d' Straße naus!«

»Wer? Sie?«

Hermann Göckele hatte Braig entgeistert angestarrt. »Ha, Sie hent wohl von überhaupt nix a Ahnung, die ghöret doch alle ghenkt. I dät die auspeitsche lasse mitte in de Stadt. So wie die Perser des machet, vor alle Leut.«

Steffen Braig hatte den Mundgeruch Göckeles wie eine Kaskade ätzenden Giftes in seiner Nase gespürt und so für Sekunden den ekelhaften Gestank aus dem Wageninneren vergessen. Mindestens drei Flaschen Bier in den letzten sechzig Minuten, hatte er geschätzt, und wohl noch etliche Hochprozentige dazu.

»Die massakrieret uns bei lebendigem Leib, bringet Fraue und Kinder um, vergewaltiget unsere Töchter und machet unsere Autos kaputt.«

»Alles halb so schlimm«, hatte Braig gebrummt, »wenn nur das letzte nicht wäre.«

Göckele hatte ihn verständnislos angestarrt. »Mei scheener, wunderbarer Mercedes!«

»Von was reden Sie?«

Hermann Göckeles Gesicht hatte sich in eine wuterfüllte, giftspeiende Grimasse verwandelt, seine Zähne knirschten laut. »Kapieret Sie überhaupt nix? Die machet mir mein scheene Mercedes kaputt, und unser Polizei lauft vorbei und unternimmt nix!« Voller Wut hatte er auf die Vorderfront des Fahrzeugs gezeigt, wo normalerweise der Stern thronte. »Mei Mercedesstern isch weg, sehet Sie des net?«

Braig hatte den Gestank aus dem Wageninneren beim besten Willen nicht länger ertragen können.

»Weg! Oifach weg! Mei scheener Mercedes«, war ihm das Gejammer seines Nachbarn noch bis ins Treppenhaus gefolgt. »Und Stinkbombe hent mir die Verbrecher uff d' Polster gschmisse, Stinkbombe! Aber unsere Polizeimeischdr ganget hoim, und d' Gängnstr machet die Straße unsicher! Auspeitscht ghöret se, geviertteilt und gerädert und dann noch ghängt. Alle.«

»Stinkbomben«, sagte Braig beim Essen zu Frau Ungemach, »Herr Göckele beschwerte sich über Stinkbomben auf seinem Autopolster.«

»Sonst nichts?«

»Sein Mercedesstern fehlte«, ergänzte Braig, »abgerissen.«

Elisabeth Ungemach winkte mit der Hand ab. »Waren nur ein paar Tropfen Schwefelwasserstoff«, meinte sie trocken, »wenn er schon die Fenster von seinem Karren nicht richtig schließt. Das beschäftigt den Kerl eine Weile, oder? Und was den Stern angeht, ich dachte, der macht sich hier besser.«

Sie zog eine dicke Kerze am Rand des Tisches hinter einer hohen Schüssel vor, stellte sie mitten auf den Tisch. Statt eines Dochtes ragte das Original eines Mercedessterns aus der Kerze hoch.

»Darf ich annehmen …«, setzte Steffen Braig vorsichtig an, wurde aber von seiner Nachbarin unterbrochen.

»Schwaben-Rache«, erklärte Elisabeth Ungemach mit fester Stimme, »reine Notwehr. Auf unserem Bahnhofsturm thront so ein Stern, warum nicht auch bei mir?«

Klaus Wanninger

**SCHWABEN-
DONNERWETTER**

Taschenbuch, 328 Seiten
ISBN 978-3-95441-523-6
13,00 EURO

Luagabeitel! Hinterschefirgockeler!
Du schmecksch abr gottsallmächtisch!

Kurz vor seinem Auftritt bei den Heimattagen Schwaben
wird der beliebte Volksmusiksänger Heinzi von Unbekannten
gekidnappt. Was für eine Blamage! Halb Deutschland lacht
über die Unfähigkeit des Volksstammes im Südwesten, zu
feiern: Schwaben können alles – nur nicht Party!

Der Ermittler Loose aus dem fernen Berlin stößt nicht nur
mit seinen begrenzten Sprachfertigkeiten in einem schwäbischen Dorf voll skurril anmutender Bewohner schnell auf
unüberwindbare Hindernisse. Müssen die Kollegen Braig und
Neundorf übernehmen?

Mit original schwäbischem Schimpfwörterlexikon!

»Mit viel Lokalkolorit kommen die Schwabenkrimis daher, aber auch
mit brandaktuellen Themen wie Städtebau, Landwirtschaft und auch
Klimawandel.«(Bietigheimer Zeitung)

»Ein weiteres Anliegen ist es, seinen Lesern die schwäbische Historie
ein Stück näher zu bringen (...) Auch nach rund 40 Jahren als Autor
hat Wanninger noch neue Ideen für seine Krimis.« (Stimme.de)

KBV KRIMINALROMAN